AF140073

Ich möchte mich ganz herzlich für die freundliche Unterstützung durch Herrn Dirk Bosse, Erster Kriminalhauptkommissar und Leiter des Fachkommissariats 1 der Polizeiinspektion Braunschweig, bedanken.

Trotz des sehr informativen Gesprächs erhebe ich keineswegs den Anspruch, die tatsächliche Arbeit der Mordkommission abzubilden, die vermutlich oft ermüdender ist und bei bestimmten Tätigkeiten wesentlich mehr an Überwindung kostet, als in meinen drei Episoden dargestellt.

Ebenfalls ganz herzlich bedanken möchte ich mich bei Herrn Horst Bartels, der die Kontaktaufnahme zu EKHK Bosse sehr erleichtert hat.

Katrin Fischer ist in Braunschweig geboren. Während ihrer Schul- und Studienzeit hat sie viel Zeit im Staatstheater verbracht – zunächst als Chorkind, später als Statistin und als Mitglied des Extrachores.

Ihre Liebe zum Schreiben hat sie bereits während des Studiums entdeckt und Verschiedenes im Star Trek Fandom publiziert. Ihren ersten ‚FanFiction-freien' Roman hat sie 2008 veröffentlicht.

Katrin Fischer

Der Tod spielt ohne Gage

Braunschweig-Krimi in drei Episoden

Bibliografische Information der Deutschen Nationalbibliothek:
Die Deutsche Nationalbibliothek verzeichnet diese
Publikation in der Deutschen Nationalbibliografie;
detaillierte bibliografische Daten sind im Internet
über http://dnb.dnb.de abrufbar.

Herstellung und Verlag: BoD – Books on Demand,
Norderstedt

ISBN: 978-3-7347-4834-9

Inhalt

Alte Dämonen

Anfang August, Beginn der Spielzeit

„Hallo Gideon." Felicitas wischte sich fahrig eine dunkle Haarsträhne aus dem erhitzten Gesicht. „Ich habe gerade erfahren, wen sie für den Graziano verpflichtet haben... Ich dachte, das würde dich interessieren." Sie sah unsicher an ihrem Kollegen vorbei in den schmalen Flur der kleinen Dachwohnung und schluckte nervös. „Entschuldige, dass ich dich so überfalle... Darf ich hereinkommen?", fragte sie kleinlaut.

Gideon zögerte einen winzigen Moment. Dann trat er einen Schritt beiseite und ließ sie eintreten. „Möchtest du etwas trinken?"

„Oh ja, etwas Kühles wäre schön!"

„Also, wen haben sie verpflichtet?" Gideon überreichte seiner Schauspielkollegin ein Glas und sah sie mit milder Neugier an. Irgendetwas stimmte nicht. Sie hätte es ihm auch morgen bei der Probe sagen können. Oder am Telefon. Aber sie war hier. Und in einem hatte sie Recht. Es interessierte ihn. Er selbst spielte den jungen Bassanio im Shakespeare-Stück ‚Der Kaufmann von Venedig', und der Unfall des Kollegen, der den Graziano spielen sollte, hatte für Aufregung und Verzögerungen gesorgt.

Felicitas senkte den Blick verlegen in ihr Wasserglas und druckste ein wenig herum. „Meinen Ex-Freund, ich habe ihn in Aachen kennen gelernt." Jetzt war es heraus. Sie atmete verstohlen auf.

Gideon zog überrascht die Augenbrauen hoch. Er wusste natürlich von ihrer Anstellung am Theater Aachen, bevor sie zu Beginn der vorigen Spielzeit nach Braunschweig gekommen war. Aber er wusste nicht, dass sie dort einen Freund gehabt hatte. Und noch dazu einen ihrer damaligen Kollegen. Er musterte sie nachdenklich. „Und das ist ein Problem für dich?"

Sie verzog peinlich berührt das Gesicht. „Es könnte zum Problem werden. Der Mann ist...", sie rang nach dem richtigen Wort, „schwierig. Und ich bin sicher, er ist meinetwegen hier!"

„Meinst du?" Gideon sah sie skeptisch an. „Diese Rolle musste kurzfristig besetzt werden, Bachmann ist ja leider ausgefallen. Ist dein Exfreund Freiberufler?"

„Ja. Und das hat es ihm natürlich erleichtert, er musste aus keinem Vertrag raus!" Sie hob abwehrend eine Hand. „Ich weiß, was du jetzt sagen willst, Gideon! Aber du kennst ihn nicht, er ist unglaublich hartnäckig!"

Gideon verschränkte die Arme. „Und wieso habt ihr euch getrennt?"

„Ich habe mich getrennt. Er hatte eine Andere. Als ich dahinter gekommen bin, war er voll der Reue und hat Besserung gelobt, und so habe ich ihm zunächst verziehen." Sie rümpfte verächtlich die Nase. „Nur, um dann zu entdecken, dass die eine Andere nicht die Einzige war und dass er beide immer noch traf! Und da hat es mir gereicht!" Sie schnaubte erbost. „Die Spielzeit neigte sich dem Ende zu und ich suchte eine neue Stelle. Mit Braunschweig hatte ich wirklich Glück." Sie seufzte bitter. „Aber er hat bis zum Schluss nicht aufgehört, mich…", sie stockte, „mich umstimmen zu wollen. Es war einfach unerträglich!"

Felicitas spürte Gideons prüfenden Blick auf ihren Händen, die das Glas umklammert hielten. Sie trank rasch einen Schluck und starrte dann unbehaglich auf die Kohlensäurebläschen, die in ihrem Glas aufstiegen. War es wirklich richtig, es ihm zu erzählen? Hätte sie nicht lieber abwarten sollen, wie sich alles entwickeln würde? Sie trank bedrückt einen weiteren Schluck. Nein. Sie konnte sich sehr gut vorstellen, wie sich alles entwickeln würde! Sie seufzte innerlich. Es war richtig. Sie musste ihn vorbereiten auf das, was da kommen mochte.

„Komm, setzen wir uns." Gideon deutete mit seinem Glas auf das taubenblaue Sofa, das mitten im schlicht eingerichteten Wohnzimmer stand. „Wie heißt er denn?", fragte er ruhig.

„Mario Heß." Felicitas ließ sich neben Gideon nieder. „Wie hat er sich immer vorgestellt? ‚Heß mit Es-Zett wie Rudolf Heß, Hitlers Stellvertreter'. Also ehrlich", sie tippte sich an die Stirn, „das ist doch krank, oder? Du sagst ja auch nicht ‚Roos mit Doppel-O wie…– He, Gideon, was ist los mit dir?"

Gideon saß wie versteinert neben ihr. Alle Farbe war plötzlich aus seinem Gesicht gewichen. „Die Hitze…" Er lächelte entschuldigend und stürzte sein eiskaltes Wasser hinunter. „Sie macht mir heute ziemlich zu schaffen. Hast du je einen so heißen August erlebt? Entschuldige mich einen Moment, ich tauche meine Arme kurz in kaltes Wasser."

Gideon stützte sich schwer auf das Waschbecken, in das sich laut prasselnd kühles Wasser ergoss.

Ungebetene Bilder tauchten in ihm auf. Bilder, die einer längst vergangenen Zeit angehörten. Als er den Kopf hob und in den Spiegel sah, sah er sich selbst, mit ungelenken dreizehn Jahren.

Er bewunderte sich im hohen Spiegel, den Herr Korthe eigens für die Mitglieder der Theater-AG des Gymnasiums der Kreisstadt im Klassenzimmer aufgestellt hatte. Das satte Grün des Jägerkostüms stand ihm ausgezeichnet. Besonders der Hut gefiel ihm, der mit seiner fesch ins Gesicht gezogenen Krempe seine leuchtenden Augen beschatteten. Um ihn herum schwirrte das aufgeregte Murmeln und unterdrückte Kichern seiner Mitspieler; nur noch Minuten, bis Herr Korthe den Befehl zum Aufbruch in die Aula geben würde.

Plötzlich tauchte hinter ihm ein langer, schlaksiger Junge auf, dessen dunkle Locken unter seinem prächtigen purpurfarbenen Prinzen-Hut hervorquollen. Marios hübscher Mund verzog sich verächtlich, während sein Blick abschätzig von der künstlichen Fasanenfeder des Jäger-Huts über den grünen Wams und die grünen Knickerbocker bis zu den neuen braunen Winterstiefeln glitt. „Ätzend", sagte Mario. Mario war schon durch den Stimmbruch und seine Stimme hatte normalerweise einen angenehmen tiefen Klang. Aber zu ihm sprach er nie mit dieser angenehmen Stimme. Auch jetzt nicht. Sie krächzte vor Verachtung. „Du gehörst nicht in dieses Kostüm! Es ist eine Schande! Egal, was du dir einbildest, du bist kein—"

„Mario, lass Chris in Ruhe!" Herr Korthe stand plötzlich hinter ihnen, legte seine Hände mit Nachdruck auf beider Schultern. Dann mahnte er alle, auf dem Weg zur Aula leise zu sein.

Gideon schob gereizt diese Bilder beiseite. Er wollte sie nicht. Sie gehörten einer Vergangenheit an, die mit seiner Gegenwart nicht das Geringste zu tun hatte! Mit der er längst abgeschlossen hatte. So dachte er wenigstens.

Bis Mario Heß in dieser Gegenwart auftauchte.

Und hier gab es keinen Herrn Korthe.

Felicitas stand auf und wanderte durch das kleine aufgeräumte Wohnzimmer. Vorbei an der Tür zu Gideons Schlafzimmer. Wie immer war sie geschlossen, als wäre dieses Zimmer ein Heiligtum, das niemand zu Gesicht bekommen sollte. Wie so einiges andere in seinem Leben auch... Oh, er war ein freundlicher und hilfsbereiter Mensch, und für sie hatte er immer ein offenes Ohr. Aber von ihm selbst wusste sie wenig mehr, als dass er aus einem kleinen Ort in der Eifel stammte. Er sprach nie darüber.

Sie wusste genau, dass er sie mehr als nur gern mochte. Aber warum zeigte er es ihr nicht deutlicher? Warum verstand er nicht, wie sehr sie sich danach sehnte? Oder wollte er es nicht verstehen?

Sie vertrieb diesen unerfreulichen Gedanken und blieb am weit geöffneten Fenster stehen. Ein leichter Sommerregen setzte gerade ein und brachte die Blätter der üppig belaubten Kastanie im Hinterhof zum Nicken. Hoffentlich brachte der Regen auch die ersehnte Abkühlung.

Abkühlung... Felicitas trat in den Flur und hörte monotones Rauschen aus dem Badezimmer. „Gideon?", sie klopfte zaghaft an die Tür. „Alles in Ordnung mit dir?"

Gideon schreckte aus seinen Gedanken hoch. Er starrte wie betäubt auf den Wasserstrahl, der ungestört dahinplätscherte. „Ja, ja... Ich komme gleich." Er hielt rasch seine Unterarme in den Strahl und genoss die angenehme Kühle. Dann bespritzte er sein Gesicht. Nach ein paar tiefen Atemzügen drehte er den Wasserhahn zu und trocknete sich ab.

Felicitas erwartete ihn im Flur.

„Das Wasser braucht immer so lange, bis es richtig kalt ist", sagte er verlegen. „Aber es tut wirklich gut. Wenn du auch möchtest...?"

Sie schüttelte den Kopf. „Es hat angefangen zu regnen. Da werde ich gleich nass genug..." Sie starrte ihn fasziniert an. Seine mittelblonden, kurz geschnittenen Haare klebten zerzaust an der Stirn und gaben ihm ein verwegenes Aussehen. Aus einer Strähne perlte etwas Wasser auf sein Ohr herab, lief über das Ohrläppchen und tropfte auf seine Schulter. Das azurblaue T-Shirt harmonierte wunderbar mit seinen intensiv blauen Augen. Es straffte sich über seiner gut trainierten Brust und die Ärmel wölbten sich über seinem kleinen, aber festen Bizeps. Felicitas inhalierte unwillkürlich tief den anziehenden Duft, der von ihm ausging.

Gideons Blick hing entzückt an ihrem Gesicht, diesem elfenhaft sanften, bezaubernden Gesicht, das sie ihm mit leicht geöffneten, rosigen Lippen entgegenhielt. Ein Gesicht, wie geschaffen für die Rolle der Porzia, die im ‚Kaufmann von Venedig' Bassanios Braut war.

Porzia und Bassanio... Ein heißer Schauer überlief ihn, gefolgt von einer Welle von Übelkeit, die kalten Schweiß auf seinem Körper zurückließ. Er schluckte nervös. Das war gefährliches Terrain...

Hastig wandte er seinen Blick ab. Er durfte nichts provozieren.

Nicht, bis... Er unterdrückte einen gequälten Seufzer. Würde er je den Mut dazu aufbringen?

Mitte September, Dienstag, mittags

„Nun stell dich nicht so an, was ist schon dabei? Oder hast du etwa einen Neuen?" Mario hielt sie am Arm fest.

Felicitas bemühte sich, Würde zu bewahren, obwohl es ihr nicht leicht fiel, nach dem, was er sich gestern herausgenommen hatte. Genau am selben Platz und genau zur selben Zeit. Was bildete dieser unverschämte Kerl sich ein? Und das, obwohl sie ihm erneut unmissverständlich zu verstehen gegeben hatte, dass sie nichts mehr mit ihm zu tun haben wollte. „Das geht dich nichts an", sagte sie mit mühsam erzwungener Ruhe. „Ich habe dem, was ich dir gestern gesagt habe, nichts hinzuzufügen! Und jetzt lass mich los!"

Er lächelte einschmeichelnd auf sie herab. „Aber Fee, mein Herzchen... ich–"

„Ich bin nicht dein Herzchen!" Sie riss sich von ihm los. „Und nenn mich nicht Fee! Was wird das hier? Eine Neuauflage von Aachen? Kapierst du denn gar nichts?"

Er zuckte beleidigt mit den Schultern. „Ich liebe dich, Fee. Du bist es, die nichts kapiert. Und es war nicht nett von dir, dich einfach davon zu machen!"

„Hast du überhaupt keinen Anstand?", keuchte sie wütend. „Du warst es doch, der betrogen hat! Nicht ich! Was willst du hier? Glaubst du, du kannst mir einfach folgen und... und mich weiter belästigen?"

„Belästigen? Ich belästige dich doch nicht! Ich versuche, nett zu dir zu sein! Und ich bin dir auch nicht gefolgt! Ich brauchte einen neuen Job! Dass du hier bist, hat meine Entscheidung keineswegs beeinflusst!" Seine Hände umfassten eindringlich ihre Oberarme. „Aber ich habe es als ein gutes Omen angesehen, Fee! Für einen Neuanfang!"

„Neuanfang? Du spinnst wohl!" Sie versuchte, ihn abzuwehren.

„He, was geht hier vor?" Gideons alarmierte Stimme hallte über die Probebühne, während er mit raschen Schritten auf die beiden zukam.

Felicitas schaffte es endlich, sich loszumachen und hakte sich sofort bei Gideon ein. „Ich wollte gerade gehen. Es ist alles gesagt." Dabei warf sie Mario einen feindseligen Blick zu.

„So!", schnaubte Mario und sah abfällig von ihr zu Gideon. „Roos ist also dein neuer Held!" Dann baute er sich theatralisch vor ihnen auf und deutete anklagend mit dem Zeigefinger auf den kleineren Mann.

„Alles ist nicht Gold, was gleißt,
Wie man oft euch unterweist."

Sein Finger schoss zu Felicitas.

„Manchen in Gefahr es reißt,
Was der äußre Schein verheißt!"

Felicitas sah ihn aufgebracht an: „Was soll denn dieser Unsinn?"

„Kein Unsinn!", zischte Mario gehässig. „Der Prinz von Marokko musste erkennen, dass er auf die falsche Schatztruhe gesetzt hat! Und dir wird es genau so ergehen!", setzte er mit beißendem Hohn hinzu. „Komm lieber zu mir zurück, da weißt du wenigstens, was du hast!"

„Kein Wort mehr!", sagte Gideon aufgebracht und ballte seine Hände zu Fäusten. „Lass sie in Ruhe!"

„Oh, Herr Gideon Roos spricht ein Machtwort!" Mario hob höhnisch grinsend beide Hände. „Keine Angst, ich gehe. Aber das letzte Wort ist noch nicht gesprochen!" Er funkelte Gideon heimtückisch an. Dann warf er Felicitas eine Kusshand zu und verließ hoch erhobenen Hauptes die Probebühne.

Felicitas stampfte mit dem Fuß auf. „Wie kann er es wagen! Dieser... dieser... Kerl!" Sie ließ in ohnmächtiger Wut ihre Arme fallen. „Jetzt weißt du, was ich gemeint habe!"

Gideon starrte beunruhigt dem großen, dunkelhaarigen Mann hinterher, der immer noch so viel

Ähnlichkeit mit dem schlaksigen Jungen von damals hatte. Der diffuse Druck in seinem Magen, den er seit der ersten gemeinsamen Probe mit Mario nicht losgeworden war, hatte sich innerhalb von Minuten zu einem harten Etwas verdichtet. Mario hatte ihn also doch wieder erkannt. Und das, obwohl.... Übelkeit stieg in ihm auf. Er kämpfte sie rasch nieder.

„Gideon?" Felicitas drückte beunruhigt seinen Arm. „Was hat er gemeint? Mit dieser Anspielung an die Schatztruhen-Szene aus dem ‚Kaufmann'?"

„Keine Ahnung", murmelte er dumpf. „Lass uns von hier verschwinden."

Dienstag, abends

„Ihr müsst mirs nicht weigern, ich muss mit Euch nach Belmont gehen."

„Wer spielt den Graziano?", raunte Max Bertram seiner Frau ins Ohr.

„Ich kenne ihn nicht", flüsterte sie zurück.

„Nun ja, so müsst ihr. Aber hör, Graziano, du bist zu wild, zu rau, zu keck im Ton;
  Ein Wesen, welches gut genug dir steht
  Und Augen, wie den unseren, nicht missfällt."

„Ist er neu hier? Ich habe ihn noch nie gesehen."

Verena Bertram lächelte amüsiert in sich hinein. Das hieß gar nichts. Aufgrund ihrer Jobs kam es leider nicht allzu häufig vor, dass sie Zeit für einen gemeinsamen Theaterbesuch hatten.

„Signor Bassanio, hört mich:
wenn ich mich nicht zu feinem Wandel füge,
mit Ehrfurcht red und dann und wann nur flu-
che...“

„Er hat eine schöne Stimme", sagte Max leise. „Wie heißt er?"

Aus der Reihe vor ihnen hörte man jetzt laut und vernehmlich ein entnervtes „Psst!"

Verena zog schuldbewusst den Kopf ein und legte ihrem Mann das Programmheft in den Schoß.

„... Nicht allen Brauch der Höflichkeit erfülle,
wie einer, der, der Großmama zulieb, scheinheilig
tut:
so traut mir niemals mehr.“

„Mario Heß", murmelte er. Wie es schien, ein würdiger Ersatzmann für den verletzten Viktor Bachmann. Max lehnte sich zufrieden zurück. Er liebte dieses Stück von Shakespeare. Und auch die restliche Besetzung war sehr viel versprechend. Zum Beispiel Altmeister Heinrich Sagebiel als jüdischer Geldverleiher Shylock. Max freute sich schon auf die Szene, in der Shylock Juden mit Christen vergleicht ‚*Wenn ihr uns stecht, bluten wir nicht? Wenn ihr uns kitzelt, lachen wir nicht? Wenn ihr uns vergiftet, sterben wir nicht?*' und so weiter, ein Text, den Max immer als ein Plädoyer für gegenseitige Akzeptanz empfunden hat. Dem entgegen steht die Gerichtsszene zum Ende hin, in der Shylock zwar als Kläger Recht bekommt, seinem Recht aber so stattgegeben wird, dass er als gieriger Jude dasteht und klein beigeben muss. Und das noch dazu durch zwei Frauen in Hosenrollen. Max schmunzelte. All das würde der angegraute, etwas untersetzte Mime hervorragend meistern, da hatte er keinerlei Zweifel.

Und dann gab es noch einen wunderbaren Bassanio.

Das Ehepaar Bertram war sich einig: Gideon Roos war der aufsteigende Stern des Hauses. Seit der letzten Spielzeit, in der er trotz seines noch recht jugendlichen Alters als Faust brilliert hatte, war der eher unscheinbare Schauspieler eindeutig beider Favorit.

In diesem Moment schob sich Verenas Hand in die seine und zauberte ein warmes Lächeln auf sein Gesicht.

Jetzt winkte Bassanio mit einer beiläufigen Geste zur rechten Seite hin, wobei sich das Scheinwerferlicht in etwas Glitzerndem auf seinen grünen Ärmeln verfing.

Ein Diener in farbenfroher Livree erschien mit einem Tablett, darauf zwei dickwandige, gläserne Kelche, gefüllt mit Rotwein. Nun ja. Es sollte jedenfalls aussehen wie Rotwein. Verena hatte ihm erzählt, dass man zu ihrer Zeit roten Fruchtsaft verwendete. Und Apfelsaft wurde mit einem Schuss Mineralwasser zu perlendem Sekt, während verdünnter schwarzer Tee als Whisky herhalten musste. Brrr. Da war ihm das Original bedeutend lieber!

Bassanio hob jetzt beide Gläser vom goldenen Tablett und reichte eins davon Graziano, der den kleineren Bassanio trotz dessen üppig frisierter Perücke beinahe um einen Kopf überragte.

„Nun gut, wir werden sehen, wie ihr Euch nehmt."

Er hob das Glas.
Graziano lachte laut und prostete ihm ebenfalls zu.

„Nur heute nehm ich aus; das gilt nicht mit, was ich heut Abend tue."

Beide tranken.
Bassanio stellte sein Glas auf einem Tischchen ab.

„Nein, das wär' schade; Ich bitt Euch–"

Plötzlich fing Graziano an zu schwanken. Der Kelch entglitt seiner verkrampften Hand und roter Saft spritzte über den Bühnenboden. Max stutzte irritiert. Im Bruchteil einer Sekunde ging jede Faser seines Körpers in Hab-Acht-Stellung.
Die Hände des Schauspielers krallten sich jetzt in den samtigen Kragen seines weinroten Kostüms. Sein Gesicht wurde trotz der Schminke kreidebleich. Dann brach er in die Knie, gab gurgelnde Laute von sich und stürzte vornüber in die Lache des roten Saftes, die sich zu seinen Füßen ausgebreitet hatte.

Alles war rasend schnell gegangen. So schnell, dass das Publikum noch immer wie erstarrt den Atem anhielt.

Auch Roos stand da wie vom Donner gerührt und starrte schockiert auf seinen Kollegen.

Der Kelch, der wie durch ein Wunder heil geblieben war, rollte gemächlich über die schwarzen Bohlen der Bühne auf das Publikum zu.

Max schnellte hoch. Zwei Reihen des Parketts trennten ihn von dem Mann, der bewegungslos am Boden lag. Wie selbstverständlich schwang er sein Bein über die Lehne seines Vordermannes. „Machen Sie Platz!", rief er laut. „Ich bin Arzt!"

Seine Frau war ihm direkt auf den Fersen. Am Kelch machte sie Halt und hielt ihn mit einem ihrer Pumps auf. Sie holte ein Papiertaschentuch aus ihrer Handtasche und hob ihn damit vorsichtig auf. Dann beeilte sie sich, durch den immer schmaler werdenden Spalt des sich schließenden Vorhangs hindurchzuschlüpfen.

„Ich bin Kriminalhauptkommissarin Verena Bertram", informierte sie den entsetzt dreinblickenden Mann, der gerade auf der anderen Seite des Vorhangs erschienen war.

„Ich... Ich bin Rolf Albert. Der Abendspielleiter... Oh mein Gott! Was ist passiert? Was soll ich den Leuten sagen?" Er wischte sich mit zitternden Fingern über die Stirn. „Stirbt er etwa?" Er starrte entsetzt zu dem inzwischen auf dem Rücken liegenden Schauspieler hinüber, dessen Samtkostüm ein Mann im schwarzen Abendanzug verbissen zu öffnen versuchte.

20

„Mein Mann ist Arzt, Herr Albert. Er tut, was er kann. Sagen Sie dem Publikum, dass es einen tragischen Unfall gegeben hat", entgegnete sie ruhig und sah dann prüfend in den Kelch. Ein paar Tropfen des roten Inhalts klebten noch an den Wänden. Sie roch vorsichtig daran. Schwarze Johannisbeere. Ein sehr starkes Aroma. Das konnte einiges überdecken.

„Ich benachrichtige die Kollegen von der Kriminaltechnik."

Herr Albert schluckte hart. „Sie glauben, es war...?" Er sah bestürzt auf Dr. Bertram, der jetzt mit Herzmassage und Atemspende begonnen hatte. „Es war Mord?"

Die Kommissarin folgte seinem Blick. „Im Moment glaube ich noch gar nichts, Herr Albert, aber ich schließe auch nichts aus. Würden Sie bitte dafür sorgen, dass niemand vom Personal das Haus verlässt? Das Publikum können wir wohl mit ruhigem Gewissen entlassen."

Grelles Arbeitslicht brannte auf die Bühne nieder. Ein von Kopf bis Fuß weiß bekleideter Mann füllte gerade den Rest des roten Saftes aus Bassanios Kelch in eine Laborflasche.

Max Bertram saß ausgelaugt und schwitzend in einem Sessel, der vom Zuschauerraum aus prächtig ausgesehen hatte, sich von nahem aber ziemlich fadenscheinig ausnahm. Er beobachtete, wie zwei Männer den toten Schauspieler in einen Sack verpackten. Das letzte Stückchen von Grazianos weinrotem Kostüm verschwand vor seinen Augen, als der

Reißverschluss vollends zugezogen wurde. Er seufzte niedergeschlagen. Für diesen Mann war jede Hilfe zu spät gekommen. Atemstillstand, schon bevor er es geschafft hatte, das erste Band oder die erste Öse dieses verflixten Kostüms zu öffnen! Dann Herzmassage und Atemspende. Ohne Ergebnis. Wieder und wieder, bis der Notarzt kam. Der hatte auch nichts mehr ausrichten können. Max schluckte trocken. Er sehnte sich nach einem kühlen Bier.

Er sah Verena auf der Seitenbühne stehen, sie sprach mit jemandem von der Kriminaltechnik, der gerade einen Scheinwerfer aufstellte. Kompetent und absolut Herrin dieser Lage, hatte sie sofort alles Notwendige in die Wege geleitet, während er selbst sich ziemlich unnütz fühlte, nachdem er dem Gerichtsmediziner alles gesagt hatte, was es zu sagen gab.

Er würde gerne nach Hause fahren. Er stemmte sich aus dem Sessel hoch und begab sich zu seiner Frau.

„Entschuldige die Störung", sagte er leise in ihr Ohr. „Brauchst du mich noch?"

Diesen Teil des Theaters hatte Max noch nie gesehen. Nachdem er die Bühne verlassen hatte, war er den Anweisungen seiner Frau gefolgt, die sich hier gut auskannte, war sie doch während ihrer Schulzeit als Statistin in diesem Theater tätig gewesen. Als er die Tür des Künstlereingangs öffnete, prallte er fast gegen einen Mann, der es offenbar eilig hatte, ins Haus zu gelangen. „Pardon… Ach Tom, du bist es! Hallo."

„Oh, der Herr Doktor!" Kriminaloberkommissar Tom Manzani gab ihm grinsend die Hand. „Welch seltenes Vergnügen!" Dann wurde er schlagartig ernst. „Bist du okay? Verena hat mir am Telefon erzählt, dass du versucht hast, unser Opfer wiederzubeleben."

Max stopfte die Hände in seine Hosentaschen und zuckte mit den Schultern. „Leider ohne Erfolg."

„Das tut mir Leid. Und? Hast eine Ahnung, woran er gestorben ist?" Der Beamte schob seine Brille hoch.

„Tom, du weißt doch, dass das nicht mein Gebiet ist", wehrte Max bescheiden ab.

„Ach komm schon, Max! Du bist Chirurg! Da wirst du dich mit so etwas doch wenigstens ein bisschen auskennen, oder?" Tom sah ihn treuherzig an. „Ich dreh dir auch keinen Strick daraus, falls deine Diagnose nicht stimmen sollte!"

Max seufzte ergeben. „Die Todesursache war vermutlich ein Schock. Der kann durch Verschiedenes ausgelöst worden sein. Aufgrund der Umstände tippe ich auf irgendein… Gift. Es ging jedenfalls sehr schnell."

„Aha. Ein klassischer Giftmord also. Ja, ich weiß!" Tom knuffte den Arzt feixend. „Ich werde brav den offiziellen Bericht abwarten, bevor ich irgendwelche Schlüsse ziehe." Sein Grinsen verschwand und er sah freudlos die Treppe hinauf, die zur Pförtnerloge führte. „Na, dann wollen wir mal… Wo finde ich Verena?"

„Auf der Bühne…" Max' Finger spielten mit dem Autoschlüssel in seiner Hosentasche. „Tom, kannst du sie bitte nachher heimfahren?"

Der Kommissar klopfte ihm auf die Schulter. „Klar. Mache ich doch gerne. Und wie komme ich jetzt zur Bühne?"

Es war leicht für Tom, Verena Bertram zu finden. Sie befand sich im seitlichen rechten Bereich der Bühne, der von den Zuschauern nicht eingesehen werden konnte. Hier war es im Gegensatz zur strahlend hell beleuchteten Bühne verhältnismäßig dunkel. Bis auf die Umgebung eines hölzernen Wagens, der Tom an einen großen Servierwagen erinnerte. Hier tauchte ein heller Scheinwerfer die kleine Gruppe um seine zierliche Chefin in ein gleißendes Licht.

Ein Mitarbeiter des Kriminaltechnischen Instituts war damit beschäftigt, Tüten verschiedener Größen in eine Transportbox zu verpacken. Und eine junge Frau, ebenfalls im weißen Overall, zog gerade einen Pappkarton aus der unteren Etage des Wagens hervor. Ein paar bunte Federn und etwas, das wie der Griff eines Säbels aussah, ragten daraus hervor.

„Hallo Verena." Toms Augen glitten anerkennend am engen, seegrünen Kleid seiner Chefin über ihre wohlgeformten Waden hinab bis zu den schwarzen, hochhackigen Pumps. In einer solchen Aufmachung bekam er sie selten zu Gesicht. „Schon was gefunden?" Er wandte seinen Blick dem Pappkarton zu, den die Mitarbeiterin des KTI jetzt Stück für Stück leerte. „Ach!", rief er erfreut. „Das ist ja die Kollegin Schrader!" Er klopfte der Frau im weißen Schutzanzug zur Begrüßung auf die Schulter. „Einen wunderschönen guten Abend, Ines! Lange nicht gesehen, alles klar in Hannover?"

„Logisch, Kollege Manzani!" Sie lächelte keck zurück.

Tom zwinkerte ihr vergnügt zu und drehte sich wieder zu Verena herum. „Habt ihr schon was? Übrigens, schick, dein Outfit."

„Danke", entgegnete sie knapp. „Bisher nicht. Mal sehen, was die Untersuchungen der Kelche und des Saftes ergeben." Sie deutete auf den Kollegen im Overall, der gerade die Box fort trug. Dann sah sie sich prüfend um. „Ich warte auf eine Silke Berger, die für diese Requisiten hier zuständig sein soll... Oh, hast du was gefunden?" Sie beugte sich zu Ines Schrader hinunter, die ein kleines Glasröhrchen zwischen ihren behandschuhten Fingern hielt.

„Ja. Und da ist sogar noch ein winziger Rest drin!", sagte die Mitarbeiterin der Kriminaltechnik erfreut und drehte das Röhrchen im Licht. „Sieht zähflüssig aus... Und mir scheint, es gibt einen dünnen Fettfilm auf dem Glas." Sie fotografierte das Röhrchen. Dann zog sie einen dicken Pinsel und einen Tiegel mit Rußpulver hervor. „Mal sehen, ob es Fingerabdrücke gibt."

Als sie mit dem Bestäuben fertig war, zückte sie eine Lupe und besah sich das Ergebnis. „Hm... Sieht aus, als wäre das Röhrchen abgewischt worden... Und das Fett wurde beim Abwischen verteilt. Wir werden wird herausfinden, was es ist." Sie legte das Röhrchen vorsichtig in eine kleine Tüte und wandte sich wieder dem Karton zu.

„Möglicherweise ist es Vaseline", mutmaßte Verena. „Vaseline ist hier allgegenwärtig, wird zum Abschminken benutzt." Sie sah gespannt über Ines' Schulter.

„Ah, was haben wir denn hier?" Ines zog eine Packung mit Papiertaschentüchern hervor. „Bereits geöffnet. Und zwei Tücher fehlen." Auch dieses Stück fotografierte sie.

Tom schnalzte mit der Zunge. „Vielleicht hat der Täter mit den fehlenden Tüchern das Röhrchen abgewischt?"

Ines pinselte bereits Rußpulver auf die Packung. Dann nahm sie wieder ihre Lupe. „Auch abgewischt", sagte sie sachlich.

„Ha!", rief Tom. „Das spricht doch für meine Theorie! Warum sonst sollte man eine Tempo-Packung abwischen?"

„Aber daran hat derjenige nicht gedacht!" Die Kriminaltechnikerin stand zufrieden auf. „Seht ihr das?" Sie zeigte triumphierend auf die klebende Seite der Verschlusslasche.

„Die Gläser habe ich schon vor Beginn des zweiten Aktes auf den Wagen gestellt. Zusammen mit dem Tablett." Die blonde Frau mit dem langen Pferdeschwanz wischte sich nervös die Hände an ihrer Jeans ab. „Aber den Saft habe ich erst kurz vor dem Auftritt eingefüllt. Das machen wir immer so. Wenn jemand gegen den Wagen stößt und etwas verschüttet wird, gibt das eine riesige Sauerei."

„Das kann ich mir vorstellen, Frau Berger. Und wo bewahren Sie den Saft auf?", fragte Verena Bertram. „Stand die Packung auch auf dem Wagen?"

„Nein, ich habe sie erst zum Eingießen mitgebracht. Und die Packung war noch zu." Silke Berger runzelte die Stirn. „Der Statist, der das Tablett auf die Bühne brachte, kam erst, nachdem ich eingegossen hatte. Und dann habe ich daneben gestanden, bis er damit auf die Bühne gegangen ist." Sie deutete auf das leere Tablett auf der oberen Etage des Requisitewagens.

Verena starrte nachdenklich auf die immer noch hell beleuchtete Bühne. Sie versuchte sich zu erinnern, wer alles im zweiten Akt auf der Bühne gewesen war. Wer wann und von welcher Seite auf- und abgetreten war. Sie seufzte. Selbst wenn sie sich genau erinnern könnte – was leider nicht der Fall war – sagte ihr das noch lange nicht, wer sich hinter der Bühne aufgehalten hatte. Sie kapitulierte. Das würde sie durch Befragungen herausfinden müssen.

„Okay", sagte sie schließlich. „Sie waren demnach nicht die ganze Zeit hier beim Wagen?"

Die Frau von der Requisite schüttelte den Kopf. „Nein. Ich habe ja den Saft aus der Requisite geholt. Und ich war kurz drüben, auf der Herrenseite."

„Herrenseite?", fragte Tom verwirrt. „Gibt es auch eine Damenseite?" Er grinste belustigt.

„Da befindest du dich gerade", entgegnete Verena trocken. „Die Seiten der Bühne werden so genannt, weil sich dort die Garderoben, Toiletten, Schneidereien und so weiter für das jeweilige Geschlecht befinden. Im Übrigen ist das auch auf der

Zuschauerseite des Hauses so, jedenfalls, was die Toiletten anbetrifft." Dann wandte sie sich wieder an Frau Berger. „Das heißt, in der fraglichen Zeit könnte jeder am Wagen gewesen sein?"

Die junge Frau hob pikiert die Schultern. „Ich habe hier nicht den Auftrag, den Wagen zu bewachen, oder so. Wer kann denn so was ahnen?" Sie machte eine trotzige Geste zur Bühne hin. „So was ist noch nie passiert!"

Verena sah sie nachdenklich an. „Ist es eigentlich normal, dass die Schauspieler private Dinge auf dem Wagen deponieren?"

„Ja. Besonders, wenn jemand Stimmprobleme hat. Rachenspray oder was zum Lutschen. Wieso?" Silke Berger sah die Kommissarin argwöhnisch an.

„Haben Sie heute etwas Derartiges bemerkt?"

Frau Berger zuckte mit den Schultern. „Nein. Ich glaube nicht."

„Da war eine Packung Papiertaschentücher im Karton. Bei den Fächern und dem Säbel."

„Taschentücher..." Die junge Frau schüttelte den Kopf. „Nein. Habe ich nicht gesehen. Tut mir leid."

„Und ein fast leeres Glasröhrchen."

Silke Berger erstarrte. „Das Gift?", hauchte sie. Dann wischte sie sich mit zitternden Fingern über das Gesicht. „Ich habe aber nichts damit zu tun! Ich habe ihn nicht vergiftet!" Sie wich angsterfüllt zurück.

„Das sagt ja auch niemand, Frau Berger! Bitte beruhigen Sie sich." Verena lächelte sie betont freundlich an. „Oder gibt es einen Grund, weshalb wir das glauben sollten? Einen anderen, als dass Sie für diese Requisiten zuständig sind?"

Die junge Frau schluckte krampfhaft, und wurde rot. Dann schüttelte sie heftig den Kopf. „Natürlich nicht!"

Verena kniff argwöhnisch die Augen zusammen. „Wie war denn Ihr Verhältnis zu Herrn Heß?"

„Verhältnis?" Silke Berger starrte sie entsetzt an. „Wer hat es Ihnen erzählt? Anja? Sie war so eifersüchtig, weil Mario sie überhaupt nicht beachtet hat! Er steht eben nicht auf pummelige Rothaarige... Aber ich habe ihn nicht umgebracht! Es... es war sowieso vorbei!"

Verena sah die junge Frau perplex an, die jetzt zusammengesunken vor ihr stand, als sei alle Kraft aus ihr gewichen. „Also waren Sie ein Paar", stellte die Kommissarin sachlich fest. „Sie und Mario Heß."

Silke Berger schlang die Arme um ihren Oberkörper. „Ja", gab sie kleinlaut zu. „Das dachte ich zumindest. Bis..." Sie ließ den Kopf hängen.

„Bis was?" Verena versuchte, in Frau Bergers Gesicht zu sehen, aber es war zu dunkel, die Kriminaltechnik hatte den Scheinwerfer längst abgebaut.

„Ich habe ihn mit einer Schauspielerin in der Stadt gesehen", antwortete die junge Frau brüsk. „Arm in Arm und turtelnd, dass einem schlecht werden konnte!"

„Wann war das?"

„Vor genau einer Woche. Und dabei hatte er mir vorher noch.... Ist ja egal, ich habe sofort mit ihm Schluss gemacht. Kann ich bitte gehen?", fragte sie mit erstickter Stimme.

Bevor Verena antworten konnte, entwischte die Requisite-Dame durch die schwere Metalltür.

„Der Name dieser Schauspielerin wäre noch von Interesse gewesen", sagte Tom lakonisch.

Verena stöhnte unzufrieden. „Das weiß ich selbst." Sie rieb sich gedankenvoll das Kinn. „Und ihre Fingerabdrücke brauchen wir auch. Wir werden sie morgen früh vorladen und zum Erkennungsdienst schicken.... Auch wenn sie angeblich nichts damit zu tun hat, sie hätte durchaus ein Motiv."

„Und sie hatte die beste Gelegenheit, die man sich vorstellen kann!", fügte Tom zufrieden hinzu.

Felicitas umschlang ihren zierlichen Körper mit beiden Armen. Mario war tot. Sie konnte nicht behaupten, dass es ihr Leid tat. Es war ihr, als spürte sie noch immer seinen festen Griff auf ihren Oberarmen, als er sie heute Mittag auf der Probebühne bedrängt hatte. Unwillkürlich sah sie auf ihre nackten Arme. Nein. Man sah nichts. Noch nicht. Sie rieb gedankenverloren über die Stellen und wanderte rastlos in der Garderobe auf und ab. Und Gideon war ihr zur Hilfe gekommen... Gideon. Ängstlich zog sich ihr Bauch zusammen. Hat er auch etwas von dem Gift abbekommen? Ihre Hände krallten sich in das straffe Fleisch ihrer Oberarme und sie legte einen Schritt zu.

„Nun setz dich endlich hin, Feli! Du machst mich nervös! Wenn du herumrennen willst, geh gefälligst wieder in deine eigene Garderobe!" Janine zog demonstrativ einen Stuhl hervor und sah ihre Kollegin vorwurfsvoll an.

„Nein, da bin ich ja allein und das halte ich erst Recht nicht aus!" Felicitas stützte sich auf die Stuhllehne. „Weißt du was mich nervös macht, Janine? Dieses verfluchte Warten! Warum kommen die nicht endlich und stellen ihre Fragen? Warum dauert das so lange? Ich will so schnell wie möglich zu Gideon ins Krankenhaus! Ich muss doch wissen, wie es ihm geht!"

Anne duckte sich hinter ihren Spiegel und hoffte, dass ihre beiden Kolleginnen auch weiterhin keine Notiz von ihr nahmen. Sie tunkte ein paar Lagen Zellstoff in den Vaselinetopf und wischte sich die Schminke vom Gesicht.

Im ersten Augenblick war sie Felicitas böse gewesen. Dabei war ihre Kollegin völlig unschuldig.

Oh, Anne erkannte einen Lumpen, wenn er vor ihr stand! Sie warf das fettige Zellstoffknäuel mit Verachtung in den Mülleimer neben ihrem Stuhl. Leider hatte sie ihn diesmal zu spät erkannt. Sie war ihm voll und ganz auf den Leim gegangen, hatte sich schon nach erschreckend kurzer Zeit tiefer und tiefer in diese Liebesbeziehung verstrickt. Sie hatte seinen Versprechungen ohne jeden Zweifel geglaubt. Sogar, als sie ihn mit diesem jungen Ding von der Requisite hat flirten sehen. Da hatte er sich ganz charmant herausgeredet. Er hatte nur nett sein wollen zum technischen Personal, damit man ihn nicht für einen arroganten Menschen hielte... Und sie hatte ihm geglaubt.

Bis gestern.

Anne nahm ein paar neue Zellstofftücher und entfernte mechanisch die Farbe von ihren Augen.

Und Felicitas? Die Kollegin hatte keinen Ton mit ihr gesprochen, seitdem. Anne knetete gedankenverloren die blauschwarz verfärbten Tücher zu einem schmierigen Ball. Nein, sie konnte ihr nicht böse sein. Felicitas liebte doch ihren Gideon. Wenn auch nur platonisch. Aber wer einen so untadeligen, ehrbaren, wenn auch spröden und langweiligen Mann wie Gideon Roos liebte, der hatte sicher kein Interesse an einem auffallend gut aussehenden, Charme versprühenden Macho wie Mario Heß. Anne presste ihre Lippen aufeinander. Genau das war er. Ein Macho. Ein Verführer. Nichts weiter!

Um Gideon tat es ihr Leid. Dass er in Mitleidenschaft gezogen wurde. Er war ein guter Kollege. Und ein guter Schauspieler. Seinen Bassanio auf Freiersfüßen nahm man ihm uneingeschränkt ab, obwohl manche ihm das nicht zugetraut hatten. Besonders Mario nicht... Sie selbst aber wusste, was in diesem kleinen Mann steckte.

Bassanios dunkle, hochfrisierte Perücke verlieh seinem Gesicht sogar eine interessante Note, doch als Gideon Roos hatte dieser Mann rein gar nichts, das ihn in ihren Augen attraktiv machte. Nicht einmal seine intensiven, hellblauen Augen, die Felicitas einmal mit denen von Hans Albers verglichen hatte, konnten sie überzeugen. Außer den Augen hatte er nun wirklich nichts gemein mit der Schauspiellegende aus Annes Heimatstadt. Es fehlte ihm das Wichtigste: Albers' impulsive Männlichkeit! Gideon Roos war alles andere als ein Draufgänger, ein Teufelskerl, ein Hansdampf in allen Gassen!

Mario dagegen war genau all das. Nun ja, er ist es gewesen.

Anne löste mit zitternden Fingern das verwaschene Baumwollband von ihrem Kopf, das die Perücke gehalten hatte. Ihre kurzen hellblonden Haare standen in alle Richtungen ab. Sie seufzte bitter.

Er hat es verdient, dieser Mistkerl!

Mittwoch

„Haben sie dich über Nacht im Krankenhaus behalten?" Felicitas nestelte nervös am Reißverschluss ihrer Jacke herum.

Gideon schüttelte matt den Kopf. „Nein. Aber ich war schon im Bett, als du gestern Abend angerufen hattest." Er schloss die Wohnungstür hinter ihr. „Mir ging es nicht gut."

Felicitas sah besorgt in sein blasses Gesicht. „Du siehst immer noch nicht gut aus. Du hast doch nichts von dem Gift abbekommen, oder?"

„Nein." Er verlagerte unbehaglich das Gewicht von einem Fuß auf den anderen. „Ich hatte wohl einen Schock."

Sie atmete erleichtert auf. „Kein Wunder! Du hast ja direkt neben ihm gestanden! Du Ärmster!" Sie sah ihn voller Mitgefühl an. „Das muss furchtbar gewesen sein!"

Gideon senkte schnell den Kopf und schloss seine Augen so fest er konnte. Aber es half nicht. Da waren sie wieder, diese schrecklichen Bilder, die ihn schon die ganze Nacht hindurch heimgesucht hatten. Es hatte kein Entrinnen gegeben. Immer wieder hatte er dem großen, dunkelhaarigen Mann im weinroten

Wams zugesehen, wie er sich in wilden Zuckungen auf den Bühnenbrettern wand. Immer wieder hatte er der atemlosen Stille zugehört, die endlich das laute Keuchen abgelöst hatte. Dieser regungslosen Stille, die auf alles und jeden übergegriffen hatte, sogar auf das Publikum. In diese lähmende Stille hinein war der Kelch gerollt, gespenstisch über die schwarzen Bohlen der Bühne.

Kalter Schweiß brach Gideon jetzt aus und er begann zu zittern. Oh ja, es war furchtbar gewesen. Erst die Tablette hatte ihn in einen bleiernen, traumlosen Schlaf fallen lassen, der jedoch keine Erholung gebracht hatte.

Plötzlich spürte er eine warme, weiche Hand, die die seine nahm und tröstend drückte. Er nahm sich mühsam zusammen und erwiderte dankbar den Händedruck.

Aus der Küche hörte Felicitas die Kaffeemaschine gurgeln. „Ich glaube, dein Kaffee ist fertig", sagte sie behutsam. „Du hast bestimmt noch nicht gefrühstückt?"

Gideon schüttelte den Kopf. „Ich war gerade dabei, mir etwas zu machen." Obwohl ihm nicht nach Essen zumute gewesen war. Genau so wenig wie jetzt. Trotzdem ließ er sich von Felicitas widerstandslos in die Küche ziehen, und ehe er es sich versah, stand eine Tasse Milchkaffe vor ihm. Er nahm sie mechanisch auf und trank.

Felicitas setzte sich ihm gegenüber an den winzigen Küchentisch. Sie beobachtete ihn sorgenvoll. Seine Hände zitterten immer noch.

„Gideon?"

Er stellte die Tasse zurück. „Hm?", machte er, vermied es aber, sie anzusehen.

„Wie kommt es, dass dir nichts passiert ist?"

Jetzt hob er seinen Blick. Aber er flackerte nur kurz über ihr Gesicht, ohne sich irgendwo länger aufzuhalten. „Wie meinst du das?", fragte er heiser.

Sie ergriff mit beiden Händen seine klammen Finger. Sein erster Impuls war, die Hände zurückzuziehen. Es kostete ihn einige Anstrengung, diesem Impuls zu widerstehen.

„Wenn das Gift nur in einem der Gläser war, wie konnte der Mörder dann wissen, dass sein Opfer das richtige Glas erwischt? Die sahen doch völlig gleich aus!"

Der Mörder. Sein Opfer. Gideon lief es eiskalt den Rücken hinunter. „Ich weiß es nicht", krächzte er.

Felicitas sah jetzt Schweißperlen auf seiner Stirn. „Oder hast du gar nicht richtig getrunken?"

„Doch… Nein… Nicht wirklich. Es war Johannisbeersaft, den mag ich nicht."

Sie nickte nachdenklich. „Und was ist, wenn der Anschlag dir gegolten hat?", fragte sie eindringlich.

„Mir?" Er schüttelte irritiert den Kopf. „Wieso denn mir? Und wer sollte–"

„Na wer schon!" Felicitas' Hände umklammerten jetzt die seinen. „Mario! Ist das nicht offensichtlich? Nach dem, was gestern Mittag auf der Probebühne passiert ist?"

Gideon starrte sie entgeistert an. Sein Blick verschwand für einen Augenblick in weiter Ferne. Dann zog er unbehaglich die Schultern hoch. „Ich weiß nicht... Er wäre doch nicht so dumm gewesen, sich selbst zu vergiften."

„Natürlich nicht", sagte sie nachdrücklich. „Mit Absicht ist das bestimmt nicht passiert!"

„Es gibt keinen Treffer bei den Fingerabdrücken!" Verena Bertram legte enttäuscht den Hörer auf.

„Dir auch einen schönen guten Morgen, Boss!" Tom lehnte lässig im Türrahmen und hielt Verena eine dampfende Tasse entgegen. „Für dich, der Kaffee war gerade fertig." Er trat in Verenas Büro und stellte die Tasse auf ihren Tisch. „Dann hat diese Tempo-Packung vielleicht doch nichts mit unserem Fall zu tun."

Verena sah ihn aus zusammengekniffenen Augen an. „Doch, hat sie! Auf der Packung war nämlich auch ein Fettfilm. Ob der gleiche, wie auf dem Röhrchen, wissen sie noch nicht. Das Röhrchen ist noch in Bearbeitung. Sie melden sich, wenn die Ergebnisse da sind. Ach ja: Beim Fingerabdruck am Klebestreifen war kein Fett."

Tom zog ein Gesicht. „Da zwei Tücher fehlten, könnten der Öffner der Packung und der Fett-Wischer also zwei verschiedene Personen gewesen sein... Puh. Das würde alles verkomplizieren." Er zog einen der Besucherstühle vor Verenas Schreibtisch und setzte sich nachdenklich. „Sind denn wirklich schon alle erkennungsdienstlich untersucht worden? Inklusive der Bühnenarbeiter und so weiter? Es ist ja noch ziemlich früh am Tage."

Verena schüttelte frustriert den Kopf. „Nein, es waren alle da, sogar Silke Berger von der Requisite..." Dann hielt sie plötzlich inne. „Alle? Nein", sagte sie langsam. „Einer war nicht da... Der konnte gar nicht."

Tom blinzelte verdutzt. „Du meinst doch nicht etwa... unser Opfer?"

„Ach was!" Sie sah ihn tadelnd an. „Seine Fingerabdrücke haben sie natürlich auch überprüft. Ich meinte Gideon Roos. Den hatte ich doch ins Krankenhaus bringen lassen, und so ist er gestern Abend einer Vorladung entgangen. Er wurde übrigens gestern noch entlassen. Er hatte nichts."

„Na, wenn das nicht verdächtig ist! Dann sollten wir ihn ganz schnell herbestellen! Haben wir seine Telefonnummer?"

Verena nickte und schob ihrem Kollegen ein paar Ausdrucke hinüber. „Am besten, du rufst ihn an. Ich spreche noch mal mit der Kriminaltechnik. Wir brauchen noch die Fotos, die Ines gemacht hat."

Tom ging zurück in sein Büro, das genau gegenüber dem von Verena lag. Wenn beide an ihren Schreibtischen saßen, konnten sie einander durch die gewöhnlich geöffneten Türen sehen.

Beide legten synchron ihre Hörer auf. Verena stand auf und schlenderte zu Tom hinüber. Dann seufzte sie. „Tom, ich glaube, dieser Fall wird nicht einfach", ...für mich, setzte sie in Gedanken hinzu.

„Aber, aber!", sagte Tom aufmunternd, „Wer wird denn gleich die Flinte ins Korn werfen? Wir fangen doch gerade erst an! Wie geht es eigentlich Max? Hat er seinen ‚Misserfolg' überwunden?"

„Ja, hat er, wenn auch mit Mühe... Wann kommt Roos?", fragte sie unvermittelt.

„Er wollte sich in Kürze auf den Weg machen."

„Er war also kooperativ?"

Tom zuckte mit den Schultern. „Erfreut klang er nicht gerade. Ich habe ihm erzählt, dass wir all seine Kollegen gestern Abend schon befragt hätten. Und dass das reine Routine sei."

Verena nickte gedankenvoll. Wenn sie ehrlich war, hoffte sie, dass auch keiner von Roos' Fingerabdrücken zu dem auf der Verschlusslasche passte. Sie senkte beschämt den Kopf. Das war unprofessionell. Völlig inakzeptabel. Sie seufzte entnervt. „Bin gleich wieder da."

Ein schmaler, rothaariger Kollege stand in Toms Tür. „Tom, hier ist jemand für euch."

„Na, das ging aber schnell!", murmelte Tom, Gideon Roos erwartend. „Danke, Malte. Immer herein mit ihm." Er erhob sich erstaunt von seinem Schreibtischstuhl, als sich eine hoch gewachsene, elegante Blondine zögernd an dem Kollegen vorbei schob. Sie kam ihm vage bekannt vor. „Guten Morgen. Was kann ich für Sie tun?"

„Mein Name ist Annegret Hansen. Ich bin die Nerissa. Im ‚Kaufmann von Venedig'", fügte sie hinzu, als sie seinen verständnislosen Blick bemerkte. Sie sah unschlüssig auf den Stuhl vor Toms Schreibtisch. „Eigentlich wollte ich zu Frau Bertram. Mit ihr hatte ich nämlich gestern Abend schon gesprochen. Im Theater. Ist sie gar nicht da?"

„Doch, doch", Tom warf einen prüfenden Blick über den Flur in das verwaiste Büro seiner Chefin. „Sie ist nur gerade... nicht am Platz. Aber sie wird sicher gleich wiederkommen. Ich bin Kriminaloberkommissar Tom Manzani. Wir bearbeiten den Fall gemeinsam, also können wir schon mal anfangen. Bitte, nehmen Sie doch Platz. Darf ich Ihnen einen Kaffee anbieten?"

Frau Hansen setzte sich auf den Stuhl vor Toms Schreibtisch. „Ja, schwarz bitte. Ohne Zucker."

„Einen Augenblick." Tom verließ sein Büro. Als er einige Minuten später mit dem Kaffee zurückkam, war Verena immer noch nicht wieder da. Er zuckte mit den Schultern und schloss die Tür hinter sich. „Ihnen ist also noch etwas eingefallen?", begann er.

Die Schauspielerin streifte ihren eisblauen Mantel von den Schultern. „Ja, mir ist noch etwas eingefallen. Sonst wäre ich wohl kaum hier!"

Tom zuckte beinahe zusammen, so unerwartet traf ihn die Schärfe ihrer Stimme. Er richtete sich wachsam auf. „Und?"

Sie setzte sich ebenfalls kerzengrade hin und war so mit Tom auf Augenhöhe. „Es war vor zwei Tagen... ja, am Montag. Bei einer Probe. Wir proben derzeit für ein Stück, das sich um drei Paare dreht, die zunächst nichts miteinander zu tun haben. Dann begegnen sie einander an einer Tankstelle... Ach, das ist unwichtig", winkte sie kühl lächelnd ab. „Also, zurzeit proben die Paare noch getrennt von einander. Die Proben fanden bis dahin alle auf der Probebühne unter dem Dach im Großen Haus statt. Paar Nummer 3 wurde von Mario Heß und mir gespielt." Sie griff nach ihrer Tasse und trank einen Schluck. Dann lehnte sie sich zurück und schlug betont lässig die langen Beine übereinander, die in einer cremefarbenen engen Jeans steckten. „Unsere Probe sollte um 12 Uhr beginnen. Vorher war Paar Nummer 2 dran, und gewöhnlich macht der Regisseur zwischen diesen Proben 15 Minuten Pause. Ich betrat die Probebühne also ungefähr zehn vor zwölf. Sie sollten das besser mitschreiben!" Sie deutete gebieterisch auf Toms Notizbuch.

Er ließ diese Unverschämtheit durchgehen. „Und weiter?"

„Als ich die Probebühne betrat... da..." Sie geriet ins Stocken. Wut und Ekel stiegen wieder wie bittere Galle in ihr empor. Sie umklammerte ihre Tasse und zwang sich zur Ruhe. „Es waren zwei Personen dort. Mario Heß und Felicitas Petzold." Sie beglückwünschte sich insgeheim zu ihrem betont desinteressierten Tonfall. „Felicitas spielt die Lisa aus Paar Nummer 2, das vorher geprobt hatte", erklärte sie herablassend.

„Und was haben die beiden gemacht?" Tom war es allmählich Leid, ihr jedes Wort aus der Nase ziehen zu müssen.

Sie rollte missfällig mit den Augen. „Sie haben sich geküsst! Oder zumindest hat es so ausgesehen", fügte sie anzüglich hinzu.

Tom runzelte die Stirn. „Es hat so ausgesehen? War es nun ein Kuss oder nicht?"

Frau Hansen stellte ihre Tasse mit einem Ruck auf den Tisch und lehnte sich vor. „Es war ein einseitiger Kuss. Und damit meine ich nicht, dass er sie nur auf die eine Wange geküsst hat!" Sie fixierte den Beamten mit durchdringender Miene. „Wenn Sie verstehen, was ich sagen will, Herr Kommissar."

Tom registrierte sehr wohl den sarkastischen Unterton der Frau. „Es war also nicht einvernehmlich. Und es ging von ihm aus. Wollen Sie das damit sagen, Frau Hansen?"

Sie nickte mit einem neckischen Lächeln. „Genau das, Herr Kommissar! Und als ich auftauchte, ergriff sie die Flucht. Nicht ohne ihm irgendetwas Boshaftes zuzuzischen. Boshaft vom Klang ihrer Stimme her. Verstanden habe ich kein Wort. Aber das brauchte ich auch nicht, was ich gesehen hatte, war unmissverständlich."

Sie ließ sich, einigermaßen zufrieden mit ihrer Darbietung, gegen die Stuhllehne sinken und griff wieder nach der Tasse. Oh ja, es war unmissverständlich gewesen... Und Mario hatte ihr konsterniert entgegengestarrt. Er hatte sich jedoch in Sekundenschnelle gefangen. „Hallo Anne", hatte er mit seinem typischen, entwaffnenden Lächeln gesagt und sich dabei verstohlen über den Mund gewischt. „Also ehrlich, ich weiß wirklich nicht, was diese Frau von mir will..."

„Die Frage ist wohl eher, was du von ihr willst?", hatte sie außer sich vor Wut gefaucht.

„Also, es ist nicht das, was du denkst, Herzchen!"

„Ach ja? Was denke ich denn?", hatte sie empört gefragt. Dann hatte sie ihn angewidert von sich gestoßen. „Dass du so etwas nötig hast! Was bist du nur für ein armseliger Wicht!"

„Armselig? Wer ist hier armselig? Was glaubst du, wer du bist?", hatte Mario ihr mit wütender Verachtung entgegengeschleudert. „Egal, was du dir einbildest, du magst ja groß und blond sein, aber du bist noch lange keine Brigitte Nielsen!"

Annes Hände schlossen sich fest um die bauchige Kaffeetasse. Ihr war, als spürte sie in ihrer rechten Hand noch immer das Brennen der Ohrfeige, die sie Mario verpasst hatte.

„Felicitas Petzold und Mario Heß", sagte Tom jetzt, und klopfte ungeduldig auf die Tischplatte. „Wie standen die beiden Ihrer Meinung nach zueinander?"

Annegret Hansen starrte ihn erbost an. „Hören Sie nicht richtig zu? Sie wurde von ihm sexuell belästigt!" Die blonde Frau presste ihre ohnehin schon schmalen Lippen zu einem fast unsichtbaren Strich zusammen. „Verstehen Sie nicht, was das bedeutet?"

Tom konnte sich denken, worauf sie hinaus wollte. Er aber lehnte sich bequem zurück und zuckte unschuldig mit den Schultern. „Und was bedeutet es?"

„Mein Gott! Wer ist denn hier bei der Polizei?" Sie verdrehte verächtlich die Augen. „Felicitas Petzold hatte ein Motiv!" Der Kommissar sah sie nur unverwandt an. „Mein Gott", wiederholte sie entnervt, „muss man Ihnen denn alles auf dem Silbertablett servieren? Sie hat sich offenbar gegen ihn gewehrt!"

Tom verlagerte gemächlich sein Gewicht auf dem Stuhl. „Und Sie sind sich ganz sicher, dass Sie nicht Zeuge eines Beziehungsstreites geworden sind?"

Frau Hansen schnaubte konsterniert. „Absolut sicher! Die beiden haben keine Beziehung! Felicitas Petzold ist bis über beide Ohren in Gideon Roos verliebt! Schon seit langem! Die hat kein Interesse an anderen Männern!", fügte sie mit wütendem Nachdruck hinzu. Rote Flecken zeigten sich jetzt auf ihrem hellen Gesicht.

Tom nickte bedeutungsvoll und machte sich eine Notiz. „Gut. Noch eine letzte Frage, Frau Hansen, dann dürfen Sie gehen. Wie war denn Ihre persönliche Beziehung zu Mario Heß?"

„Persönliche Beziehung!" Sie verzog angeekelt das Gesicht. „Zu so einem Mistkerl? Nein danke!"

„Übertreiben Sie nicht ein bisschen? Sie haben doch schon seit ein paar Wochen zusammen gearbeitet. Und dieser Vorfall, den Sie eben geschildert haben, hat sich erst", er sah in seine Aufzeichnungen, „erst vor zwei Tagen zugetragen, oder? Wie kamen Sie denn vorher mit ihm aus? Oder hat er Sie etwa auch belästigt?" Jetzt war es Tom, der einen sarkastischen Ton anschlug.

Die Schauspielerin errötete heftig und verschränkte trotzig ihre Arme vor der Brust. „Wir haben einfach nur zusammen gearbeitet. Weiter nichts! Ohne irgendeine Beziehung!", stieß sie gereizt hervor. „Und weiter gibt es dazu nichts zu sagen!"

„Du hättest sie sehen sollen, als sie eine persönliche Beziehung abgestritten hat! Knallrot ist sie geworden!" Tom stand grinsend vor Verenas Schreibtisch und sah ihr zu, wie sie sich durch seine Notizen kämpfte. „Abgesehen davon hat sie sich überheblich und sarkastisch gegeben. Aber vielleicht war das alles nur gespielt, es kam mir ziemlich dick aufgetragen vor... Ach ja. Eigentlich wollte sie zu dir. Wo hast du so lange gesteckt?"

„Ich war ‚für kleine Mädchen', dann in der Geschäftsstelle, meinen Urlaub einreichen, ehe ich es schon wieder vergesse, und als ich wiederkam, war deine Tür zu."

Tom grunzte und ließ sich vor Verenas Schreibtisch nieder. „Hättest ja klopfen können…"

„Hätte ich. Aber ich hielt es für besser, hier auf Roos zu warten. Und auf die Fotos der Kriminaltechnik." Sie deutete auf ein paar Ausdrucke.

„Na gut." Tom nickte. „Sag mal, meinst du, diese Hansen könnte diejenige sein, die die Requisite-Berger gemeint hat? Du weißt schon, die Schauspielerin, mit der sie ihren Angebeteten in der Stadt gesehen hat."

„Sie oder Felicitas Petzold. Möglicherweise hat Annegret Hansen die Lage doch nicht richtig beurteilt. Und die beiden waren trotzdem ein Paar."

„Angeblich soll die Petzold wie verrückt hinter dem Roos her sein und kein Interesse an anderen Männern haben", konterte Tom.

„Sagt wer? Frau Hansen?" Als ihr Kollege nickte, meinte Verena: „Na bitte."

Tom ächzte ergeben. „Du denkst, sie wollte damit nur von sich selbst als möglicher Täterin ablenken?"

„Wäre doch möglich. Vielleicht ist Annegret Hansen genau so eine verprellte Liebhaberin von Mario

Heß wie Silke Berger. Und hätte selbst Grund genug, sich an Heß zu rächen."

„Und die Sache mit der Belästigung hat die Hansen nur erfunden, um der Petzold ein Motiv unterzujubeln…?" Tom erwärmte sich zunehmend für diese Theorie. „Und selbst, wenn die Hansen Heß nicht umgebracht haben sollte, würde sie ihn mit diesem Belästigungs-Gerücht quasi symbolisch noch einmal umbringen: Posthumer Rufmord!" Er grinste zufrieden. „Heß kann ja nicht mehr widersprechen!"

„Aber Frau Petzold schon…" Verena trommelte mit den Fingern auf der Schreibtischplatte „Als ich sie gestern Abend vernommen habe, hat sie keinerlei Angaben über ein derartiges Zusammentreffen mit dem Opfer gemacht." Verena seufzte. „Wir werden noch mal mit ihr sprechen müssen, Tom."

„Sieht so aus…" Tom nahm seine Brille ab und wischte sich müde über das Gesicht. „Mann, ist das ein Fall! Massenhaft Leute mit Motiv und Gelegenheit und kein einziges Alibi."

Er setzte die Brille wieder auf und grunzte unwillig. „Nicht, dass uns das irgendwie weiter brächte. Alibis spielen bei diesem Fall überhaupt keine Rolle! Und so lange wir kein Geständnis bekommen, können wir nur auf die Ergebnisse der Obduktion und der Laboruntersuchungen hoffen!"

Ein mitfühlendes Lächeln zuckte in Verenas Mundwinkeln. Tom liebte klare Verhältnisse und offensichtliche Lösungen. Sie sah ihn an. „Gutes Stichwort, Tom, es gibt tatsächlich Neuigkeiten auf diesem Sektor! Ich habe vor knapp zehn Minuten einen Anruf vom KTI bekommen. Abteilung BTM und Gifte."

„Was denn, schon?", rief er überrascht. „So schnell sind die doch sonst nicht!"

„Na ja. Dieser Mord ist schließlich vor Hunderten von Zuschauern passiert und steht damit automatisch im öffentlichen Interesse…" Verena grinste schief. „Und ganz fertig sind sie auch noch nicht. Aber sie wissen trotzdem schon, was in unserem Röhrchen gewesen ist. Man konnte es nämlich riechen. Und da man es riechen konnte, war das Erdnussöl wahrscheinlich kalt gepresst, also nativ. Das raffinierte soll relativ geschmacks- und geruchsneutral sein. Sie melden sich, sobald die Analysen durch sind."

„Erdnussöl?" Tom sah sie perplex an. „Kein Gift?"

„Wie man es nimmt. Erdnüsse enthalten ein starkes Allergen", erklärte sie. „Und natives Öl enthält mehr davon. Beide Sorten werden häufig in der asiatischen Küche eingesetzt. Für den Wok, zum Beispiel. Das Zeug ist also leicht zu beschaffen."

Tom pfiff leise durch die Zähne. „Heß war demnach allergisch!"

„Noch ist es nur eine Vermutung, Tom", mahnte sie ihren Kollegen. „Wenn auch eine sehr plausible. Das Labor hat nämlich in beiden Kelchen Öl-Rückstände gefunden. Wenn das auch Erdnussöl ist, liegt diese Vermutung natürlich nahe. Und dass Roos verschont geblieben ist, passt dann auch. Und wenn es sich bei den Fettfilmen auf Röhrchen und Tempo-Packung ebenfalls um Erdnussöl handelt…." Sie sah ihren Kollegen bedeutungsvoll an. „In ein, zwei Stunden wissen wir jedenfalls mehr."

Tom schnalzte mit der Zunge. „Mich würde brennend interessieren, wer von Heß' Allergie gewusst hat. Seiner mutmaßlichen Allergie", fügte er zwinkernd hinzu.

Verena nickte. „Mich auch. Wir sollten seinen Hausarzt ausfindig machen. Vielleicht bekommen wir von ihm eine Bestätigung. Setz bitte Tekin darauf an."

„Und wenn er hier noch gar keinen Arzt hatte? Heß war doch erst seit Anfang August in Braunschweig."

„Dann suchen wir dort, wo Heß vorher gewesen ist." Verena zog die Akte zu sich hinüber und blätterte zu den Personalinformationen. „Steht hier nicht. Das kann man sicher im Personalbüro des Staatstheaters erfragen."

Tom stand auf. „Gut, dann gehe ich jetzt zu Tekin."

„Warte! Das Beste habe ich mir für den Schluss aufgehoben!" Verena sah ihn triumphierend an. „Im Röhrchen haben sie Speichelspuren gefunden! Oben innerhalb und außerhalb des Gewindes und im Schraubverschluss!"

„Das gibt es ja nicht!" Tom schüttelte verblüfft den Kopf. „Hat der Täter etwa eine Geschmacksprobe genommen?"

„Wer weiß? Es reichte jedenfalls für eine DNA-Analyse. Das Ergebnis bekommen wir dann in ein, zwei Tagen."

In diesem Moment tauchte ein schwarzer Haarschopf in Verenas Tür auf. „Tag Kollegen. Ich habe hier einen Gideon Roos, der zu euch möchte."

„Tekin! Du kommst wie gerufen!" Tom sprang auf und zog den jungen Kollegen in sein Büro.

Verena atmete tief durch. Okay. Dann ging es jetzt also los. Sie stand auf und zog vorsorglich einen Stuhl für Tom auf ihre Seite des Schreibtisches. Dann ging sie mit klopfendem Herzen zur Tür und bat den Besucher herein.

Auge in Auge stand sie nun dem Mann gegenüber, den sie seit zwei Jahren auf der Bühne bewunderte. Er war kleiner, als sie vermutet hatte. Unscheinbarer. Und jetzt war er sehr nervös. „Guten Morgen, Herr Roos. Kommen Sie bitte." Sie warf einen kurzen Blick zu Tom hinüber, der immer noch mit Tekin sprach. Sie ließ ihre Tür offen und wies auf den Stuhl vor ihrem Schreibtisch. „Danke, dass Sie so schnell kommen konnten. Ich hoffe, Sie haben sich von dem Schock einigermaßen erholt… Bitte, nehmen Sie Platz."

Sie setzten sich.

„Ich bin Kriminalhauptkommissarin Verena Bertram. Und das hier", sie deutete auf Tom, der gerade die Tür hinter sich schloss, „ist mein Kollege Tom Manzani. Mit ihm haben Sie telefoniert."

„Sie haben alle anderen ja schon befragt", sagte Roos mit einem Anflug von Trotz.

„So ist es", bestätigte Tom, der sich jetzt neben seine Chefin setzte. „Und Fingerabdrücke haben wir auch schon von allen. Nur Ihre fehlen noch in unserer Sammlung."

Roos sah irritiert von Manzani zu Bertram und wieder zurück. „Fingerabdrücke? Davon haben Sie am Telefon aber nichts gesagt!"

„Das ist reine Routine, Herr Roos", sagte Verena sachlich. „Sind Sie bereit, sie uns zu geben?"

Roos senkte den Kopf. Verena sah, wie seine Kiefer heftig mahlten. Schließlich setzte er ein betont gleichmütiges Gesicht auf und nickte knapp.

„Okay. Tom, begleitest du Herrn Roos bitte zum Erkennungsdienst? Ich möchte das gleich erledigen."

Nach einer Weile wurde Roos von einem langen blonden Beamten zurückgebracht. „Verena? Ich soll dir von Tom ausrichten, dass er gleich den Abgleich macht. Du brauchst aber nicht auf ihn zu warten."

„Danke, Jens", entgegnete Verena und richtete sich gerade auf, ein Zeichen, dass es nun ernst wurde. „Also Herr Roos. Auf dem Requisitewagen haben wir eine Packung Papiertaschentücher gefunden." Sie legte den Ausdruck eines Fotos vor ihn auf den Tisch.

Das Gesicht des Schauspielers blieb unbewegt. „Und?"

„Es wurden Fingerabdrücke darauf gefunden. Abdrücke, die bisher zu keinem aus unserer ‚Kaufmann-von-Venedig'-Sammlung passten. Und wie Sie gerade gehört haben, werden wir in Kürze wissen, ob es die Ihren sind. Also?" Sie sah ihn herausfordernd an.

Roos' Augenbrauen zogen sich für einen kurzen Moment irritiert zusammen. Dann lehnte er sich unbehaglich zurück. „Ja. Es ist meine Packung. Ich habe sie in den Karton geworfen. Offen herumliegende Taschentuchpackungen sorgen immer für eine gewisse... Hysterie. Aber Sie verstehen vermutlich nicht, was ich meine." Er lächelte verlegen.

Verena sah in Roos' Gesicht. Es war ein ehrliches Gesicht. Trotz seiner 34 Jahre sah er sehr jung und verletzlich aus. Und sehr beunruhigt, ja geradezu verkrampft, obwohl er sich die größte Mühe gab, entspannt zu wirken.

„Oh doch. Ich verstehe. Ich war während meiner Schulzeit Statistin in diesem Theater. Alle machten um die geringsten Anzeichen einer Erkältung einen großen Bogen. Sind Sie erkältet, Herr Roos?"

Der Schauspieler blinzelte erstaunt. „Ähm... nein. Aber ich hatte so ein Gefühl... Sie waren Statistin? Hier?"

„Ja. Ist lange her. Wie viele Taschentücher haben Sie benutzt?"

Roos runzelte angestrengt die Stirn. „Eins. Nur eins. Warum?"

„Und wo haben Sie es gelassen?", fragte sie schnell. „Im Mülleimer der Seitenbühne haben wir es nicht gefunden."

„Ich... weiß es nicht. Ich muss es wohl in den Ärmelaufschlag meines Kostüms gesteckt haben. Und dann habe ich es vermutlich in der Garderobe entsorgt. Warum?" Er strich sich über die Oberlippe, auf der jetzt ein paar winzige Schweißtropfen zwischen den blonden Bartstoppeln glänzten.

„Da haben wir auch nichts gefunden." Sie sah ihn unbeirrt an.

Die Tür öffnete sich und Tom kam zurück. Er nickte Verena triumphierend zu. „Passt!"

„Er hat schon zugegeben, dass es seine Packung ist. Herr Roos", Verena stand auf und setzte sich seitlich auf den Tisch. „Wie ist Ihr Verhältnis zu Felicitas Petzold?"

Roos starrte die Kommissarin perplex an. „Was hat das denn mit dieser Sache zu tun?"

„Vielleicht mehr, als Sie denken. Beantworten Sie einfach meine Frage, Herr Roos." Sie fixierte ihn.

„Wir sind Kollegen... Nun ja, ein bisschen mehr. Freunde, könnte man sagen." Er rieb sich angespannt die Hände.

„Haben Sie ein Verhältnis mit ihr?"

Roos starrte sie beinahe entsetzt an. „Hat das irgendjemand behauptet? Wenn ja, ist es gelogen! Ich habe kein Verhältnis! Weder mit Felicitas Petzold, noch mit jemand anderem!"

„Und Mario Heß?" Verena stand wieder auf und spazierte um den Schreibtisch herum. „Hatte der ein Verhältnis mit ihr?"

Roos' Hände umklammerten jetzt die Armlehnen. „Nein! Um Gottes Willen! Wie kommen Sie denn darauf?"

„Frau Petzold und Herr Heß sind in einer... sagen wir, intimen Situation beobachtet worden."

„Intime Situation? Was meinen Sie denn damit? Und wer hat sie beobachtet?" Er schien fast aus dem Stuhl springen zu wollen.

Sie blieb dicht neben seinem Stuhl stehen und sah kühl auf ihn herunter. „Können Sie vielleicht etwas Erhellendes dazu beitragen?" fragte Verena unbeirrt.

Roos starrte mit einer Mischung aus Abscheu und Furcht zu ihr empor. Dann senkte er den Kopf und nickte widerwillig. „Sie kannten einander von Felicitas' letztem Engagement in Aachen. Heß hat sie belästigt. Und ich wurde Zeuge dieser Belästigung, zum

Teil jedenfalls. Was gelaufen ist, bevor ich dazukam, und wer da etwas gesehen haben könnte, weiß ich nicht. Als ich kam, waren die beiden allein auf der Probebühne."

Bei dem Wort ‚Probebühne' begann Tom sogleich, in seinen Aufzeichnungen zu blättern.

Roos fuhr fort, ohne davon Notiz zu nehmen. „Ich wollte sie zur Mittagspause abholen. Sie probt gerade für ‚No Go', ein Stück, das aus einem Film entstanden ist. Ich probe derzeit im Kleinen Haus für den ‚Kontrabass' von Patrik Süskind... Und an diesem Tag war ich früh fertig."

„An welchem Tag war das?", fragte Tom dazwischen und sah Roos aufmerksam an.

„Gestern. Um die Mittagszeit."

„Der Tag, an dem Mario Heß starb." Der Kommissar blickte Roos über den Rand seiner Brille hinweg an. Roos nickte nur knapp und rieb seine Handflächen mechanisch über die Jeans.

Tom kritzelte in seinem Notizheft. Das war genau ein Tag nachdem Annegret Hansen Zeugin des Kusses zwischen Heß und Petzold auf der Probebühne geworden war. Also gab es zwei ‚Probebühnen-Ereignisse'... „Wie sah denn diese Belästigung aus, von der Sie gesprochen haben?", fragte Tom weiter.

Roos wandte angewidert seinen Blick ab. „Als ich kam, hielt er sie an den Oberarmen fest und bedrängte sie. Er wollte offensichtlich ihre alte Beziehung wieder aufleben lassen. Sie versuchte, ihn abzuschütteln. Als Heß mich bemerkte, ließ er sie los und ging."

„Einfach so?"

Roos zuckte mit den Schultern. „Er hat noch eine Beleidigung abgelassen. Das war in dieser Situation von ihm wohl zu erwarten."

Tom lehnte sich interessiert vor. „Und was war in dieser Situation von Ihnen zu erwarten?"

Der Schauspieler zog ungehalten die Augenbrauen zusammen. „Ich weiß nicht, worauf Sie hinaus wollen. Wir gingen einfach nur Mittagessen. Im Magniviertel. Ich kann Ihnen auch das Restaurant nennen, wenn Sie wollen. Und wir haben Heß erst abends bei der Vorstellung wieder gesehen."

„Waren Sie die ganze Zeit bis zum Abend mit Frau Petzold zusammen?"

Roos schüttelte den Kopf. „Ich habe Felicitas gegen 15 Uhr bis zu ihrer Wohnung begleitet und bin dann selbst nach Hause gegangen. Später war ich noch einkaufen, beim EDEKA-Markt in der Wiesenstraße. Aber den Beleg habe ich nicht mitgenommen. Ich kann es also nicht beweisen."

Tom lehnte sich zurück und nickte seiner Chefin zu.

Verena setzte sich wieder auf ihren Stuhl. „Wie gut kannten Sie Mario Heß?" Sie musterte ihn wachsam.

Auf Roos' Gesicht zeigte sich innerhalb von Sekundenbruchteilen ein ganzes Kaleidoskop verschiedener Gefühle. Zorn, Abscheu, Hass, Angst. Doch beinahe sofort gewann der erzwungene Gleichmut wieder die Oberhand. „Ich mochte ihn nicht, das gebe ich ehrlich zu. Felicitas hat mir von ihm erzählt. Das hat mich natürlich gegen ihn eingenommen. Und er hat nichts getan, das meine Meinung über ihn hätte bessern können. Er war ein überheblicher Mann mit wenig Achtung vor anderen Menschen", fügte Roos mit einem Anflug von Bitterkeit hinzu.

Verena faltete ihre Hände auf der Tischplatte. „Hat er irgendwelche Allergien erwähnt?"

Roos starrte eine Weile reglos auf seine im Schoß verschlungenen Hände. Dann schüttelte er schließlich den Kopf. „Er hat immer mit seiner Fitness geprahlt. An etwas anderes kann ich mich nicht erinnern. Aber wir hatten außer im ‚Kaufmann' auch kaum miteinander zu tun. Fragen Sie Annegret Hansen, sie war seine Partnerin. Im ‚Kaufmann' und in ‚No Go'."

„Das werden wir, danke. Dann noch eine letzte Sache." Verena zog ein zweites Foto hervor. „Das hier haben wir ebenfalls im Karton auf dem Requisitewagen gefunden. Schon mal gesehen?" Sie beobachtete Roos beinahe lauernd.

Der Schauspieler starrte regungslos auf das Foto mit dem Glasröhrchen. Dann zuckte er mit den Schultern. „Solche Kartons werden gerne als Mülleimer missbraucht."

„Sie kennen dieses Röhrchen also nicht?"

Er zuckte wieder mit den Schultern.

Verena verzog ungeduldig das Gesicht. Dann schlug sie mit der flachen Hand auf den Tisch, dass es laut knallte. „Ja oder nein, Herr Roos!", donnerte sie.

Der Mann zuckte erschrocken zurück. Dann senkte er den Kopf und biss sich auf die Lippen. „Nein", brummte er kaum hörbar.

Verena blickte ihn schweigend an. Dann fuhr sie eisig fort: „In diesem Röhrchen befanden sich Reste von Erdnussöl." Roos senkte den Kopf noch ein wenig tiefer. Verena beugte sich vor. „Sind Sie bereit, uns eine Speichelprobe zu geben, Herr Roos?"

Der Kopf des Schauspielers schnellte in die Höhe. Sein bestürzter Blick traf auf den bohrenden Blick der Hauptkommissarin. „Wofür denn das? Sagen Sie jetzt nicht, das sei auch ‚reine Routine'!"

„Sehen Sie, Herr Roos. Wir haben Anlass, Ihre Taschentuchpackung mit diesem Röhrchen in Verbindung zu bringen." Verena tippte mit dem Zeigefinger abwechselnd auf die Ausdrucke beider Fotos. „Wenn Sie nichts damit zu tun haben, kann eine Speichelprobe Sie entlasten."

„Was für eine Verbindung?" Roos sah entgeistert von Verena zu Tom, der seinem flehenden Blick betont gleichgültig begegnete. Der Schauspieler senkte trotzig den Blick. „Nur weil beides in diesem Karton gelegen hat?", fragte er jetzt hitzig. „Und wieso kann eine Speichelprobe mich entlasten? Dann müssten Sie ja DNA vom..." Er vollendete diesen Satz nicht.

Verena nickte nachdrücklich. „Haben wir. Zumindest vermuten wir, dass es die DNA des Mörders ist. Und diese Vermutung wird zur Gewissheit, sobald feststeht, dass das Erdnussöl todesursächlich war. Also, Herr Roos. Sind Sie nun bereit, oder nicht?"

„Nein! Bin ich nicht!", er rückte seinen Stuhl einen halben Meter vom Tisch ab, als wollte er die Flucht ergreifen. Doch dann verharrte er und sah der Kommissarin fest in die Augen. „Nein. Nein, ich bin nicht bereit, meinen genetischen Fingerabdruck irgendwo speichern zu lassen!"

Verena sah ihn beinahe enttäuscht an. „Herr Roos. Machen Sie es sich doch nicht schwerer, als es ohnehin schon ist."

Er schluckte trocken. „Brauchen Sie nicht einen… Beschluss für diese Speichelprobe?", fragte er steif.

Verenas Stirn legte sich in unwillige Falten. „Nicht, wenn Sie sie uns freiwillig geben."

„Das werde ich nicht!" Der Schauspieler schüttelte energisch den Kopf. „Niemals!"

„Wie Sie wollen. Dann besorgen wir uns einen Beschluss", sagte sie unnachgiebig. „Und das geht ziemlich schnell. Noch heute, schätze ich. Halten Sie sich zu unserer Verfügung."

Roos nickte wortlos und stand auf.

Verena sah ihm fassungslos hinter ihm her. Dann ließ sie sich schwer gegen die Rückenlehne fallen und starrte missmutig vor sich hin.

„Hey." Tom stieß sie an. „Stimmt irgendetwas nicht?"

„Ich weiß nicht, Tom. Entweder er ist unglaublich dumm... oder er ist schuldig!", fügte sie bitter hinzu.

Tom musterte sie argwöhnisch. „Und das macht dir zu schaffen, ja?"

Sie warf ihm einen sauren Blick zu. „Nur weil ich ihn für einen ausgezeichneten Schauspieler halte, bin ich nicht voreingenommen, wenn du das meinst! Bin ich etwa zu weich mit ihm umgegangen?", fragte sie herausfordernd.

„Zu weich? Nein!" Tom schüttelte energisch den Kopf. „Im Gegenteil. Du hast ihn ziemlich hart angefasst. Für deine Verhältnisse jedenfalls." Er sah sie beunruhigt an. „Darf ich offen sagen, was ich denke?"

Sie nickte knapp. „Du hältst viel von ihm, du hast es gerade zugegeben. Also hast du versucht, gegenzusteuern. Und bist dabei etwas übers Ziel hinausgeschossen."

Verena blickte ihn brüskiert an. Aber eigentlich wusste sie selbst, dass er Recht hatte. Sie konnte sich einfach nicht vorstellen, dass Gideon Roos ein Mörder war. Oder noch schlimmer: sie wollte es nicht. Und um zu verhindern, dass man es bemerkte...

Sie seufzte entnervt. „Ja, möglich", gab sie widerstrebend zu und knetete grübelnd ihre Unterlippe. „Tom? Ich denke, du solltest bis auf weiteres Gideon Roos übernehmen. Machst du das?"

Tom atmete erleichtert auf und nickte.

„Okay. Das hätten wir." Verena fuhr sich entschlossen mit beiden Händen durch die aschblonden Haare. „Und ich telefoniere jetzt mit dem Staatsanwalt. Sobald der Beschluss da ist, holst du die Speichelprobe. Und dann rufe ich noch mal Silke Berger an. Vielleicht rückt sie ja heute mit dem Namen ihrer Konkurrentin heraus. Und ich lade Felicitas Petzold vor. Ich würde gerne ihre Version dieser beiden Probebühnen-Szenen hören."

„Die Speichelprobe ist auf dem Weg ins KTI." Tom lehnte in Verenas Tür.

„Und?", fragte Verena so neutral wie möglich. „Wie hat er es aufgenommen? Hat er sich gewehrt?"

Tom schüttelte den Kopf. „Er schien eher deprimiert zu sein." Er kramte in seiner Jackentasche herum und förderte einen kleinen Müsliriegel zutage.

„Ich weiß, das wirst du jetzt nicht gerne hören, Verena", Tom setzte sich auf den Besucherstuhl und riss die Verpackung auf, „aber ich konnte vom Flur aus einen Blick in seine Küche erhaschen. Und genau gegenüber der Tür stand ein Wok! Oben auf dem Hängeschrank!"

Verena presste unvermittelt die Lippen zusammen. Dann zuckte sie die Achseln. „Man braucht keinen Wok, um sich Erdnussöl zu besorgen."

„Ja, ich weiß. Und umgekehrt heißt ein Wok nicht, dass man Erdnussöl besitzt." Tom schob den Riegel in den Mund. „Was Neues von der Heimatfront?", fragte er kauend.

„Ja. Tekin hat den hiesigen Arzt von Heß ausfindig gemacht. Dr. Kunze, Allgemeinmediziner. Tekin ist heute noch mit ihm verabredet." Verena angelte nach ihrer Kaffeetasse. „Und ich habe mit Silke Berger von der Requisite gesprochen. Die Frau, mit der sie Mario Heß in der Stadt gesehen hat, war Annegret Hansen."

„Also doch!" Tom verschränkte zufrieden seine Arme hinter dem Kopf. „Und die Petzold?"

„Ich erwarte sie jede Minute."

„Bitte setzen Sie sich, Frau Petzold." Verena deutete auf den Stuhl vor ihrem Schreibtisch. Sie selbst nahm dahinter Platz. Tom hatte sich wie gewohnt neben ihr platziert. „Das ist mein Kollege Tom Manzani."

Felicitas Petzold setzte sich auf die vordere Kante des Stuhls und legte ihre Handtasche sorgfältig auf den Schoß. Dann warf sie den beiden Beamten einen nervösen Blick zu. „Was kann ich denn für Sie tun?" Ihre Stimme klang etwas dünn. „Ich habe Ihnen doch gestern schon alles gesagt..."

„Nein, das haben Sie nicht!", entgegnete Verena nachdrücklich. „Sie kannten Mario Heß schon bevor er nach Braunschweig kam. Und Sie sind früher sogar mit ihm befreundet gewesen. Warum haben Sie mir das gestern Abend verschwiegen?"

Die dunklen Augenbrauen der Schauspielerin rutschen erschrocken in die Höhe. „Woher wissen Sie das?"

„Ist es wahr?" Verena beugte sich vor und sah in Felicitas' weit geöffnete Augen.

Die Schultern der Frau sackten ergeben nach vorn. „Ja. Es ist wahr. Wir waren mal zusammen. A-ber das war vor gut eineinhalb Jahren! Und glauben Sie mir, ich war sehr überrascht, ihn hier wieder zu sehen. Und nicht sehr erfreut." Sie knetete ihre Hän-de. „Was hat er Ihnen erzählt?", fragte sie kleinlaut.

„Wer?"

„Gideon Roos! Sie müssen es von ihm haben, er ist der einzige, der davon wusste." Sie atmete tief ein. „Dann wissen Sie ja auch, dass Mario mich belästigt hat. Und dass Gideon dazwischen getreten ist."

Verena nickte. „Ich vermute, Herr Roos war ziemlich wütend über Herrn Heß' ungebührliches Verhalten Ihnen gegenüber?"

„Ja, natürlich..." Die zierliche Frau riss bestürzt die Augen auf. „Sie denken doch nicht etwa, Gideon hätte Mario vergiftet? Aus Rache, oder so? Das ist doch absurd!"

„Ist es das?", fragte Verena sachlich.

„Aber ja!" Felicitas' entsetzter Blick haftete auf Verenas Gesicht. „Gideon ist der netteste, sanfteste Mann, den ich je kennen gelernt habe! Er könnte nie einem anderen Menschen etwas zuleide tun! Das ist absolut unmöglich!"

„Sie scheinen ihn ja sehr gut zu kennen."

Die Schauspielerin starrte die Kommissarin aufgewühlt an. Dann senkte sie errötend den Kopf. „Wir sind gute Freunde", sagte sie leise.

Aber Sie wären gern mehr?, lag es Verena auf der Zunge. Doch sie unterließ es, dies auszusprechen. „Und wie standen Sie zu Mario Heß?"

Die Schauspielerin schnaubte empört. „Das fragen Sie noch? Mit dem war ich sicher nicht befreundet! Auch wenn er das nicht einsehen wollte!"

„Hat er Sie gegen Ihren Willen geküsst?"

Felicitas blinzelte verwirrt. „Nicht an jenem Tag... ich meine, da hat er es nicht versucht. Aber einen Tag zuvor... Anne!", murmelte sie unangenehm berührt. „Das hat Anne Hansen Ihnen erzählt, stimmt es? Sie kam gerade, als Mario..." Sie schüttelte sich schaudernd. „Eigentlich sollte ich ihr dankbar sein, so konnte ich wenigstens von dort verschwinden. Aber..." Sie biss sich verlegen auf die Lippen.

„Aber... was?", fragte Verena interessiert.

Felicitas' Finger spielten nervös mit den Riemen ihrer Handtasche. „Seit diesem Vorfall haben wir nicht mehr miteinander gesprochen. Irgendwie haben wir beide es vermieden. Ich weiß nicht wieso. Dabei haben wir uns eigentlich immer gut verstanden."

Verena lehnte sich zurück und Tom schob sich ins Blickfeld der Schauspielerin. „Hatte Mario Heß irgendwelche gesundheitlichen Probleme?"

Felicitas rieb sich nachdenklich das Kinn. „Nicht, als wir zusammen in Aachen waren. Er war sehr fit, hat viel Sport getrieben und nicht geraucht. Er trank keinen Alkohol, nicht einmal das kleinste Schlückchen Sekt." Sie kräuselte abschätzig die Lippen. „Er hielt sehr viel von seinem ‚Luxus-Körper'." Sie machte Gänsefüßchen in der Luft.

Tom verkniff sich ein Grinsen. „Hatte er Allergien?"

„Nicht, dass ich wüsste... Er hatte eine Nuss-Unverträglichkeit. Aber das hat er nicht als Allergie bezeichnet."

Tom richtete sich gespannt auf. „Und wie äußerte sich diese Unverträglichkeit?"

Sie zuckte unbestimmt mit den Schultern. „Angeblich bekam er einen juckenden Ausschlag am ganzen Körper."

„Angeblich? Sie haben es also nicht selbst miterlebt?"

Sie sah den Kriminalbeamten argwöhnisch an. „Wozu ist das denn wichtig?"

„Haben Sie oder haben Sie nicht?", fragte Tom eindringlich.

Sie schüttelte den Kopf. „Er hat es mir nur erzählt. So wie es sich anhörte, hatte er das seit längerem nicht gehabt. Er vermied ja alles, was Nüsse enthielt."

Tom warf Verena einen raschen Blick zu und lehnte sich zurück.

„Okay, danke", übernahm Verena wieder. „Frau Petzold, was können Sie uns über die Beziehung von Herrn Roos zu Herrn Heß sagen? Mal abgesehen von dieser Begegnung auf der Probebühne."

Felicitas spielte wieder nervös mit ihrer Handtasche. „Gideon kommt eigentlich mit allen gut aus. Er ist kein Mensch, der sich schnell mit anderen verbrüdert, aber er hat ein gutes kollegiales Verhältnis zu allen. Außer zu Mario. Ihn hat er gemieden. Kein Wunder!"

„Warum? Kannte er ihn vielleicht auch von früher?"

„Natürlich nicht!" Felicitas warf der Kommissarin einen gereizten Blick zu. „Das war weil *ich* Mario von früher kannte und Gideon davon erzählt habe!"

„Entschuldige, dass ich schon wieder bei dir einfalle!" Felicitas schob sich in Gideons Flur. „Die Polizei hat mich heute vorgeladen. Und mir jede Menge blöde Fragen gestellt."

Gideon drückte rasch die Tür hinter ihr ins Schloss. „Komm erst mal rein." Er ging mit eiligen Schritten voraus ins Wohnzimmer.

Als Felicitas den Raum betrat, war Gideon gerade dabei, hastig die Schlafzimmertür zu schließen. Das einzige, was sie noch hatte sehen können, war ein Stückchen blassblaue Tapete hinter einem weißen Bettpfosten. Sie blickte enttäuscht auf die geschlossene Tür, die das Zimmer verbarg, das sie nicht sehen durfte. Das Zimmer, das ihr mittlerweile wie eine Allegorie seines Lebens vorkam, in das er sie nicht hineinlassen, ja nicht einmal hineinsehen lassen wollte. Sie drehte sich ernüchtert zu ihm herum. „Du hast es ihnen erzählt. Diese Sache auf der Probebühne."

Gideon schob die Hände in seine Hosentaschen und nickte wortlos.

Felicitas seufzte. „Und jetzt denken die, du könntest etwas damit zu tun haben." Sie sah ihn erwartungsvoll an. Aber er schwieg. „Das ist doch lächerlich", sagte sie mit mehr Sicherheit, als sie empfand. „Wie kommen die darauf? Du hast mich verteidigt. Sonst gibt es doch nichts... oder?" Sie sah ängstlich in sein ausdrucksloses Gesicht. „Gideon!" Sie stampfte mit dem Fuß auf. „Warum sagst du nichts, verdammt noch mal? Was ist los mit dir?"

Er zog die Schultern hoch. „Sie haben eine Tempo-Packung mit meinen Fingerabdrücken auf dem Requisitewagen gefunden."

„Auf dem Requisitewagen?" Felicitas sah ihn verständnislos an.

„Ja. Auf demselben Wagen, auf dem die Gläser gestanden haben." Er lehnte sich jetzt an die Schlafzimmertür und atmete tief durch. „Du weißt schon, *die* Gläser."

Sie runzelte verwirrt die Stirn. „Na und? Was haben deine Taschentücher mit dem Gift zu tun?"

Gideon zuckte müde mit den Achseln. „Sie müssen halt jede Spur untersuchen, schätze ich", sagte er lahm.

Felicitas lachte nervös auf. „Das ist alles? Und deshalb bist du so... deprimiert?" Sie sah ihn unsicher an.

Gideon rang sich ein mattes Lächeln ab. „Scheint so." Dann stieß er sich von der Tür ab. „Sei mir bitte nicht böse, Felicitas, aber ich muss noch am ‚Kontrabass' arbeiten. Ich habe morgen den ganzen Tag Probe."

Sie nickte enttäuscht. „Okay. Aber kannst du mir einen Gefallen tun? Bitte?"

Er sah in ihre traurigen braunen Augen und nickte. „Welchen?"

„Komm bitte morgen Abend zum Essen zu mir, ja? Nach deiner Probe. Ich koche uns was Schönes!" Felicitas' Blick lag inständig auf seinem blassen Gesicht. Wie gerne würde sie ihn jetzt in die Arme nehmen und trösten.

Er zögerte. „Ich weiß nicht..."

„Gideon, bitte!" Sie nahm seine Hand und drückte sie eindringlich. „Du schmorst doch hier im eigenen Saft! Bitte komm!"

Er gab sich einen Ruck und nickte.

Gideon schloss leise die Wohnungstür hinter seiner Kollegin. Sie hatte Recht. Er schmorte im eigenen Saft. Aber er hatte es nicht anders verdient. Und er hatte ganz besonders ihre Gesellschaft nicht verdient. Gleichgültig, was er jetzt noch tat, wie viel Mut er jetzt noch aufbrachte, es war zu spät.

Verena erwachte aus einem nervösen Dämmerschlaf. Im Flur war Licht und sie hörte Wasser im Badezimmer rauschen. Sie wälzte sich dem noch leeren Bett ihres Mannes zu und wartete.

„Habe ich dich geweckt?" Max kroch leise unter seine Decke und hauchte seiner Frau einen Kuss auf die Lippen. Er roch nach frischer Minze.

Verena schüttelte den Kopf. „Ich habe auf dich gewartet."

„Es tut mir Leid, dass es so spät geworden ist. Da ist noch ein Notfall rein gekommen, ein hässlicher Unfall auf der A2. Die OP hat fünf Stunden gedauert." Max stützte sich auf den Ellenbogen. „Ist was passiert?"

„Ist sie denn gut verlaufen? Deine OP?"

„Ja... wir haben ihn wieder zusammengeflickt." Er sah sie skeptisch an. „Warum hast du gewartet? Was ist los?"

Sie wälzte sich auf den Rücken. „Gideon Roos ist unser Hauptverdächtiger!"

„Nein!", rief Max. „Dem würde ich so was gar nicht zutrauen!"

Verena stemmte sich verärgert hoch. „Und auf welcher Grundlage, bitte schön, nicht? Nur weil er ein prima Schauspieler ist? Nur, weil wir ihn immer nur in angenehmen Rollen gesehen haben? Wir kennen ihn doch gar nicht! Vielleicht ist er privat das größte Schwein, das herumläuft?"

Max starrte sie perplex an. „Ich weiß nicht..."

„Eben! Wir wissen es nicht! Und ich... Also, Tom hat nach der Vernehmung angedeutet, dass er mich für... für befangen hält. Und er hatte Recht! Mein Gott, das hätte nicht passieren dürfen!" Sie vergrub beschämt ihr Gesicht im Kissen.

„Ah. Jetzt verstehe ich." Und Max verstand tatsächlich. Das, was Verena ihm gerade vorgeworfen hatte, hatte eigentlich ihr selbst gegolten. In einem Job wie dem ihren durfte sie nicht zulassen, dass Sympathien oder Antipathien ihr Urteilsvermögen beeinflussten. Und das fiel ihr leider nicht immer leicht. Er seufzte mitfühlend und strich über ihren Rücken. „Und nun?"

Sie zuckte missmutig mit den Schultern. „Wir haben darüber gesprochen. Und Tom übernimmt Roos."

„Komm her." Max zog sie in seine Arme. Verena krabbelte unter seine Bettdecke und schmiegte sich an ihn. „Oh Max... Manchmal hasse ich diesen Job."

Max schmunzelte in ihre Haare hinein. „Aber meistens liebst du ihn. Und weißt du was? Im Großen und Ganzen machst du ihn verdammt gut."

Donnerstag

„Anaphylaktischer Schock!", rief Tom beinahe triumphierend, als Verena seinen Raum betrat. „Es waren eindeutig die Erdnüsse. Oder vielmehr das Erdnussöl!" Er hielt eine blaue Mappe hoch. „Der Bericht der Pathologie! Sie haben einen Antikörpernachweis auf Erdnuss-Allergene gemacht. Positiv!"

Verena wedelte mit einem Blatt Papier vor Toms Nase herum. „Und ich habe hier Tekins Bericht. Er hat ihn mir gerade gegeben. Und der deckt sich mit deinem! Ich bringe nur meinen Mantel rüber, bin gleich wieder da."

Verena öffnete die Tür zu ihrem Büro und hängte ihren Mantel auf den Garderobeständer.

„Dr. Kunze – du erinnerst dich, das ist der Braunschweiger Hausarzt von Mario Heß", rief sie über den Gang, während sie zurückkam, „hat eine Nuss-Allergie bestätigt. Genau genommen hat er bestätigt, dass Heß ihm gesagt hat, er hätte eine. Er hatte aber keinen Anlass, selbst eine Untersuchung durchzuführen, denn offenbar war sein Patient gut damit zurechtgekommen. Und so konnte Dr. Kunze auch keine Aussagen über die Schwere der Allergie machen."

„Glaubst du, die Petzold wusste wirklich nicht mehr darüber?" Tom streckte sich und gähnte herzhaft. „Vielleicht hat sie es bewusst heruntergespielt, weil sie es war, die das Öl in die Kelche getan hat!"

Verena setzte sich halb auf Toms Schreibtisch und blätterte nachdenklich im Vernehmungsprotokoll vom Vortag. „Ich weiß es nicht... Aber mit den Allergien ist das so eine Sache, Tom... Die können jahrelang auf einem niedrigen Level existieren, und sich dann plötzlich durch irgendeinen Anlass drastisch verschlimmern. Bis hin zum Auslösen von lebensbedrohlichen Anfällen. Vielleicht wusste nicht einmal Heß, wie stark seine Allergie inzwischen ausgeprägt war."

„Wie kann man selbst das nicht wissen?", fragte Tom verständnislos.

„In dem man das Allergen meidet. Und so über Jahre hinweg keine allergischen Reaktionen hat."

„Na gut. Aber es könnte doch genauso gut sein, dass er das Allergen gemieden hat, gerade *weil* er wusste, wie stark seine Allergie war! Und das könnte die Petzold doch auch gewusst haben!" Tom sah Verena herausfordernd an. „Ich finde nach wie vor, dass die Petzold ein ziemlich starkes Motiv hat, nach diesen Belästigungen. Du etwa nicht?"

Verena wollte gerade zu einer Antwort ansetzen, als ihr Telefon klingelte. Sie lief hinüber. „Bertram... hallo Malte.... Was, schon?" Sie angelte nach Kugelschreiber und Notizblock. „Tatsächlich?" Spontan erhellte ein Lächeln ihr Gesicht.

Tom lehnte sich neugierig vor und sah zu seiner Chefin hinüber, während sie ein paar Mal „hm-hm" und „aha" sagte. Ihr Gesicht hatte inzwischen wieder einen neutralen Ausdruck angenommen.

„Vielen Dank! Bis später!", sagte Verena jetzt und legte bedächtig den Hörer auf.

„Und?" Tom stand auf und ging zu ihr hinüber. „Was gibt es Neues? Haben wir gar den Täter?"

„Nein." Verena runzelte nachdenklich die Stirn. „Aber Roos ist aus dem Rennen", sagte sie lakonisch.

Tom grinste anzüglich. „Na, das sollte dich doch freuen... Schon gut!", setzte er hastig hinzu, als er ihren gekränkten Blick bemerkte. Dann kratzte er sich verdutzt am Kinn. „Aber... Wie kann das sein? Seine DNA kann unmöglich schon analysiert worden sein! Die Probe habe ich doch erst gestern Nachmittag genommen! Und jetzt ist es noch nicht einmal Mittag!"

„Aber die DNA aus dem Röhrchen haben sie inzwischen analysiert." Verena blies die Backen auf. „Den Beschluss und die Probe von Roos hätten wir uns sparen können, Tom. Der Speichel im Röhrchen stammt von einer Frau!"

Tom pfiff durch die Zähne. „Das heißt ja... vielleicht doch die Petzold?"

Verena nickte düster. „Oder Annegret Hansen. Oder Silke Berger." Sie hob frustriert beide Hände. „Oder, oder, oder", stöhnte sie. „Wer weiß, wie viele weitere Verehrerinnen dieser Gigolo noch hatte?"

„Herzogin-Elisabeth-Straße. Nett, direkt am Prinzenpark." Tom hielt Ausschau nach einem Parkplatz. „Aber dasselbe Parkplatzproblem wie überall im Östlichen Ringgebiet!", murrte er.

„Da! Bei den Altglascontainern!" Verena beobachtete einen grünen Kleinwagen beim Ausparken. „Beeil dich, sonst ist der Parkplatz wieder weg. Um diese Zeit ist hier am Park viel los!" Tom setzte den Blinker und fuhr den Dienstwagen rasant in die Lücke. Verena stieg aus und sah einer Gruppe von angeregt schwatzenden Nordic Walkerinnen hinterher, deren Stöcke ein arrhythmisches Klicken auf dem Asphaltweg unter den Bäumen verursachten. Sie schüttelte sich. So etwas wäre nichts für sie. Jedenfalls nicht im Rudel und nicht hier, wo es von Kindern, Spaziergängern, Gassi-Gehern, Radfahrern und Joggern nur so wimmelte.

Tom grinste breit. „Na? Auf den Geschmack gekommen?"

„Du musst gerade reden! Wie sieht es denn mit deinem Training aus, mein Lieber?", neckte sie ihn.

Toms Grinsen verwandelte sich zu einer Grimasse. Dann deutete er rasch auf das Haus genau gegenüber von den Containern. „Das ist es. Wir haben heute mal einen richtig guten Parkplatz erwischt. Jetzt hoffe ich nur, dass Madame zu Hause ist."

„Sollte sie sein. Wir haben alle gebeten, sich zu unserer Verfügung zu halten. Heute ist keine Vorstellung, jedenfalls kein Schauspiel. Und Probe für ‚No Go' kann sie nicht haben. Die wurden ausgesetzt, bis der Ersatzmann sich eingearbeitet hat. Ist nicht so einfach, da es sich hier nicht um ein klassisches Theaterstück handelt, dessen Rollen man einfach so parat hat."

„Ich weiß. ‚No Go' ist ein Film aus Österreich." Sie überquerten die Straße. „2002. Mit Jasmin Tabatabai. Habe ich im Internet nachgeschlagen. Von einem Schauspiel stand da aber nichts."

„Dann wird es wohl eine Uraufführung." Verena suchte den Namen am Klingelbrett. „So etwas scheint in Mode zu sein, Filme oder Romane, aus denen man ein Bühnenstück macht... Ah, hier ist es."

„Du meine Güte!", maulte Tom. „Sie wohnt tatsächlich ganz oben? Warum haben wir sie nicht einfach vorgeladen?"

„Hör auf zu meckern, Tom! So bekommen wir einen viel besseren Eindruck von ihr. Erstens, weil wir sehen, wie sie lebt und zweitens, weil wir unangemeldet vor der Tür stehen", entgegnete Verena resolut und drückte erneut auf die Klingel.

„Wollen Sie etwa zu mir?"

Hinter ihnen war wie aus dem Nichts Annegret Hansen aufgetaucht. Ihr hoch gewachsener, schlanker Körper steckte in einem marineblauen Jogginganzug. Ihre Wangen waren vom Sport gerötet und die Mundwinkel unwillig herabgezogen. „Was gibt es denn noch? Sie kommen im Moment wirklich ungelegen, wie Sie sich sicher denken können!" Sie wischte sich mit dem Schweißband am Handgelenk über die Stirn.

„Oh, es geht ganz schnell. Bitte. Nach Ihnen." Verena deutete auf die Haustür.

Die Schauspielerin verdrehte entnervt die Augen und fügte sich in ihr Schicksal. „Ich wohne im vierten Stock", sagte sie betont fröhlich und legte noch einen Schritt zu.

„Warum joggen Sie dann überhaupt noch?", fragte Tom, als er keuchend oben ankam. Er selbst wohnte zwar noch höher, im siebten Stock, aber in seinem Hochhaus in der Weststadt gab es selbstverständlich einen Fahrstuhl. Vielleicht sollte er doch gelegentlich die Treppe benutzen. Oder öfter joggen gehen als bisher.

Frau Hansen lachte spöttisch. „Oh, Sie sind ja ganz außer Atem, Herr Kommissar! Ich dachte, Polizisten müssten fit sein, um Verbrecher jagen zu können?" Dann schloss sie ihre Wohnungstür auf und ließ sie eintreten. „Wohnzimmer, zweite Tür links, bitte. Ich komme gleich nach." Sie verschwand hinten rechts.

„Sieh mal!" Tom stand in der ersten Tür auf der linken Seite. Die Küche. Direkt gegenüber der Tür befand sich der Herd. Und auf dem Herd stand ein gusseiserner Wok. Und daneben ein Schneidbrett, Gewürze und eine Flasche Öl. Leider mit dem Etikett nach hinten. Tom streckte seinen Arm aus.

„Was machen Sie hier? Finden Sie meine Küche so interessant?" Annegret Hansen hatte ihren verschwitzten dunkelblauen Jogginganzug in Windeseile gegen einen burgunderfarbenen Bademantel ausgetauscht.

„Nur das Öl", entgegnete Verena. „Das finden wir in der Tat interessant."

Die Schauspielerin zuckte mit den Schultern und drehte die Flasche um. „Nichts Besonderes. Maiskeimöl. Und zum Würzen nehme ich natives Sonnenblumenöl. Aber erst zum Schluss, weil man das nicht so hoch erhitzen darf. Zufrieden? Oder möchten Sie auch noch das Rezept für meine asiatische Gemüsepfanne mit Huhn?" Sie stemmte zynisch ihre Arme in die Hüften.

„Nein danke. Kochen Sie auch mit Erdnussöl?"

Frau Hansen sah die Kommissarin perplex an. Dann lachte sie schnippisch. „Sind Sie etwa hier, um meine Kochgewohnheiten zu untersuchen?"

„Warum beantworten Sie nicht einfach meine Frage, Frau Hansen?" Die Kaltschnäuzigkeit der Schauspielerin begann Verena auf die Nerven zu gehen.

Die blonde Frau öffnete jetzt den Kühlschrank und nahm eine Wasserflasche heraus. „Sie müssen schon entschuldigen, aber ich habe Durst." Sie setzte die Flasche an und trank in großen Zügen. „Ich habe schon länger keins mehr benutzt. Und wenn, dann auch nur zum Würzen."

„Auch natives, nehme ich an?"

„Klar." Annegret Hansen trank noch etwas und stellte die Flasche dann in den Kühlschrank zurück. „Das raffinierte hat einfach kein Aroma. Warum interessiert Sie das so sehr?", fragte sie mit einem spöttischen Lächeln auf den Lippen.

Verena verschränkte die Arme vor ihrer Brust. „Weil Mario Heß allergisch gegen Erdnüsse gewesen ist. Ich nehme an, das wissen Sie?"

Die Schauspielerin wurde plötzlich blass. Ihre Finger hielten krampfhaft den Kühlschrankgriff umschlossen.

„Kann es sein, dass Sie deshalb auf Erdnussöl in Ihrer Küche verzichtet haben?", fragte Verena herausfordernd.

Frau Hansen sah die Kommissarin entsetzt an. „Warum sollte ich?", hauchte sie rau.

„Wir wissen, dass Sie und Heß eine Beziehung hatten, Frau Hansen", warf Tom ein. „Leugnen ist zwecklos. Also, was ist nun mit dem Öl?"

Die hoch gewachsene Frau ließ zögernd die Kühlschranktür los und nickte verdrießlich. „Ja. Ich bin seinetwegen auf Sonnenblumenöl umgestiegen. Den Rest Erdnussöl habe ich kürzlich entsorgt. Natives Öl ist nicht so lange haltbar."

„Wie kürzlich?" Tom hatte jetzt sein Notizheft in der Hand.

Sie zuckte entnervt mit den Schultern. „Mein Gott, das habe ich mir nicht gemerkt. Vor ein, zwei Wochen vielleicht. Ich habe den Rest weg gegossen und die Flasche ins Altglas geworfen. Auf der anderen Straßenseite." Sie deutete vage über ihre Schulter. „Wenn Sie Glück haben, sind die Container noch nicht geleert worden", fügte sie sarkastisch hinzu.

„Zeigen Sie mir bitte, wo Sie Ihre Öle aufbewahren", forderte Verena die Schauspielerin auf.

Annegret Hansen öffnete mit einer theatralischen Geste einen der Hängeschränke. „Tata! Hier sehen

Sie meine Öle. Olivenöl für Salate. Nativ natürlich. Und hier das vorhin erwähnte Sonnenblumenöl. Und hier", sie wischte mit ihrem Finger über einen fettigen Ring ganz vorne, „hier sehen Sie die Spuren des Erdnussöls." Sie zeigte den Kommissaren ihren Finger. „Ich muss wohl mal wieder sauber machen", sagte sie lakonisch.

„Soll ich eine Probe nehmen?", fragte Tom spitz. Diese Frau war ja kaum auszuhalten.

Verena nickte mit großem Ernst. „Ja bitte. Frau Hansen, Sie schienen über den Tod Ihres Freundes nicht sehr erschüttert zu sein."

Die blonde Frau starrte fassungslos auf den Kommissar, der mit einem Wattestäbchen den Ölrand abwischte. „Äh... Ex-Freund, Frau Kommissarin! Ex-Freund! Ich fand heraus, dass er auch in anderen Teichen fischte, um es mal poetisch auszudrücken. Und ab da waren meine Gewässer für ihn tabu." Sie zeigte irritiert auf Tom. „Wozu macht er das?"

Verena ignorierte sie. „Seit wann waren Sie getrennt?"

„Seit..." Frau Hansen senkte verärgert den Kopf. „Seit ein paar Tagen."

„Haben Sie ihn umgebracht, Frau Hansen?" Verena musterte sie kühl.

Die andere Frau erstarrte. „Wie bitte? Nein! Natürlich nicht! Wie sollte ich denn an Gift herankommen?"

Tom grunzte ungeduldig. „Ach kommen Sie! Das brauchten Sie doch gar nicht. Natives Erdnussöl tat es doch auch! Oder was meinen Sie, wozu wir das hier brauchen?" Er hielt das Wattestäbchen hoch.

Die Schauspielerin sah schockiert von einem zum anderen. „Oh mein Gott... Er ist an einem allergischen Schock gestorben? Und Sie denken, *ich*...?"

Verena nickte. „Frau Hansen, wir müssen Sie um eine Speichelprobe bitten. Sollten Sie sie uns nicht freiwillig überlassen, kommen wir morgen früh mit einem Beschluss wieder." Verena gab Tom einen Wink und er zog das Probenröhrchen aus der Tasche.

Annegret Hansen sah hilflos auf das Röhrchen. „Ich war es nicht! Sie brauchen keinen Beschluss."

„Mann, hat die genervt! Hoffentlich sind die anderen beiden nicht auch so bissig. Wohin jetzt? Zur Petzold? Oder erst zur Berger?" Tom rangierte den Wagen aus der Parklücke und fuhr los.

„Silke Berger hat nachher Dienst, die erreichen wir den ganzen Abend im Theater. Lass uns erst zu Felicitas Petzold fahren." Verena konsultierte ihren Zettel. „Zeppelinstraße. Das ist im Viertel hinter dem Theater."

„Ja, ja. Und wieder im Östlichen Ringgebiet. Wohnen die denn alle in der Nähe des Theaters?" Tom wartete missmutig, dass die Familie den Zebrastreifen freigab. „Das nächste Mal fährst du."

Verena verkniff sich ein Grinsen. Nicht sofort einen Parkplatz zu finden, oder nur einen, bei dem man weit laufen musste, hat Tom schon immer großen Verdruss bereitet. „Das Gute ist, dass wir den Wagen stehen lassen können, wenn wir zum Theater gehen", sagte sie versöhnlich.

Tom verdrehte die Augen und fuhr weiter. „Was denkst du? Hat die Hansen ihn auf dem Gewissen?", fragte er, als er in die Jasperallee einbog.

Verena zuckte mit den Achseln. „Vom Geliebten betrogen, ein klassisches Motiv. Aber ich glaube es nicht. Sonst hätte sie doch sofort auf unsere Erdnuss-öl-Fragen reagiert."

Tom nickte verdrießlich. „Ja. Sie schien wirklich auf der Leitung zu stehen. Oder sie hat es so aussehen lassen. Immerhin ist sie Schauspielerin!"

„Kann auch sein. Hier rein, Tom. Und dann sollten wir den ersten Parkplatz nehmen, den wir finden."

Sie kurvten ein paar Mal durch das Viertel. „Jetzt ist Feierabendzeit! Da finden wir nie was!", schimpfte Tom entnervt. „Hier waren wir schon zweimal!"

Verena sah auf das Straßenschild. „Heinrichstraße... Da wohnt doch Roos, oder?"

„Ja." Tom grunzte gereizt. „Und gestern war es genau dasselbe, als ich hier war und seine Speichelprobe geholt habe! Kein Parkplatz weit und breit!"

Nach einer weiteren Viertelstunde standen sie bei Felicitas Petzold im Flur. Aus der Küche duftete es verführerisch. Toms Magen begann zu knurren. Am Ende des Flurs stand eine Tür offen und gab den Blick auf einen romantisch gedeckten Tisch frei.

„Sie erwarten jemanden zum Essen, Frau Petzold?"

Die zierliche Schauspielerin strich sich verlegen eine dunkle Haarsträhne aus der Stirn. „Ja. Gideon Roos. Ich habe ihn eingeladen, er ist immer noch ziemlich mitgenommen von dieser Angelegenheit. Und da dachte ich..." Sie winkte ab. „Entschuldigen Sie." Sie wischte ihre Hände an der maisgelben Küchenschürze ab. „Ich bin gerade beim Kochen. Und ich muss auch gleich wieder in die Küche, sonst..." Sie hob entschuldigend die Hände.

„Gehen Sie nur, wir wollen nicht, dass unseretwegen etwas anbrennt. Wir kommen einfach mit, wenn es Ihnen nichts ausmacht."

In der Küche herrschte das reinste Chaos. Auf dem Cerankochfeld stand ein großer offener Topf, in dem es gewaltig brodelte. Aus einer Pfanne dampfte und spritzte es unter dem Deckel hervor. Eine Auflaufform lehnte an der Wand hinter dem Herd, eine Flasche Olivenöl ohne Deckel stand daneben. In einer Rührschüssel steckte ein Mixer in einer rosafarbenen Masse. Und rund herum waren neben zwei benutzten Schneidbrettern und einem neu aussehenden Kochbuch diverse Kochutensilien, Gewürze und Gemüseabfälle verstreut.

„Riechen tut es jedenfalls gut", sagte Tom mit skeptischem Blick auf das Durcheinander. „Was wird das?"

„Ein Auflauf mit Tomaten, Nudeln, Geflügel... unter anderem. Und ich muss sehen, dass ich ihn bald in den Ofen bekomme." Sie sah nervös auf ihre Armbanduhr.

Verena blickte sich um. „Besitzen Sie auch einen Wok, Frau Petzold?"

Felicitas rührte in dem brodelnden Topf. „Nein... das lohnt sich nicht." Sie lächelte verlegen. „Ich koche nicht so oft."

„Tatsächlich!", sagte Tom trocken und Verena musste sich zusammennehmen, um nicht laut herauszulachen.

„Es schmeckt wirklich gut, Felicitas, aber ich bin satt." Gideon schob den halbvollen Teller von sich. Er spielte unruhig mit dem Stiel seines Weinglases. Damit hatten sie angestoßen. Auf die ‚wunderbare Nachricht'. Er nahm das Glas und leerte es in einem Zug.

Felicitas sah ihn sorgenvoll an. „Was ist los mit dir, Gideon? Ich dachte eigentlich, dass es dir jetzt viel besser gehen würde! Du bist offiziell entlastet! Sie suchen eine Frau! Die Mörderin hat ihren Speichel irgendwo hinterlassen und nun werden sie sie auch finden!"

Die Mörderin. Gideon schluckte hart und senkte schnell den Kopf.

„Oh!" Felicitas nahm impulsiv seine Hand. „Um mich brauchst du dir keine Sorgen zu machen, Gideon! Ich war es nicht! Und die Speichelprobe wird das beweisen!"

Sein Brustkorb schnürte sich plötzlich zu und das Atmen fiel ihm schwer. Er spürte ihre Hand, die die seine liebkosend umfasste. Das Rauschen in seinen Ohren wurde lauter.

Er sprang auf. „Ich muss gehen!"

Aber sie hielt ihn fest und stellte sich dicht vor ihm. „Nein! Sag mir endlich, was dich so bedrückt, Gideon! Ich möchte dir so gern helfen, aber wenn du nichts sagst..."

Er sah an ihr vorbei auf den Boden. Dazu war es zu spät. Tränen traten in seine Augen, als ihm bewusst wurde, was das bedeutete. Mit einem verzweifelten Ruck zog er sie in seine Arme und presste sie an sich. „Danke", flüsterte er mit erstickter Stimme. Seine Tränen rannen in ihr weiches Haar, während ihre Hände zärtlich und tröstend über seinen Kopf und Rücken strichen. Es tat so unendlich gut. Am liebsten würde er sie nie wieder loslassen.

Aber das war nicht möglich. Jetzt nicht mehr. Mit einem Mal kam er sich schäbig vor. Niederträchtig.

„Ich muss gehen." Er machte sich rüde von ihr los, lief durch den Flur, öffnete die Wohnungstür und stürmte ins Treppenhaus.

„Gideon! Was ist denn los?" Sie lief ihm bestürzt hinterher. „Bitte bleib hier! Ich liebe dich doch!", rief sie ins Treppenhaus. „Bitte komm zurück!"

Er blieb auf halber Treppe stehen und sah zaudernd zu ihr hinauf. Sie stand atemlos da und umklammerte das Geländer.

„Ich kann nicht! Aber ich habe dich immer geliebt, Felicitas!", brachte er mühsam hervor und rannte wie vom Teufel gejagt davon.

„Das ist mein Handy!" Verena sah alarmiert auf die Uhr. Kurz vor elf. So spät… Sie schälte sich mit einem mulmigen Gefühl der Vorahnung aus dem Arm ihres Mannes und rollte sich vom Sofa. „Hältst du bitte den Film an, Schatz? Ich hoffe, es ist nichts Ernstes."

„Na klar." Max griff zur Fernbedienung und drückte auf die Pause-Taste. Eine Weile betrachtete er das Standbild, eine zufällige Momentaufnahme von Alan Rickmans Gesicht mit sehr kleidsamem Schnauzer, während er der gedämpften Stimme seiner Frau aus dem Flur lauschte. Verstehen konnte er nichts. Aber der Tonfall sagte ihm genug. Er seufzte. Dann stand er auf und holte die Chipstüte aus dem Schrank.

Verena kam zurück. Max sah sofort, dass etwas nicht stimmte. „Es tut mir Leid, Max. Ich muss raus."

Er ließ die Tüte sinken. Nun ja, er hatte es ja geahnt. Wenn das Dienst-Handy klingelte, hieß das gewöhnlich nichts Gutes. Und ganz besonders nicht um diese späte Uhrzeit. „Was ist denn passiert?"

Verena schlang die Arme um ihren Oberkörper. „Das war Felicitas Petzold, die Porzia, weißt du? Sie ist die... eine Freundin von Gideon Roos. Sie macht sich große Sorgen um ihn. Er war heute Abend zum Essen bei ihr, und er war völlig durch den Wind." Verena raufte sich sorgenvoll die Haare. „Sie kann ihn nicht erreichen, weder telefonisch, noch persönlich. Obwohl bei ihm Licht brennt." Verena ging in den Flur und zog sich ihre Schuhe an.

Max legte die Chipstüte auf den Couchtisch und folgte ihr. „Vielleicht will er nur seine Ruhe haben?"

„Nein. Sie sagt, dass er seit Heß' Tod sehr verändert sei, unruhig und angespannt, als würde er unter einem großen Druck stehen. Und heute Abend hat er auf sie geradezu verstört und gepeinigt gewirkt. Das waren ihre eigenen Worte. Er hat sogar geweint und sie dann fluchtartig verlassen." Sie schlüpfte in ihre

Jacke. „Und als er ging, hat er etwas gesagt, das für sie – jetzt im Nachhinein – eindeutig wie ein Abschied klang." Sie sah Max bang an. „Sie befürchtet, er hat sich etwas angetan. Und deshalb fahre ich jetzt zu Roos. Den Notarzt habe ich bereits informiert." Sie nahm das Handy von der Ablage. „Und Tom rufe ich unterwegs an."

Max umarmte sie mitfühlend. „Viel Glück", flüsterte er, wohl wissend, wie sehr seine Frau Nachteinsätze hasste. Besonders solche wie diesen.

„Ich habe den Krankenwagen wegfahren sehen!" Tom stand atemlos in der Tür zu Gideon Roos' Schlafzimmer. „Wie sieht es denn aus?"

„Er lebt noch." Verena stand still in der Mitte des kleinen, schlicht eingerichteten Raumes. Hellblau gestrichene Wände, ein weiß lackiertes Bett, Nachttisch, Kommode, Kleiderschrank aus nachgedunkeltem Kiefernholz. Ein ausgeblichenes Jeanshemd hing am Schrank, sorgfältig auf einem Bügel. Auf den abgeschabten Holzdielen stand ein Gestell mit Hanteln. Ein blau gerahmter Kunstdruck – irgendein Impressionist – dominierte die Wand gegenüber dem Bett. Auf dem Nachttisch tickte ein Wecker mit der beruhigenden Gleichmäßigkeit eines Metronoms.

Alles sah nach trügerischer Normalität aus. Wäre da nicht die in einer Ecke des Bettes zusammengeknüllte, blauweiß karierte Bettdecke. Und die auf dem weißen Bettlaken verstreuten Hüllen von Kanülen und Spritzen und sonstige Reste, die der Notarzt zurückgelassen hatte. Sie seufzte. „Es waren Schlaftabletten, Tom. Sie pumpen ihm den Magen aus. Hoffentlich schafft er es."

Tom trat auf eine knarrende Diele und blieb stehen. „Und Felicitas Petzold?"

„Sie ist mit ins Krankenhaus gefahren. Und wir fahren jetzt auch dorthin."

„Aber er hat es selbst getan, oder?" Tom rieb sich über die dunklen Bartstoppeln an seinem Kinn.

„Es gibt einen Abschiedsbrief. Handgeschrieben. Ob es seine Schrift ist, weiß ich nicht." Sie deutete auf einen hellgelben Briefbogen, der neben einer leeren Glasschale auf der Kommode lag.

Tom nahm den Brief vorsichtig auf. Eine ungleichmäßige, kleine Schrift. Blaue Tinte. Er überflog die ersten Zeilen und ließ ihn dann unangenehm berührt sinken. Er kam sich vor wie ein Voyeur. „Hat Frau Petzold ihn schon gelesen?", fragte er leise.

Verena schüttelte bedrückt den Kopf. „Ich habe sie gar nicht erst in dieses Zimmer hineingelassen. Ich hielt es für besser."

Tom nickte zustimmend und las den Brief.

Meine liebste Felicitas.

Schon bevor du es mir sagtest, wusste ich, was du für mich empfindest. Auch ich habe dich geliebt, vom ersten Moment an. Aber meine Feigheit hat verhindert, dass wir zueinander fanden. Meine Feigheit, offen zu sprechen. Aus Angst, von dir zurückgewiesen zu werden. Lieber eine heimliche Liebe, die ich ewig in meinem Herzen einschließe, als eine offene, die abgewiesen wird... Ja, ich war feige, aber ich arbeitete bereits daran, diese Feigheit zu besiegen.

Doch er ist mir zuvorgekommen. Und diese verfluchte Feigheit ist mir nun zum Verhängnis geworden.

Ich kann nicht verlangen, ja nicht einmal hoffen, dass du mir verzeihst. Denn ich war es, der ihn umgebracht hat.

Das war nicht meine Absicht, bitte glaube mir, denn ich hatte keine Ahnung, dass seine Allergie sich derart stark entwickelt hatte. Es sollte nichts als eine juckende, entstellende Warnung sein. Ich wollte ihn davon abhalten, zu reden. Du solltest es von mir persönlich erfahren.

Liebste Felicitas, diesem Brief vermag ich mein Geheimnis nicht anzuvertrauen, zu viele Zeilen würde es in Anspruch nehmen. Und vielleicht wäre es sogar besser, es mit ins Grab zu nehmen. Aber das kann und will ich dir nicht antun. Zu guter Letzt werde ich meine Feigheit besiegen. In der oberen Schublade findest du die Antwort, die du suchst. Den Schlüssel hast du bereits von mir bekommen.

Verzeih mir, dass ich es dir nicht persönlich sagen kann. Du wirst erkennen, warum es mir unmöglich ist. Und dass eine Gefängnisstrafe für mich die Hölle auf Erden wäre.

Gideon

Tom ließ betroffen den Brief sinken. „Das ist nicht nur ein einfacher Abschiedsbrief, Verena! Das ist ein Geständnis!"

„Ja", seufzte sie und bohrte bekümmert die Hände in die Taschen ihrer Jacke. „Und deshalb werden wir Frau Petzold vorerst nur eine Kopie davon geben. Falls wir von Roos keine Aussage mehr bekommen..."

„Er war es also doch..." Tom sah konsterniert auf die Zeilen.

Verena nickte bitter. „Es hat ja auch alles gepasst! Bis auf den Speichel im Röhrchen! Aber sein gesamtes Verhalten deutete darauf hin, dass er schuldig war! So verdächtig, wie er sich benommen hat! Und ein Motiv hatte er auch!" Sie rieb sich über die Oberarme, als sei ihr kalt. „Gut, wir dachten, er wollte seine Freundin vor Heß' Attacken bewahren. Dabei wollte er sich selbst schützen... Vor etwas, das Heß offenbar wusste und das Roos schaden würde!"

„Und Roos wusste von Heß' Erdnuss-Allergie! Also kannten die beiden einander doch schon länger!"

„Sieht so aus, Tom. Und der Speichel aus dem Röhrchen hat uns in die Irre geführt. Wie der damit zusammenhängt, kann uns nur Roos erklären, falls..." Sie holte tief Luft.

„Falls er wieder aufwacht.", vollendete Tom ihren Satz. Er sah sie unbehaglich an. „Und dann wird er sicher ins Gefängnis wandern."

Davor schien Roos die größte Angst zu haben. Warum? Verena legte nachdenklich die Stirn in Falten. „Mindestens drei Jahre.... Wenn es auf Körperverletzung mit Todesfolge hinausläuft."

„Ja. Ich glaube auch nicht, dass er mit fahrlässiger Tötung davon kommt. Er hatte ganz klar eine Verletzungsabsicht." Tom hob den Brief hoch. „Aber, sag mal, was ist das denn für ein furchtbares Geheimnis, das Roos zu einer so drastischen Maßnahme getrieben hat?" Er las die Passage noch einmal. „In der oberen Schublade... Hast du schon nachgesehen?" Tom griff den Knauf der Nachttischschublade und zog sie auf. Eine Tempo-Packung, eine kleine Cremedose, ein Lippenpflegestift, ein Kamm, eine Packung Wick Hustenbonbons mit Wildkirscharoma und zwei zerfledderte, uralte Reclamhefte, noch mit hellbraunem Einband. Weiter nichts.

„Er meinte vermutlich die obere Schublade der Kommode, Tom. Die ist jedenfalls abgeschlossen." Sie deutete mit dem Kinn darauf. „Und laut Brief hat Frau Petzold den Schlüssel dazu."

„Kommen Sie, Frau Petzold, wir setzen uns erst mal ein Weilchen." Verena nahm die völlig aufgelöste Schauspielerin am Arm und führte sie behutsam den Krankenhausgang entlang. Sie bogen in die Sitzecke ein, die um diese Nachtzeit im trüben Dämmerlicht lag. „Tom? Ziehst du bitte Erkundigungen ein? Und frag bitte, ob du eine Kopie machen darfst." Ihr Kollege nahm den Umschlag entgegen und machte sich mit leise quietschenden Schritten auf den Weg.

„Er ist auf der Intensiv-Station!", stieß Felicitas Petzold hervor und deutete vage in Richtung des Ganges. „Es geht ihm nicht gut. Er ist noch nicht wieder aufgewacht."

Er war also am Leben. Verena atmete erleichtert auf. Sie drückte beruhigend die Hand der Schauspielerin. „Frau Petzold, hat Herr Roos Ihnen einen Schlüssel gegeben?"

Felicitas starrte die Kommissarin verstört an. „Einen Schlüssel? Zu seiner Wohnung? Nein! Warum fragen Sie das?"

„Nicht zu seiner Wohnung. Zu einer Schublade."

„Schublade...? Nein! Wie kommen Sie darauf? Was hat das zu bedeuten?", fragte Felicitas verwirrt.

Verena hörte die Schritte ihres Kollegen im Gang und stand auf. „Entschuldigen Sie mich bitte für einen Moment." Sie fing Tom noch vor der Sitzecke ab. „Und? Wie ist sein Zustand?"

„Stabil. Es war wohl verdammt knapp. Aber er wird es schaffen. Noch liegt er quasi im Koma. Sie melden sich bei uns, wenn er aufwacht. Ach ja, sie haben uns gebeten, uns um Frau Petzold zu kümmern, sie war etwas hysterisch... du verstehst schon." Er zog vielsagend die Augenbrauen hoch.

Verena nickte. „Hast du die Kopie? Gut. Dann fahren wir sie jetzt nach Hause."

Die Kopie von Gideons Abschiedsbrief zitterte in Felicitas' Hand. Sie weinte lautlos. Schon seit beinahe einer Stunde las sie den Brief wieder und wieder. Zwischendurch hatte sie verwirrte Fragen ausgestoßen, auf die die Kommissarin keine Antwort wusste.

Verena hatte Tom nach Hause geschickt, nachdem klar wurde, dass sie hier heute Nacht keinen Schlüssel finden würden. Sollte auch morgen keiner auftauchen, würden sie die Kommode kurzerhand aufbrechen. Es sei denn, Gideon Roos wachte vorher auf.

Sie stemmte sich müde vom Sofa hoch und ging in die Küche. Im Schrank fand sie einen beruhigenden Kräutertee, den brühte sie jetzt für Felicitas auf. Es war nach zwei Uhr. Aber sie wagte nicht, die völlig verstörte Frau jetzt schon allein zu lassen.

„Hier, Frau Petzold. Trinken Sie, das wird Ihnen gut tun."

Felicitas legte endlich den Brief zur Seite und nahm die Tasse entgegen. „Es tut mir Leid, Frau Bertram, dass Sie meinetwegen so lange... Und dass wir keinen Schlüssel gefunden haben. Aber er hat mir keinen gegeben. Wirklich! Auch wenn es hier steht!" Sie wies verzweifelt auf den Brief und starrte dann trostlos vor sich hin. „Aber vielleicht hatte er es vor und... Er ist doch so schnell verschwunden, nach dem Essen." Sie sah die Kommissarin elend an. „Jetzt werde ich es vielleicht nie erfahren." Erneut füllten sich ihre Augen mit Tränen.

Verena legte rasch einen Arm um Felicitas' Schultern. „Doch, das werden Sie", sagte sie bestimmt. „Schauen Sie morgen in aller Ruhe noch einmal nach. Vielleicht hat er ihn irgendwo heimlich abgelegt. Damit Sie ihn erst morgen früh finden." Dass Frau Petzold es bald von ihm selbst würde erfahren können, wollte Verena aus Angst vor einem erneuten Ausbruch lieber nicht erwähnen. „Haben Sie etwas, das Sie zur Beruhigung einnehmen können?"

Felicitas' Augen weiteten sich entsetzt. „Schlaftabletten?" Sie brachte dieses Wort kaum über ihre Lippen. „Ja... aber..." Sie schüttelte fast panisch den Kopf.

„Ich bitte Sie, nehmen Sie eine und dann legen Sie sich ins Bett! Damit tun sie sich selbst einen Gefallen, glauben Sie mir! Ich kenne solche Situationen."

„Tom? Ja, ich weiß, es ist verdammt früh! Und ich bin noch später ins Bett gekommen als du!" Verena hockte erschöpft mit dem Telefon am Ohr in der Küche und sah zu, wie ihr Mann extrem schwarzen Kaffee in ihre Tasse goss. Das starke Aroma stieg ihr beinahe stechend in die Nase. Genau das, was sie jetzt brauchte! Sie schenkte Max ein dankbares Lächeln, das er mit einem sanften Kuss in ihren Nacken quittierte. „Frau Petzold hat ihn gefunden!" Sie nippte vorsichtig an ihrem Kaffee und lauschte. „Na, was wohl, den Schlüssel! Er war im Briefkasten! Darauf hätten wir auch kommen können! Ich habe ihr gesagt, dass wir uns in einer Stunde in Roos' Wohnung treffen. Und damit meinte ich natürlich auch dich."

Sie warf einen Blick auf die Wanduhr über der Küchentür und verdrehte die Augen. „Ja, ich weiß, es ist noch nicht einmal sechs... Und *ich* bin erst um drei ins Bett gekommen!" Sie drückte wütend auf den Knopf ihres Mobilteils.

Max setzte sich ihr gegenüber und goss sich ebenfalls Kaffee ein. „Verena, sei nicht so hart mit ihm. Er ist nun mal kein Frühaufsteher! Er braucht eben Zeit, sich warmzulaufen. Du wirst schon sehen, wenn ihr euch nachher trefft, ist er ganz verträglich."

Verena sah ihren Gatten missmutig an. Ein dunkler Schatten zierte sein Kinn und die Wangen. Selbst für ihn hatte dieser Tag zu früh begonnen. „Ach hör schon auf, dich mit meinem männlichen Kollegen zu verbünden!", schimpfte sie und trank mürrisch ihren Kaffee.

„Nein ich bin nicht im Büro, der Anruf wurde auf mein Handy umgeleitet. Ich sitze gerade im Auto. Sie sind ganz schön früh dran...." Verena nestelte am Headset ihres Handys herum.

„Was? Sind Sie sicher?" Sie starrte auf die Ampel, ohne sie wahrzunehmen. Hinter ihr hupte es ungeduldig und sie fuhr los. „Aber noch mal, Sie sind sicher, dass es kein Irrtum ist?" Sie lauschte angestrengt gegen das immer lauter werdende Prasseln des Regens auf ihrem Autodach an. „Das ist ziemlich überraschend, ja, das kann man wohl sagen! Danke für den frühen Anruf."

Verena sah wie betäubt auf das Heck ihres Vordermannes, das sie durch die Wassermassen auf der Frontscheibe kaum noch erkennen konnte. Sie schaltete den Scheibenwischer mechanisch eine Stufe höher. „Du meine Güte...", murmelte sie, als ihr die Tragweite dessen, was sie gerade erfahren hatte, bewusst wurde.

Toms schwarzer Skoda stand mitten auf der Heinrichstraße. Die mobile Signalanlage auf seinem Dach warf gespenstisch zuckende, blaue Lichtstrahlen auf die regennassen Wagen, die am Straßenrand parkten. Verena hielt ihren Golf hinter Toms Wagen und stieg aus. Dicke Regentropfen fielen auf sie herab, als sie um sein Auto herum rannte. „Sehr gut, dass du schon hier bist, Tom! Ist Frau Petzold auch schon da?" Sie ließ sich in den Beifahrersitz fallen.

Tom schüttelte den Kopf. „Ich habe sie jedenfalls noch nicht gesehen..." Er arbeitete sich unbehaglich aus seiner fast liegenden Position hoch und sah seine Chefin kleinlaut an. „Stimmt es, dass du gestern Nacht so lange bei–"

„Jetzt nicht, Tom!", unterbrach ihn Verena drängend. „Ich hatte eben einen Anruf von der KTI!"

Tom blinzelte, als hätte er sich verhört. „Vor sieben? Ich wusste gar nicht..." Er bemerkte Verenas ungeduldige Geste und fragte rasch, „Und was wollten die?"

„Roos' Speichelprobe ist analysiert. Und nun halt dich fest: Die Probe von Roos stimmt eins zu eins mit der aus dem Röhrchen überein!"

Tom starrte sie ungläubig an. „Aber das kann doch nicht... Das hieße ja..." Dann pfiff er durch die Zähne. „Wahnsinn!"

„Bitte bleiben Sie noch einen Moment draußen, Frau Petzold. Wir müssen das Material erst sichten." Verena stand vor der geschlossenen Tür zu Roos' Schlafzimmer.

Felicitas schluckte. „Die Kommode ist da drin? In seinem Schlafzimmer?", flüsterte sie beinahe andächtig.

„Bitte haben Sie etwas Geduld. Ich rufe Sie dann."

„Er hat *mir* den Schlüssel gegeben! Und ich habe ein Recht darauf, zu sehen, was in dieser Schublade ist! Er wollte, dass ich in diesen Raum gehe, die Schublade öffne und es sehe!" Sie griff beschwörend nach Verenas Arm. „Bitte lassen Sie mich wenigstens mitkommen!"

Verena nickte ergeben und öffnete die Tür. „Aber bleiben Sie bitte hinter uns." Sie ging zur Kommode und steckte den Schlüssel in das Schloss der oberen Schublade. Er passte.

Die Schublade war schwer und Tom hatte Mühe, sie herauszuziehen. So, als wäre sie schon lange Zeit nicht mehr bewegt worden. Drei dicke Fotoalben, gebunden in braunes Leder, bedeckten den Boden der Schublade. Auf ihnen lag quer eine rote Pappmappe. Verena legte die Mappe auf die Kommode und schlug sie auf. Es war eine dieser Mappen, in denen man lose Blätter sammeln konnte, ohne sie einzuheften. Sie nahm das oberste heraus.

Es war eine vergilbte Geburtsurkunde, ausgestellt vom Standesamt Schleiden, im Juni 1976. Als Eltern waren Hans-Dieter Roos und Katharina Maria Roos, geborene Brunner, eingetragen. Beide römisch-katholisch, beide wohnhaft in Hellenthal, Gemeinde Schleiden, Kreis Euskirchen. Darunter eine weitere, vergleichsweise neu aussehende Geburtsurkunde in einer Klarsichthülle. Ausgestellt 1996. Verena starrte auf das Blatt. In diesem Moment klingelte ihr Handy.

Felicitas drängte sich an ihr vorbei und nahm die vergilbte Urkunde an sich. „Christiane Roos, geboren am 24. Juni 1976...", las sie verständnislos. „Christiane... Wer ist das? Seine Schwester?"

Verena drückte Tom die zweite Geburtsurkunde in die Hand und warf ihm einen bedeutungsschwangeren Blick zu. Dann schritt sie rasch durch das Wohnzimmer bis in den Flur. „Bertram? Wer? Oh, natürlich... Ja? Das ist wunderbar!" Sie lehnte sich an den Türrahmen zur Küche. „Aha.... Ja, wir kommen so schnell es geht! Vielen Dank!" Sie sah nachdenklich in die kleine Küche. Auf dem Hängeschrank gegenüber der Tür glänzte ein Wok aus Edelstahl im grauen Morgenlicht.

Gideon Roos war aufgewacht.

Verena blieb ein Weilchen in der Küche stehen, um ihre wirr durcheinander fliegenden Gedanken zu ordnen.

Die Daten der zweiten, 20 Jahre nach dem Geburtstermin ausgestellten Geburtsurkunde hatten denen der ersten geglichen. Bis auf zwei Einträge. Es hatte ‚Gideon' statt ‚Christiane' geheißen. Und ‚Geschlecht männlich' statt ‚weiblich'.

Verena atmete tief durch.

Gideon Roos war also eine Frau. Äußerlich vielleicht nicht mehr. Aber genetisch würde er immer eine bleiben.

Das also war sein Geheimnis. Im normalen Alltag hatte er es bewahren können.

Doch in keinem Gefängnis der Welt wäre dieses Geheimnis sicher. Ihr graute bei der Vorstellung, was einem Mann wie ihm an einem Ort voller männlicher Strafgefangener blühte.

Verena hörte jetzt verzweifeltes Schluchzen aus dem hinteren Teil der Wohnung. Sie steckte ihr Telefon in die Jackentasche und ging schweren Herzens zurück ins Schlafzimmer.

Tom stand hilflos neben Felicitas Petzold, die fassungslos eine Urkunde nach der anderen aufnahm, sie kopfschüttelnd ansah und wieder in die Mappe zurücklegte. Das Abiturzeugnis von Christiane Roos. Das Schauspiel-Diplomzeugnis von Gideon Roos. Unterlagen eines Krankenhauses aus Holland zur Geschlechtsumwandlung, die aus der Frau Christiane den Mann Gideon gemacht hatte. Und die zweite Geburtsurkunde mit der Namensänderung, die diese Wandlung amtlich besiegelt hatte.

„Warum hat er mir denn nichts gesagt? Warum nicht? Ich hätte ihn nicht zurückgewiesen! Und dann wäre alles anders gekommen!"

Verena nahm ihr behutsam die Urkunde aus der Hand und zog sie von der Kommode fort. „Das können Sie ihm persönlich sagen, Frau Petzold. Er ist aufgewacht. Und er möchte Sie unbedingt sehen."

Spinnefeind

Die letzten ekstatischen Klänge verhallten hohl auf der spartanisch ausgerüsteten Bühne im Großen Haus des Staatstheaters und hinterließen beinahe so etwas wie ein akustisches Vakuum. Tänzer und Publikum schienen den Atem anzuhalten, als erwarteten sie, dass noch etwas käme.

Dann durchschnitten grelle Scheinwerfer das rötliche Halbdunkel der Bühne und donnernder Applaus brandete auf, durchmischt mit Pfiffen und Bravo-Rufen, als die Tänzer und Tänzerinnen Hand in Hand an den Bühnenrand schritten und sich gemeinsam verbeugten.

Es war geschafft. Und mit Erfolg!

Mascha stand still vor ihrem Garderobentisch und starrte in den Spiegel, vollkommen unberührt vom ausgelassenen Treiben der anderen.

Geradezu aufgekratzt tänzelten ihre Kolleginnen herum, als hätten sie noch nicht genug Bewegung gehabt.

Die allgemeine Anspannung der letzten, mit Training und aufreibenden Endproben ausgefüllten Tage hatte sich mit dem Schlussapplaus in ein kollektives

Hochgefühl verwandelt. Wie in einem Rausch schwirrten sie umher, warfen sich alberne Bemerkungen zu und versuchten, sich bei der Ausstaffierung zur Premierenfeier gegenseitig zu übertrumpfen.

Niemandem schien es aufzufallen, dass Mascha sich diesem allgemeinen Rausch entzogen hatte.

Bis auf Justina. Sie hatte ihre Freundin schon seit einigen Minuten im Auge. Was war nur mit ihr los? Justina zog nachdenklich ihre langen Stiefel an. Mascha müsste nach ihrem heutigen Erfolg eigentlich rundherum zufrieden sein. Mindestens genauso gut gelaunt wie alle anderen. Aber nein, da stand sie, in der hintersten Ecke der Garderobe, beinahe apathisch. Die blonden Barbiepuppenhaare hingen strähnig und überhaupt nicht Premierenfeier-tauglich über ihre nach vorn gesunkenen Schultern.

Justina seufzte besorgt. Wie blass sie aussah! Irgendetwas stimmte nicht. Erst dieses übertriebene Lampenfieber – Lampenfieber war eigentlich ein Fremdwort für Mascha – und nun diese abwesende Haltung. Justina ging beunruhigt auf sie zu.

Mascha starrte mit leerem Blick in den Spiegel, der nichts als ihren nackten weißen Bauch zwischen Slip und BH wiedergab. Wie würde es weitergehen? Würde es überhaupt weitergehen? Sie holte bebend Luft. Wenn es nach ihr ginge, ja. Unvermittelt füllten Tränen ihre Augen. Sie presste die Lippen aufeinander. Bloß nicht heulen, nicht vor den anderen... Aber ihr Entschluss stand fest. Und sie würde die Mittel dafür aufbringen, sie musste einfach! Sollte denn alles umsonst gewesen sein?

„Hey. Bist du in Ordnung?"

Mascha zuckte erschrocken zusammen. Justina war plötzlich hinter ihr aufgetaucht. „Verdammt, musst du dich so anschleichen?" Sie stülpte hastig ihren Pullover über den Kopf.

„Schleichen? Bei diesem Krach hier?" Justina warf einen konsternierten Blick auf Maschas zünftigen Strickpulli, wollweiß mit blauen Rentieren und Tannenbäumen. „Das willst du zur Premierenfeier anziehen? Oder", sie zögerte argwöhnisch, „kommst du etwa gar nicht?"

Maschas wirrer Haarschopf tauchte endlich aus dem Rollkragen auf. „Doch. Ja. Später. Geh doch einfach schon vor", entgegnete sie angespannt und griff nach ihrer Jeans.

Justina zog alarmiert die Stirn kraus. „Wir gehen zusammen, wie immer. Ich kann doch auf dich warten!"

Mascha schüttelte entschlossen den Kopf und ließ sich auf ihren Stuhl sinken. „Nein, kannst du nicht. Ich habe noch etwas... Privates zu erledigen. Aber ich komme nach." Sie schlüpfte in ihre Schuhe und beugte sich über die Schnürsenkel.

"Etwas Privates!" Justinas Gesicht verzog sich ungnädig. „Vielleicht erzählst du mir endlich, was hier läuft? Seit einer Woche bist du so ausweichend. Ich dachte, es hinge mit deinem Solo zusammen, es war immerhin dein erstes. Aber jetzt hast du es mit Bravour hinter dir! Also, was ist los?" Sie stemmte herausfordernd ihre Hände in die Hüften. „Steckt mal wieder ein Mann dahinter? Mensch, Mascha, mit mir kannst du doch reden, ich bin deine Freundin!"

Mascha nickte bedrückt. „Ich würde ja gerne. Aber…", ihr Blick flackerte unsicher über Justinas besorgtes Gesicht. „Ich kann nicht! Nicht bevor ich mit–", sie brach ab und biss sich auf die Lippen. „...mit jemandem gesprochen habe. Ich muss dringend etwas klären. Aber danach erzähle ich dir alles."

Sie stand auf und ergriff Justinas Hand. „Versprochen. Bei der Premierenfeier. Warte dort auf mich, es dauert sicher nicht lange." Dann sah sie sich in der inzwischen verlassenen Garderobe um. Die Tür stand weit offen und im Gang dahinter war es ganz still.

Maschas Hand fühlte sich eiskalt an. Justina musterte sie mit einem mulmigen Gefühl. „Soll ich nicht doch lieber bei dir bleiben?"

„Auf gar keinen Fall!" Mascha ließ die Hand ihrer Freundin abrupt los. „Ich bin okay." Sie trat ungeduldig einen Schritt zurück. „Bitte, Justina", sagte sie drängend. „Geh jetzt!"

Justina blickte sich nervös um. Rund um sie herum war die Stimmung ausgezeichnet. Aber sie saß wie auf glühenden Kohlen. Ihren Platz ganz am Rande der Bar hatte sie mit Bedacht gewählt. Zum einen saß sie hier etwas abseits vom Geschehen – bei einigen war die Stimmung schon etwas zu feuchtfröhlich für ihren Geschmack – und zum anderen konnte sie gut den Eingangsbereich überblicken.

Wo blieb Mascha nur? Sie kramte beunruhigt ihr Handy aus der Handtasche und wählte Maschas Nummer. Es klingelte, drei, vier, fünf Mal, dann kam die Mailbox. Dann wählte sie Maschas Festnetznummer. Dasselbe! Einige Minuten später versuchte sie es wieder. Und dann noch einmal. Und jedes Mal kam nur die Mailbox oder der Anrufbeantworter.

Das mulmige Gefühl, das sie seit dem Verlassen der Garderobe begleitet hatte, schlug um in eine üble Vorahnung.

Sie steckte entschlossen ihr Telefon weg und ging, ohne sich von jemandem zu verabschieden.

Der Pförtner des Staatstheaters Braunschweig saß bei einer Tasse dampfenden Tees in seinem Glashäuschen. Er blickte Justina träge entgegen, als sie den Künstlereingang betrat.

„Hallo Mark", begrüßte sie ihn atemlos. „Sag mal, hast du Mascha sehen? Mascha Diederich?"

Mark schüttelte bedauernd den Kopf. „Wenn sie nicht bei dem großen Pulk dabei war, der vor über einer Stunde hier raus ist..."

„War sie nicht. Okay, danke." Justina öffnete die Tür zum Gang, der unter der Bühne hindurch auf die andere Seite des Hauses, die Damenseite, führte. Sie stieg die Treppe zum ersten Stock empor, zog die schwere Feuerschutztür zum Gang neben der Bühne auf, in dem die Garderoben lagen.

Hastig riss sie die Tür zur ersten der drei Garderoben auf. Eigentlich sollte hier alles dunkel sein. Aber es sah genauso aus, wie gut eine Stunde zuvor, als sie diesen Raum widerwillig verlassen hatte.

Nur stand Mascha jetzt nicht mehr vor ihrem Garderobentisch.

Sie lag.

In einer Lache aus Blut.

Kriminalhauptkommissarin Verena Bertram trat in den matt beleuchteten Gang neben der Bühne und schloss leise die Tür zur Garderobe hinter sich. Verrückt. Das war nun schon der zweite Mord im Staatstheater innerhalb weniger Monate! Sie atmete tief durch und stieg langsam die Treppe hinunter. Hatte es ‚zu ihrer Zeit' auch so etwas gegeben? Als sie Statistin in diesem Theater gewesen war? Sie konnte sich nicht erinnern. Aber bekam man als Statist alles mit, was so passierte? Vermutlich nicht. Es sei denn, man war direkt involviert.

Am Fuß der Treppe angekommen, ging sie entschlossen durch die Unterführung zur Herrenseite, in Richtung Ausgang. Der Pförtner hatte sich freundlicherweise um die junge Frau gekümmert, die das Opfer gefunden hatte. Justina Greim, eine Tänzerin, genau wie die Tote. Hoffentlich hatte sie sich inzwischen etwas beruhigt.

Ja, da saß sie in der Pförtnerloge. Verängstigt und in sich zusammengesunken, ihr bleiches, spitzes Gesicht noch immer vom Schock gezeichnet. Der Pförtner sah auch nicht besser aus. Er war es, der die Polizei informiert hatte. Und er hatte das Opfer ebenfalls gesehen. Kein schöner Anblick.

Jetzt sah er der Kommissarin mit Erleichterung entgegen. Verena lächelte freundlich. „Vielen Dank, Herr Bauer, dass Sie sich um Frau Greim gekümmert haben. Sagen Sie, gibt es einen nah gelegenen Ort, an dem ich ungestört mit ihr sprechen kann?"

Bauer dachte kurz nach. „Die Kantine hat um diese Zeit vermutlich schon geschlossen. Und wenn nicht, dann nur, weil noch Kundschaft da ist. Da wären Sie auch nicht allein."

„Dann würde ich gerne Ihre Pförtnerloge benutzen. Wäre das möglich? Es wird sicher nicht lange dauern."

Der Pförtner sah sie zögernd an. „Ja... Aber ich muss in Rufweite bleiben. Sie verstehen das sicher."

Verena nickte. „Selbstverständlich. Sobald jemand kommt, oder das Telefon klingelt, rufe ich Sie. Vielen Dank für Ihr Entgegenkommen."

Nachdem Herr Bauer verschwunden war, wandte sie sich an die junge Tänzerin. „Guten Abend, Frau Greim. Ich bin Verena Bertram von der Kriminalpolizei. Ich würde Ihnen gerne ein paar Fragen stellen. Meinen Sie, das ist jetzt möglich?" Sie sah mitfühlend in das kreidebleiche Gesicht der jungen Frau.

Die Tänzerin nickte tapfer und stellte mit zitternden Händen die halbleere Teetasse auf den Schreibtisch.

Verena zog den Stuhl des Pförtners heran und setzte sich neben die die junge Frau.

„Es tut mir sehr Leid, was passiert ist. Ich habe gehört, sie war ihre Freundin."

Die Kommissarin mit den aschblonden Haaren verschwamm vor Justinas Augen. Sie brachte nur ein stummes Nicken zustande. Zu sprechen wagte sie nicht. Sie schluckte krampfhaft. Das war ein Alptraum! Es konnte nur ein Alptraum sein! So etwas passierte doch nicht im richtigen Leben!

100

Sie spürte, wie ihre Hand getätschelt wurde und schniefte laut. Dann tauchte ein Papiertaschentuch vor ihr auf. Sie nahm es und schnäuzte sich kräftig. „Verzeihen Sie. Was haben Sie gerade gefragt?", flüsterte sie heiser.

Verena lächelte sanft. „Das ist in Ordnung, Frau Greim. Ich fragte, ob Mascha Diederich sich auffällig verhalten hat. Heute. Oder in der letzten Zeit."

Justina nickte heftig. „Ja! Seit ein paar Tagen ist sie–", sie schluckte, „war sie mit ihren Gedanken ganz weit weg. Und jedes Mal, wenn ich sie nach dem Grund fragte, wich sie mir aus. Ich dachte natürlich, sie wäre nervös wegen ihres Solos... Aber das war es wohl nicht. Jedenfalls hörte es nach der Premiere nicht auf!"

Frau Greim holte aufgewühlt Luft. „Sie sagte mir, sie müsse mit jemandem sprechen, es gäbe etwas zu klären. Aber worum es ging, hat sie mir nicht erzählt. Und auch nicht, mit wem sie sich treffen wollte! Aber ich glaube, sie hat sich in unserer Garderobe mit ihm verabredet. Außer uns war niemand mehr da, und sie wollte mich so schnell wie möglich loswerden..."

Justina sank erschöpft zusammen. Ach, wäre sie doch nur bei Mascha geblieben! Sie hätte darauf bestehen sollen! Dann wäre ihre Freundin bestimmt noch am Leben... Sie schluchzte laut auf.

Verena seufzte lautlos. Das würde schwierig werden.

„Ist das die Tatwaffe?" Kriminaloberkommissar Tom Manzani hob mit behandschuhten Fingern einen durchsichtigen Plastikbeutel hoch.

„Ich weiß es nicht. In dieser Position ist die Wunde nicht zu sehen, wir müssen sie gleich mal umdrehen. Jedenfalls ist das Messer voller Blut, deshalb habe ich es eingepackt." Dr. Lange kniff die Augen zusammen. „Es ist ein handelsübliches Küchenmesser." Er deutete auf eine Untertasse, auf der ein halber Apfel lag, dessen Fruchtfleisch schon unansehnlich braun angelaufen war.

Tom runzelte erstaunt die Stirn. „Da hat es gelegen?"

„Nein. Es lag dort." Der Gerichtsmediziner zeigte auf einen länglichen, blutigen Abdruck neben der Toten, die immer noch auf dem Bauch lag, so wie sie sie vorgefunden hatten. „Aber der Teller legt nahe, dass es vorher dort gewesen ist. Es lag quasi griffbereit. Kommen Sie, Herr Manzani, helfen Sie mir, sie auf den Rücken zu drehen."

„Du meine Güte!" Tom starrte auf die riesige Blutlache, die nun zum Vorschein kam. Und auf den blutgetränkten Unterleib der blonden jungen Frau. „Er hat sie ganz schön zugerichtet."

Dr. Lange nahm eine Schere und schnitt die Jeans auf. „Ja, sehr viel Blut. Aber nicht aus der Beinschlagader. Sehen Sie, es sind viele Wunden…"

„Möglicherweise eine Tat im Affekt. Und das Messer kam gerade recht!"

„Falls es die Tatwaffe ist", gab Lange zu bedenken. „Noch kann ich in diesem Durcheinander nicht einmal mit Sicherheit sagen, ob es sich um Stichverletzungen handelt."

Tom starrte unangenehm berührt auf den entblößten Unterleib der jungen Frau. Alles war blutbeschmiert, nur die Innenseite ihrer Oberschenkel, soweit sie Dr. Lange von der Jeans befreit hatte, waren schneeweiß und in dem schmalen Streifen ihres hellblonden Schamhaars begann das Blut bereits, zu verkrusten.

„Hm", räusperte er sich. „Also, falls er ein Messer verwendet hat: Seine Hände müssen voller Blut gewesen sein. Und natürlich auch die Tatwaffe."

„Anzunehmen", pflichtete der Gerichtsmediziner ihm bei. „Und es gibt deutliche Fingerabdrücke auf dem Küchenmesser."

Toms Blick wanderte weiter nach vorne, in Richtung des Kopfes der jungen Frau.

„Was ist das da? Haben Sie das schon gesehen, Dr. Lange?" Tom deutete auf mehrere blutige, seltsam verschmierten Kleckse und Linien auf dem marmorierten Linoleum, etwa eine Armeslänge vom Kopf der Toten entfernt.

Der Gerichtsmediziner hockte sich neben Manzani. Er hob vorsichtig die rechte Hand des Mädchens an. Die ganze Handinnenfläche war blutig, nur an der Fingerkuppe ihres Mittelfingers schien das Blut wie abgewischt.

Die beiden Männer sahen einander konsterniert an. Tom schob konzentriert seine rahmenlose Brille auf die Nasenwurzel. „Die Entfernung kommt hin. Wollte sie der Nachwelt etwas mitteilen? Dies hier… Das könnte ein großes ‚F' sein. Und daneben, dieser kleine Krakel… vielleicht ein kleines ‚r'? Und dann… ein großes ‚P'?" Er schnalzte aufgeregt mit der Zunge. „'FrP'… Was könnte das bedeuten? Die Initialen eines Namens? Ihres Mörders?"

„Aber warum ‚Fr' und nicht einfach nur ‚F'? Wenn es denn überhaupt ein ‚r' ist und nicht nur ein unbeabsichtigter Klecks."

„Vielleicht", gab Tom zu bedenken, „gibt es mehrere Personen mit den Initialen F P, aber nur einen mit Fr. P."

„Möglich…" Dr. Lange nahm seine Lupe. „Aber bisher ist es keineswegs klar, dass es von ihr ist", sagte er nachdenklich und beugte sich tiefer über die vermeintlichen Initialen.

Tom kniff skeptisch die Augen zusammen. „Meinen Sie, der Mörder war das?"

„Ich meine gar nichts. Was ich sagen will, ist, dass wir es zu diesem Zeitpunkt einfach noch nicht– Ah, hier haben wir etwas! Am Ansatz des Querstriches vom ‚F' ist ein Teil-Fingerabdruck!" Dr. Lange richtete sich wieder auf und deutete mit dem Griff der Lupe darauf.

Tom nickte zufrieden. "Na, das ist wenigstens ein Anfang."

Er zog sein Handy aus der Jackentasche und machte ein Foto von der Zeichnung. „Ich werde es Verena zeigen. Sie vernimmt gerade die Tänzerin, die die Tote gefunden hat. Wer weiß, vielleicht kann die junge Frau ja etwas damit anfangen."

„Hallo Tom. Frau Greim, das ist mein Kollege Tom Manzani." Sie sah ihn fragend an. „Was gibt es?"

„Das hier." Er trat durch die schmale Tür in die Pförtnerloge und zeigte ihr das Foto auf dem Display seines Handys. „Es sieht aus, als hätte die...", er warf einen zögernden Blick auf die junge Frau, die mit verheultem Gesicht da saß und sich krampfhaft an einem zerknüllten Papiertaschentuch festhielt, „als hätte Frau Diederich versucht, eine Nachricht zu hinterlassen."

Justinas Kopf schnellte empor. „Eine Nachricht? Was denn?" Hektische rote Flecken erschienen in ihrem Gesicht.

Tom blickte fragend zu Verena, die nickte. Dann legte er sein Handy vor Justina auf den Tisch und hielt nach einem weiteren Stuhl Ausschau. Es gab keinen. Er schob ein paar Papiere, die auf dem Schreibtisch des Pförtners herumlagen, beiseite und setzte sich halb auf die freigewordene Fläche. „Ich habe ein Foto davon gemacht."

Justina starrte verständnislos auf das Handy. „A-ber... ich dachte... es wäre eine Nachricht?"

Tom nickte. „Das ist sie. Dieses... was auch immer. Können Sie etwas damit anfangen?"

Justina beugte sich tiefer über das Display. „Oh Gott, hat sie das etwa mit Blut gemalt?" Sie presste entsetzt ihre Hand auf den Mund. „Mit ihrem eigenen Blut?" Ihre Stimme zitterte heftig.

„Ja, ich fürchte schon", sagte Tom ruhig. „Ich weiß, das ist schrecklich, aber bitte konzentrieren Sie sich auf das Bild. Es ist sehr wichtig, Frau Greim. Erkennen Sie etwas?"

Justina drehte das Mobiltelefon ein wenig hin und her. Dann sagte sie zögernd: „Das sieht aus wie ein 'F' und ein 'P'. Aber was bedeutet das?" Sie sah ratlos zum Kommissar empor.

„Ich hoffte, Sie könnten uns das sagen, Frau Greim", Tom lehnte sich etwas vor. „Meinen Sie, es könnte sich um einen Namen handeln, um die Initialen?" Er sah sie aufmerksam an.

„FP..." Justina schüttelte hilflos den Kopf. „Ich kenne niemanden, auf den das passt." Dann weiteten sich ihre Augen mit plötzlicher Erkenntnis. „Nein, das... das kann nicht sein!" Sie starrte entgeistert auf das Handy. „Das ist unmöglich!"

Tom beugte sich noch tiefer herunter und sah sie beschwörend an. „Was ist unmöglich?"

„Frank Paul! Aber das kann nicht sein! Der ist doch viel zu alt!"

„Frank Paul?", fragte Tom drängend. „Wer ist Frank Paul? Und wieso ist er zu alt? Zu alt wofür?"

Justina fuhr mit ihrer Zunge über die spröden Lippen und fuhr fort, als hätte sie gar nichts gehört. „Die Maske ist die einzige Verbindung zu Mascha. Aber die ist gut gewesen... Und warum sollte Frank..." Sie sah hilflos zu Verena hinüber. „Ich verstehe das nicht!"

Verena warf Tom einen auffordernden Blick zu. Er wich wieder ein wenig zurück und zückte unauffällig sein Notizbuch. „Welche Maske, Frau Greim?", fragte Verena behutsam.

Justina fuhr sich fahrig über den Mund. „Entschuldigen Sie... Frank Paul ist unser Maskenbildner. Er hat die Spinnenmasken gemacht."

„Spinnenmasken?"

„Die Masken für eins der drei Stücke, die heute Premiere hatten.… Die Masken für Mascha… und für Dawid." Justina sah die Kommissarin kläglich an.

Verena runzelte die Stirn. „Und der Maskenbilder ist zu alt?"

„Ja, er ist so um die fünfzig. Und der Jemand, mit dem Mascha sich treffen wollte… war bestimmt ein Mann in ihrem Alter, ihr… na ja, ‚Freund' würde sicher zu weit gehen." Sie schüttelte vehement den Kopf. „Aber das kann unmöglich Frank Paul gewesen sein!"

„Okay", Verena schürzte die Lippen. „Und wer ist Dawid? Ein Tänzer Ihres Ensembles? Wie ist sein Nachname?"

Justina nickte kläglich. „Rudzinski. Er war Maschas Tanzpartner." Sie starrte wieder auf das Display. „Aber Dawid ist ein richtig netter Typ. Ich kann mir wirklich nicht vorstellen, dass er etwas damit zu tun hat! Wie gesagt, ich bin mir beinahe sicher, dass sie sich mit jemandem treffen wollte, mit dem sie eine Affäre hatte. Sonst hätte sie nicht so geheimnisvoll getan…" Sie sah Verena bestimmt an. „Aber Dawid kann das nicht gewesen sein. Der ist schwul!"

Tom verdrehte die Augen. „Der eine ist zu alt und der andere zu schwul…", murmelte er entnervt und stand auf. „Aber vielleicht hat er doch Gefallen an seiner hübschen Tanzpartnerin gefunden", sagte er jetzt laut. „Könnte das nicht sein? Schließlich haben die beiden ja wohl sehr viel Zeit miteinander verbracht."

„Nein!" Justina sah ihn empört an. „Ich meine, ja, sie haben viel Zeit miteinander verbracht, sehr viel sogar! Die ganzen Proben... Aber das hat doch nichts geändert! Dawid steht nur auf Männer. Ich kenne ihn seit vier Jahren! Und es war nie anders."

„Nun gut", Verena warf Tom einen warnenden Blick zu. Das würden sie später mit Dawid Rudzinski persönlich klären. „Gibt es vielleicht sonst noch jemanden in Ihrem oder Maschas Umfeld mit den Initialen ‚FP'? Denken Sie bitte nach, Frau Greim."

Plötzlich öffnete sich Justinas Mund zu einem erstaunten ‚oh'. „Ja natürlich! Frank Prechtl! Dawids Understudy! Aber–"

„Understudy?" Toms Augenbrauen rutschten fragend in die Höhe.

„Zweitbesetzung. Frank Prechtl ist Dawids Zweitbesetzung. Aber er und Mascha? Also, das glaube ich kaum!"

Tom seufzte. „Und was stimmt mit *ihm* nicht? Ist er etwa auch schwul?"

Justina sah den Kommissar verärgert an. „Nein! Er ist hetero, aber unsympathisch und hat Mundgeruch. Wir haben oft über ihn gelästert. Und haben gebetet, dass Dawid sich nicht verletzt, damit Mascha nicht mit Frank tanzen muss...." Ihre Stimme brach ab und sie senkte den Kopf.

Verena hatte interessiert zugehört. „Hat Frank Prechtl noch eine andere Rolle?" fragte sie ruhig. „Oder hat er als Zweitbesetzung gar nicht bei dieser Premiere getanzt?"

„Doch, er hat getanzt, klar. Wenn auch nicht in der ‚Spinne'. Da tanzen nur der Spinnenmann und die Spinnenfrau."

„Dann war er sicher auch auf der Premierenfeier?", fragte Verena.

Justina nickte heftig und verzog angewidert das Gesicht. „Ja. Laut und deutlich! Frank trinkt immer zuviel, obwohl er nichts verträgt. Und dann ist er schon nach kurzer Zeit so betrunken, dass er sich zum Affen macht, ohne es zu bemerken. Ich war gerade lange genug dabei, um den Anfang davon mitzubekommen."

„Okay." Verenas Finger trommelten nachdenklich auf den Schreibtisch des Pförtners. „Das werden wir überprüfen. Wie ist es denn mit dem Maskenbildner? War er auch bei der Premierenfeier?"

Justina schüttelte den Kopf. „Nein. Aber das ist nichts Ungewöhnliches. Wenn er mal kommt, dann nur kurz, höchstens um anzustoßen. Und dann verschwindet er wieder. Ich glaube, er feiert nicht gerne mit uns jungem Gemüse…" Sie lächelte entschuldigend. „Wir sind doch alle nur halb so alt wie er. Manchmal der reinste Kindergarten."

Ein flüchtiges Lächeln huschte über Verenas Gesicht. „Gut. Dann noch mal zurück zu ihrem Kollegen Dawid. Wie war denn sein Verhältnis zu Mascha? Freundlich? Oder eher angespannt?"

„Nein, freundlich. Oder besser freundschaftlich. Wie gesagt, er ist wirklich ein netter, zuvorkommender Mensch, ist nie launisch und hat unendlich viel Geduld."

„Und war er auch bei der Premierenfeier?"

„Ja, natürlich war er–" Justinas Hände hörten plötzlich auf, das Taschentuch zu kneten. Dann atmete sie tief durch und sah der Beamtin unsicher ins Gesicht. „Er war da. Ja. Aber... er ist schon sehr früh wieder gegangen. Noch vor mir! Ich kann mir allerdings nicht vorstellen, dass das etwas mit Mascha zu tun hatte!", beeilte sie sich zu sagen. „Er wollte bestimmt nur..." Sie zögerte kurz und gab sich dann einen Ruck. „Er wollte wahrscheinlich nur zu seinem Freund."

Tom sah von seinem Notizbuch auf. „Wann ist er denn gegangen?"

„Ich habe nicht darauf geachtet." Justina rutschte unbehaglich auf ihrem Stuhl hin und her. „Ich hatte die ganze Zeit über den Eingang im Auge, wegen Mascha. Klar habe ich Dawid rausgehen sehen. Es war ziemlich früh, ich hatte noch nicht lange dort gesessen. Aber ich habe mir nichts dabei gedacht, die Toiletten sind auch da draußen." Sie hob entschuldigend die Schultern.

„Und er ist nicht wieder zurück gekommen? Da sind Sie sich sicher?" Tom sah sie aufmerksam an. Justina nickte zögernd. "Na ja. Ich denke schon."

„Okay", sagte Verena wieder. „Und wie war das mit seinem Freund? Kennen Sie ihn?"

„Nein..." Die junge Frau schüttelte niedergeschlagen den Kopf. „Dawid hält sich da sehr bedeckt. Er möchte diese Beziehung unbedingt geheim halten."

Verena zog erstaunt die Augenbrauen hoch. „Und woher wissen Sie dann etwas darüber? Hat er sich Ihnen etwa anvertraut?"

„Nein. Mir nicht." Justina hob peinlich berührt die Schultern.

„Wem dann? Mascha?"

Die Tänzerin schüttelte beschämt den Kopf. „Ich wurde unfreiwillig Zeuge eines Gesprächs zwischen Dawid und Paul Fawcett. Paul ist ein neuer Tänzer aus England, er ist seit dem Sommer hier. Es war bei einer Opernaufführung, an der einige Tänzer beteiligt sind... vor ungefähr einer Woche. Die Pause war noch nicht zu Ende, aber ich bin trotzdem schon auf die Bühne gegangen. Ich habe mich in die Gasse gesetzt, von der aus ich gleich nach der Pause meinen Auftritt hatte. Ich habe den Bühnentechnikern zugesehen, wie sie diverse Kulissen auf die richtigen Positionen schoben und verankerten und so weiter. Und dann hörte ich Schritte und in der nächsten Gasse."

„Entschuldigung", warf Tom ein. „Was genau habe ich mir denn unter einer Gasse vorzustellen?"

Justina sah ihn perplex an. „Oh, natürlich... An den Bühnenseiten hängen von ganz oben, vom Schnürboden, lange schwarze Stoffbahnen herunter, die Gassen bilden. Durch diese Gassen kann man die Bühne von der Seite her betreten, ohne dass man vom Publikum gesehen wird. Es gibt mehrere davon. Und ich saß in der hintersten auf der Damenseite. Und Paul und Dawid waren in der davor, von dort aus hatten sie nämlich ihren Auftritt. Sie waren also nur durch eine Stoffbahn von mir getrennt. Sie gaben sich keine Mühe, leise zu sprechen, denn auf der Bühne waren noch die Bühnenarbeiter am Werk und haben einen ziemlichen Lärm gemacht. Und mich hatten die beiden ja nicht gesehen."

Justina zuckte entschuldigend mit den Schultern. „Ich war nicht in der Stimmung, mich bemerkbar zu machen. Und ich dachte auch nicht, dass es nötig wäre. Jedenfalls zu Anfang nicht. Aber nach zwei, drei Sätzen habe ich bemerkt, worüber sie sprachen." Sie senkte verlegen den Blick.

Tom verschränkte ungeduldig seine Arme. „Und? Worüber?"

„Na ja. Dawid und Paul sind derzeit die einzigen beiden Homosexuellen in unserem Ensemble. Und darüber haben sie gesprochen – nicht, was Sie jetzt denken!", fügte sie errötend hinzu, als sie Toms anzüglichen Blick bemerkte.

„Sie haben über Beziehungen und Partnerschaften unter Homosexuellen gesprochen. Paul hat sich beklagt, dass es so viele Schwule gibt, die nicht den Mut haben, sich mit ihren Partnern in der Öffentlichkeit zu zeigen. Die sich gezwungen sehen, ihre Sexualität heimlich auszuleben." Justina wedelte mit der Hand.

„Oder so etwas in der Art… Und Dawid hat geantwortet, dass er dieses Verhalten durchaus nachvollziehen könne. Seinem eigenen Partner ginge es genau so. Und wenn sein Freund sich outen würde, stünde dessen bisheriges Leben auf dem Prüfstand, und niemand könne sagen, wie das dann ausgehen würde."

Sie kniff nachdenklich die Augenbrauen zusammen. „Dawid machte damals eine Andeutung, die ich so verstanden habe, dass der Mann auch hier am Theater tätig ist – und noch dazu in einer exponierten Position. Oh, und Dawid sagte auch noch, er akzeptiere diese Pflicht zur Verschwiegenheit, denn die Partnerschaft bedeute ihm sehr viel."

Justina lehnte sich sichtlich erleichtert zurück. „Und dann kamen noch mehr Leute auf die Bühne und die beiden haben aufgehört zu reden."

Verena nickte. Auch zu diesem Thema würden sie Rudzinski persönlich befragen. „Noch eine Frage, Frau Greim. Haben Sie irgendjemandem von diesem Gespräch erzählt?"

Justina nickte kleinlaut. „Ich habe während der ganzen Vorstellung nicht mehr daran gedacht. Und ich hätte es bestimmt vergessen. Hätte Mascha nicht mir gegenüber den Verdacht geäußert, dass Paul und Dawid ein Paar wären, weil man die beiden so oft zusammen sah. Und da habe ich ihr von diesem Gespräch erzählt, als Gegenbeweis."

„Und was hat sie dazu gesagt? War sie neugierig?"

Justina verzog unangenehm berührt das Gesicht. „Ja. Und ich auch. Wir haben uns einen Spaß daraus gemacht, die unwahrscheinlichsten Partner für ihn auszuwählen." Sie errötete. „Sie wissen schon, den Generalintendanten, den Generalmusikdirektor... unseren Chef...und so weiter. Albern..."

Sie nagte nachdenklich an ihrer Unterlippe. „Und am nächsten Tag – wir hatten erst am Nachmittag Probe – da fing Mascha an, sich so merkwürdig zu verhalten."

„Verena, was glaubst du, hat Mascha herausgefunden, wer Dawids Liebhaber ist und hat ihn damit erpresst?" Tom warf einen raschen Blick auf seine Beifahrerin.

„Und warum sollte sie das getan haben?" Verena starrte aus dem Seitenfenster. Dunkle Häuser mit dunklen Fenstern einer längst schlafenden Stadt glitten an ihnen vorüber.

„Schulden?"

„Hm. Und Dawid verabredet sich mit ihr, um ihr angeblich das Geld zu übergeben und ersticht seine Tanzpartnerin?" Sie schüttelte den Kopf. „Ein bisschen dünn, oder? Und wie passt das zu den mit Blut gemalten Initialen?"

„Keine Ahnung." Tom zuckte mit den Schultern. „Aber man muss ja in alle Richtungen denken. Und immerhin hat er die Premierenfeier sehr früh verlassen", rechtfertigte Tom seine halbgare Theorie. „Zeit dazu hätte er also gehabt. Und er wollte ja unbedingt, dass seine Beziehung geheim bleibt. Ein Motiv hätte er also auch!" Er lehnte sich selbstzufrieden in den Autositz.

„Ich weiß nicht, Tom. Warten wir erst mal ab, was die Untersuchungen ergeben. Ich meine die Fingerabdrücke auf dem Messer. Und es bleibt auch abzuwarten, was Dawid Rudzinski selbst dazu sagt. Vielleicht hat er ein wasserdichtes Alibi. Und dann sollten wir auf jeden Fall die beiden ‚FPs' vorladen."

„Ja…" Tom nickte versonnen. „Und wie ist das? Mascha hat Dawids Liebhaber erpresst. Der hatte möglicherweise ein viel stärkeres Motiv, diese Beziehung geheim zu halten. Wer weiß, vielleicht ist er am Ende sogar… verheiratet?" Tom kicherte anzüglich in sich hinein.

Verena warf ihrem Kollegen einen scharfen Blick zu. „Was gibt es dann da zu lachen? Ist es nicht traurig, dass es Homosexuelle gibt, die eine Alibi-Ehe führen, nur weil sie in unserer Gesellschaft immer noch nicht dazu stehen können, dass sie schwul sind?"

„Na, nun mach mal halblang, Verena! Heutzutage dürfen die einander sogar heiraten! Toleranter geht es doch gar nicht mehr!" Tom bog nach links in die Güldenstraße ein.

„Ha!", machte Verena. „Wie tolerant wärst du denn, wenn du von deinem eigenen Bruder erfahren würdest, dass er schwul ist?" Sie blickte ihn herausfordernd an.

Tom schnaubte amüsiert. „Ennio und schwul? Niemals! Der ist glücklich verheiratet und hat zwei Söhne, die echte Prachtkerle sind!"

„Aber genau das ist es doch, Tom! Wer weiß, vielleicht ist Rudzinskis Freund auch so ein ehrbarer Familienvater? Und will sich aus Rücksicht auf seine Familie nicht outen." Sie seufzte. „Und jetzt wird er es müssen. Was wir damit wohl alles kaputtmachen?"

Tom stöhnte. „Du bist manchmal echt zu weich, Verena! Aber sei ganz beruhigt. Wir können es ja diskret behandeln." Er überfuhr vorsichtig die nächste Kreuzung des ‚Rings', einer Straße, die ringförmig außerhalb der alten Stadtmauern Braunschweigs verlief.

„Du kannst mich an der Bushaltestelle absetzen, dann brauchst du nicht in den Madamenweg hinein zu fahren. Übrigens Tom: Wir sollten morgen als erstes Maschas finanziellen Verhältnissen auf den Grund gehen."

Mittwoch, vormittags

„Habt ihr schon gehört?" Michaela ließ die schwere Tür der Maskenbildnerei los. Zwei Augenpaare wandten sich ihr zu. „Mascha ist letzte Nacht gestorben! Hier im Theater!" Sie starrte ihre Kolleginnen an, die nur stumm nickten. Dann schüttelte sie fassungslos den Kopf. „Ich kann es kaum glauben! Gestern Abend habe ich ihr noch die Maske gemacht!"

Carla seufzte. „Ja, es ist furchtbar! Und sie soll ermordet worden sein! Kannst du dir das vorstellen?" Dann strich sie sich eine lose Haarsträhne aus dem Gesicht und runzelte verwirrt die Stirn. „Was hast du gerade gesagt? *Du* hast ihr die Maske gemacht? Die Spinnenmaske?"

„Ja. Und die des Spinnenmannes auch." Michaela zog sich die Jacke aus.

„Echt?" Özlem stand auf und starrte sie verwundert an. „Frank hat freiwillig darauf verzichtet, sein Werk zu vollenden, wie er immer so schön sagt? Also, das musst du mir erklären. Diese Spinnenmasken sind doch seine ‚Schöpfung'! Und ausgerechnet zur Premiere lässt er jemand anderen daran herumfummeln? Nichts gegen deine Fähigkeiten, Michi, aber das sieht Frank gar nicht ähnlich!"

„Da hat Özlem Recht. Das ist wirklich merkwürdig!", stimmte Carla zu.

Michaela zuckte mit den Schultern. „Ich habe mich auch gewundert und zweimal nachgefragt. Ich dachte, ich hätte mich verhört. Aber er hat gesagt, dass ich ihn schon richtig verstanden hätte. Weiter nichts. Er war sehr kurz angebunden. Und dann hat er sich in seine Ecke verzogen und…" Auf dieses Stichwort hin sah Michaela zum Arbeitsplatz ihres Chefs hinüber. „Wo ist er eigentlich?"

In diesem Moment öffnete sich die Tür und ein schlaksiger junger Mann mit hochgeschlagenem Jackenkragen kam herein. „Mann, ist das eine Saukälte da draußen!"

„Ach, der Junior ist auch schon da!", sagte Özlem spöttisch, noch bevor der Auszubildende die Tür geschlossen hatte. „Du meinst wohl, weil dein Papa hier der Chef ist, brauchst du nicht pünktlich zur Arbeit zu erscheinen, was?"

Der junge Mann verdrehte die Augen. Dann streifte er die Kapuze seines Sweatshirts vom Kopf und warf einen prüfenden Blick in einen der vielen Spiegel. „Alter, das ist echt kein Wetter für Frisuren!", maulte er unzufrieden und stocherte mit seinen Fingern in der blonden Mähne herum. Dann wandte er sich an Michaela. „Mein Vater ist krank. Er hat die ganze Nacht auf dem Klo verbracht."

Özlem zog ein mitleidiges Gesicht. „Oh, der Arme."

Carla rieb sich grübelnd das Kinn. „Vielleicht ging es ihm gestern Abend schon schlecht. Und er wollte lieber nach Hause gehen. Und deshalb hat er dir die Spinnen überlassen, Michi."

Michaela schüttelte nachdrücklich den Kopf. „Nein, das glaube ich nicht. Er war während des Spinnenstückes auf der Bühne und hat zugesehen. Ich habe unten gestanden, auf der Herrenseite, direkt neben dem Inspizientenhäuschen. Und Frank stand mir gegenüber, auf der Damenseite. Aber ich glaube nicht, dass er mich bemerkt hat. Er hatte nur Augen für das Spinnenpaar."

„Wie, schwanger? Das Mädel war schwanger?" Tom lauschte konzentriert ins Telefon und verzog dann angewidert das Gesicht. „Du meine Güte..." Er zog die Augenbrauen hoch. „Na ja, das ist wenigstens eine gute Nachricht.... Okay, danke.... Ja. Sie ist gerade gekommen. Ich gebe es weiter." Tom beugte sich über seinen Schreibtisch und winkte zum Büro seiner Chefin hinüber.

„Habe ich da richtig gehört?" Verena zog sich einen von Toms Besucherstühlen heran. „Mascha war schwanger?" Sie setzte sich und fuhr mit ihren Händen unbewusst durch die von der Mütze zerdrückten Haare.

Tom nickte. „In der siebten Woche oder so. War ein bisschen schwierig festzustellen. Denn der Mörder hat ihren Unterleib ganz schön zugerichtet. Mit dem Küchenmesser übrigens. Die Länge der Klinge passt zu den Stichen." Er nahm seine Brille ab und massierte die Nasenwurzel. „Bei der Tat selbst hat sie wohl mit großer Wahrscheinlichkeit auf dem Rücken gelegen. In die Bauchlage, so wie wir sie vorgefunden haben, hat sie entweder der Mörder gebracht, was ich mir nicht vorstellen kann, oder sie hat sich selbst herumgewälzt. Und dann erst ist sie elendig verblutet. Wer weiß wie lange das gedauert hat."

Verena nickte langsam. „Sie hatte jedenfalls noch genug Zeit, etwas mit ihrem Blut zu schreiben."

„Ja." Tom schüttelte sich. „Schrecklicher Tod... Sie konnten übrigens DNA-fähiges Material aus dem Fötus sicherstellen. Jetzt brauchen wir nur noch einen oder mehrere potentielle Väter zum Vergleich. Und es gibt verschiedene Fingerabdrücke auf dem Messer. Die meisten unter dem Blut. Aber die anderen sind wohl die unseres Täters. Nun müssen wir nur noch die Finger dazu finden." Dann setzte er geschäftsmäßig die Brille wieder auf. „Was liegt an?"

„Dawid Rudzinski." Verena sah auf ihre Armbanduhr und stand auf. „Ich habe ihn hierher bestellt. Er müsste gleich da sein. Hast du das Bild aus deinem Handy ausgedruckt?"

„Ja. Und vergrößert." Tom hielt den Ausdruck hoch. „In der Vergrößerung sieht man deutlich, dass es wohl ‚Fr' heißt. Und das ‚P' war ja eindeutig."

In diesem Augenblick klopfte es zaghaft an die offene Tür und ein junger Mann in einer dicken Daunenjacke trat zögernd in Toms Büro. „Hallo? Ich suche Frau Bertram vom Fachkommissariat 1."

„Das bin ich. Und Sie sind Herr Rudzinski?" Verena wies auf den Stuhl vor Toms Tisch. „Bitte nehmen Sie Platz. Ihre Jacke können Sie gerne an den Garderobenständer hängen."

Dawid Rudzinski sah jung und unschuldig aus. Mit seinen blonden lockigen Haaren und den himmelblauen Augen wirkte er fast wie ein Engel. Ein leichenblasser Engel. Er nestelte nervös an dem Reißverschluss seiner himbeerroten Fleecejacke herum, als er den beiden Kommissaren gegenüber saß und seine Personalien mit einem Kopfnicken bestätigte.

„Okay. Dann stellen wir Ihnen jetzt ein paar Fragen, Herr Rudzinski. Wann haben Sie Mascha Diederich zum letzten Mal gesehen?"

„Beim Schlussapplaus. Nach dem letzten der drei Stücke. Da waren wir beide dabei." Sein polnischer Akzent war nicht zu überhören.

„Und danach? Waren Sie auf der Premierenfeier?", fragte Verena beiläufig.

Rudzinski nickte. „Ja. Ich war da. Mascha habe ich dort nicht gesehen."

„Und wann sind Sie gegangen?" Tom sah ihn aufmerksam an.

Rudzinski senkte seine langen Wimpern. „Ich habe nicht auf die Uhr gesehen." Um Toms Mund zuckte ein zynisches Grinsen. „Na ja, so ungefähr werden Sie es doch sagen können? War es eher spät oder früh? Waren Sie vielleicht gar der erste, der gegangen ist?"

Die Kiefer des jungen Mannes begannen zu mahlen. „Was wollen Sie mir unterstellen? Ich habe Mascha nichts getan!"

„Dann sagen Sie uns doch bitte, wann Sie gegangen sind. Und was Sie danach gemacht haben." Tom beugte sich weit vor und starrte dem Tänzer ins errötete Gesicht.

„Mir war nicht wohl. Deshalb bin ich nach Hause gegangen." Der junge Mann verschränkte die Arme vor der Brust wie ein trotziges Kind. „Früh. Aber ich weiß nicht mehr, wann."

„Kann das jemand bezeugen?" Tom lehnte sich wieder zurück.

Rudzinski schüttelte den Kopf. „Ich wohne allein. Aber ich habe mich von Paul Fawcett verabschiedet und ihm gesagt, dass ich nach Hause gehe. Ich hatte Kopfweh und wollte schlafen."

„Paul Fawcett." Tom kritzelte den Namen in sein Notizbuch. „Ihr Freund?"

Der Tänzer starrte ihn beinahe erschrocken an. Dann errötete er noch tiefer. „Paul ist nicht mein... nicht so ein Freund. Er ist mein Kollege!"

„Und wer ist dann Ihr Freund?", fragte Tom herausfordernd.

Rudzinski presste die Lippen aufeinander. „Ich... ich weiß nicht, was Sie meinen", entgegnete er verstockt.

„Ach kommen Sie, Herr Rudzinski. Ihre sexuelle Ausrichtung ist doch nun wirklich kein Geheimnis", polterte Tom. „Und wir wissen, dass Sie einen Freund haben. Also bitte, wer ist es?"

„Er hat nichts damit zu tun!", beharrte der Pole stur.

„Vielleicht kann er Ihr Alibi bestätigen?", schaltete sich Verena ein.

„Nein, kann er nicht! Wie ich schon sagte, ich war allein zu Hause!"

Verena seufzte. „Wir wissen, dass Sie Ihren Freund schützen wollen, Herr Rudzinski. Und wir versprechen, diskret zu sein. Sofern es uns möglich ist."

Der Tänzer schnaubte und schüttelte den Kopf. „Sofern es Ihnen möglich ist! Ich habe nichts zu sagen! Und woher wissen Sie das überhaupt?"

Verena seufzte wieder und griff nach Toms Ausdruck. Sie schob ihn dem Tänzer mit betont mitleidigem Blick unter die Augen. „Wir wollten Ihnen diesen Anblick eigentlich ersparen, Herr Rudzinski, aber Sie lassen uns keine Wahl..." Sie sah ihn prüfend an.

Rudzinski starrte auf das Papier und keuchte plötzlich auf.

„Das hat Mascha mit ihrem Blut gemalt bevor sie starb. Wir denken, es handelt sich um die Initialen ‚FP' oder vielleicht auch ‚Fr P'. Was denken Sie?"

Er schubste den Ausdruck mit bebenden Fingern beiseite und wandte rigoros seinen Blick ab.

Aber Verena hatte genug gesehen. Schock und Entsetzen hatte sich in den weichen Zügen des jungen Mannes widergespiegelt.

„Also?" Tom schob den Ausdruck unerbittlich in Rudzinskis Blickfeld zurück. „Was sagt Ihnen dieses blutige Geschreibsel?"

Der Tänzer schüttelte heftig seinen Kopf. „Nichts! Gar nichts!"

Der Kommissar stand auf und wanderte entnervt auf die andere Seite des Tisches, stützte sich dicht neben den Befragten auf die Tischplatte. „Wie kann Ihnen ‚FP' – oder sogar ‚FrP' als Initialen nichts sagen, Herr Rudzinski? Kennen Sie die Namen Ihrer Kollegen etwa nicht? Was? Ist nicht Frank Prechtl – ‚FrP' – ihre Zweitbesetzung?" Er sprach fast in Rudzinskis Ohr. „Und Ihre Spinnenmaske, hat die nicht ein gewisser Frank Paul – wieder ‚FrP' – gefertigt?"

Rudzinski zuckte bei jedem der Namen zusammen. „Das… das ist mir gerade nicht eingefallen! Und was habe ich damit zu tun?" Er legte beide Hände aufgebracht auf seine Brust. „Ich habe andere Initialen, und ich habe Mascha nicht getötet! Warum sollte ich das tun? Ich weiß nicht, warum sie das geschrieben hat!"

Tom grunzte. „Sie haben kein Alibi. Und was das Motiv anbelangt: Vielleicht ist sie Ihrem so peinlich gehüteten Geheimnis auf die Spur gekommen? Und wollte Sie erpressen? Oder Ihren Lover?"

Verena beobachtete den jungen Tänzer sehr genau. Schieres Grauen verzerrte jetzt sein Gesicht.

„Nein!", keuchte Rudzinski heiser. „Sie hat mich nicht erpresst! Ich habe sie nicht getötet!"

„Wer dann? Ihr Lover vielleicht? Hat sie *ihn* erpresst? Nun reden Sie doch endlich!", herrschte Tom den jungen Mann an.

„Ich weiß es nicht!", stieß Rudzinski beinahe panisch hervor und vergrub seine zitternden Hände in den Jackentaschen. „Ich weiß gar nichts! Kann ich jetzt gehen?"

Verena richtete sich auf. „Ja, Herr Rudzinski, Sie dürfen gehen. Zum Erkennungsdienst. Wenn Sie nichts damit zu tun haben, dann lassen Sie doch sicher gerne Fingerabdrücke und eine Speichelprobe hier, nicht wahr?"

Rudzinski starrte unglücklich auf die Kommissarin. Schließlich nickte er ergeben.

„Kinder! Meine Lieben! Hört bitte einmal her!"
Adrian Krenmayr klatschte energisch in seine eleganten, langen Hände. Das gedämpfte Gemurmel im Tanzsaal verstummte sofort. Die 15 Gesichter seiner Tänzer und Tänzerinnen wandten sich ihm mit erschütterten Mienen zu. „Stimmt es?", rief Natalie mit beinahe überschnappender Stimme. „Mascha ist tot?"

Der Chef des Tanzensembles trat gemessenen Schrittes auf seine Truppe zu und atmete tief ein. Er musterte einen nach dem anderen mitleidig aus seinen haselnussbraunen Augen. „Ja. Es stimmt. Leider. Unsere liebe Mascha ist letzte Nacht umgekommen."

„War es ein Unfall?" Frank Prechtl wrang nervös seine Hände.

„Nein, mein Junge", antwortete Adrian mit tragischer Miene, „es war Mord. Eiskalter, grausamer Mord." Er schob seine Hände tief in die Taschen seiner schwarzen Hose. „Sie wurde in der Garderobe gefunden, neben der Bühne. Der Raum ist immer noch gesperrt, die Polizei braucht noch etwas Zeit."

Er hob die Schultern. „Mehr kann ich euch dazu auch nicht sagen. Es tut mir Leid."

Schock und Fassungslosigkeit standen jedem ins Gesicht geschrieben. Adrian strich sich eine widerspenstige Locke aus der Stirn. „Ich weiß, das muss für euch ganz furchtbar sein. Für mich ist es das jedenfalls! Auch wenn wir Mascha noch nicht so lange kannten, haben wir sie doch sehr geschätzt. Und gern gehabt. Aber", er hob theatralisch seine Arme, „das Leben geht weiter. Und im Moment leider mit Riesenschritten! Gestern war Premiere von ‚Easy Prey' und schon in drei Tagen findet die nächste Vorstellung statt!" Er raufte sich mit einer verzweifelten Geste seine schokoladenbraunen Haare. „Ich weiß, ich verlange sehr viel von euch. Aber ich weiß auch, wie tapfer ihr seid!" Er sah sie eindringlich an.

„Aber wir können doch unmöglich..." Die dunklen Augen der schmalen Natalie füllten sich augenblicklich mit Tränen. Sie lehnte sich schwankend an den Kollegen, der neben ihr stand.

Adrian sah sie nachsichtig an. „Doch, Natalie, Schätzchen. Genau das müssen wir tun. Denn wir sind Profis. *The show must go on*, ob wir wollen oder nicht! Und ich brauche euch! Lasst mich bitte nicht hängen! Lasst das Theater nicht hängen! Denn das Theater ist unser Leben! Wir alle wissen das!"

Nach einem beschwörenden Blick in die Runde zog er seine schwarzumrandete Brille aus der Brusttasche seines Hemdes und setzte sie auf. Dann durchsuchte er die Truppe nach einem bestimmten Gesicht. „Sayuri, komm doch bitte einmal her zu mir."

Eine sehnige Asiatin mit langen Haaren wie aus schwarzer Seide löste sich aus der Gruppe und trat zögernd auf ihn zu. Ihre mandelförmigen Augen waren weit aufgerissen und sie leckte sich nervös über die Lippen. „Ja?", hauchte sie aufgeregt. Sie konnte sich gut vorstellen, worum es ging. Ihr Herz begann laut zu klopfen.

Adrian legte beide Hände auf die schmalen Schultern der Japanerin und sah ihr tief in die Augen. „Sayuri, mein Engel, dich brauche ich jetzt am allermeisten. Du warst Maschas Understudy. Jetzt ist deine

Stunde gekommen! Ab sofort bist du die Spinnenfrau. Du wirst es schaffen, richtig?"

Ein überglückliches Lächeln erstrahlte auf Sayuris Gesicht. Dann senkte sie rasch ihren Blick. Diese Art von Freude war unter den gegebenen Umständen wohl kaum angebracht, zumindest nicht vor all ihren Kollegen. Sie spürte den sanften Druck von Adrians Händen und nickte. „Natürlich", antwortete sie so leise, dass nur er es hören konnte. „Für dich schaffe ich alles. Das weißt du."

Adrian lächelte unmerklich. „Ich habe nichts anderes erwartet, Engelchen", murmelte er. Dann ließ er abrupt seine Hände sinken und trat einen Schritt zurück. „Gut, Sayuri. Probe um sechs. Und geh bitte in die Schneiderei. Man erwartet dich dort in..." Er sah auf seine silberne Armbanduhr, „in einer halben Stunde. Es ist für diese Partie absolut unerlässlich, dass dein Kostüm hundertprozentig sitzt. Lass das also noch mal checken. Und danach gehst du in die Maske. Dort wissen sie auch Bescheid." Er verzog zynisch das Gesicht. „Welche Ironie... Die Maske für Dawids Understudy haben sie fertig, aber deine noch nicht! Nun ja. Bis zur nächsten Vorstellung werden sie es wohl schaffen." Er wandte sich wieder an die anderen. „Der Rest hat heute frei. Geht nach Hause, oder setzt euch von mir aus zusammen und redet. Macht etwas, das euch gut tut. Verarbeitet erst mal diesen Schock. Aber bitte mäßigt euch, was Alkohol, Medikamente und dergleichen angeht! Ich möchte, dass ihr morgen zum Training fit seid. Ach ja, draußen wartet ein Polizeibeamter. Er möchte euch ein paar Fragen stellen. Seid bitte kooperativ."

„Wo ist eigentlich Dawid?", fragte Sayuri beunruhigt.

„Der ist entschuldigt", entgegnete Adrian knapp. „Wir sehen uns um sechs." Damit eilte er hinaus.

Justina schlich aus dem Ballettsaal. Plötzlich spürte sie einen Arm, der sich um ihre Taille schob. Natalie. „Es tut mir so Leid, Justina. Ihr wart doch befreundet."

Justina nickte bekümmert. „Danke."

„Weißt du, ich finde es unmöglich, dass wir weitermachen, als sei nichts passiert! Und ich bin nicht die einzige, die so denkt! Manchmal ist Adrian echt... herzlos!" Sie nagte empört an ihrer Lippe.

„Das sieht nur so aus. Ich bin sicher, er trauert genauso wie wir." Justina machte sich sanft von ihrer Kollegin los. „Und er hat Recht. Es gibt schließlich jemanden, der rasch einspringen kann. Unter diesen Umständen ist es nicht gerechtfertigt, Vorstellungen ausfallen zu lassen. Der Intendant wird das genauso sehen, glaub mir."

„Ja, ja! *Money makes the world go round*!" Natalie zog ein verdrießliches Gesicht. „Und Sayuri bekommt endlich das, was sie schon immer wollte! Und was ihr ihrer Meinung nach von Anfang an zugestanden hätte!", setzte sie bissig hinzu.

Justina zog die Augenbrauen hoch. „Von Anfang an? Hält sie sich denn für besser als Mascha? Mascha war doch perfekt..." Ein Kloß bildete sich unvermittelt in ihrem Hals. Tapfer schluckte sie ihn hinunter.

Natalie schnaubte verächtlich. „Es gab jedenfalls eine Zeit, da muss Adrian wohl Sayuri für die Perfektere gehalten haben. Schließlich hatte er eigentlich *sie* für diese Rolle eingeplant. Und Mascha sollte nur Understudy sein."

„Was? Das höre ich jetzt zum ersten Mal!"

„Na ja, Sayuri hat es natürlich nicht an die große Glocke gehängt, ist ja auch zu peinlich, so abserviert zu werden", fuhr Natalie ungerührt fort.

„Und warum sollte er das getan haben?" Justina sah ihre Kollegin ungläubig an. „Hatte sich bei den Proben herausgestellt, dass Mascha doch besser war als Sayuri?"

„Pah! Mit tänzerischer Leistung hatte das wohl kaum etwas zu tun! Ich sage dir: Sayuri sollte ursprünglich diese Rolle bekommen, weil sie damals Adrians Betthäschen war!" Natalie schob ihr Kinn vor. „Und als sie es nicht mehr war... Puff, da war auch die Rolle futsch!"

„Also wirklich, Natalie!" Justina wandte sich empört ab. „Ich glaube kaum, dass so etwas bei Adrian eine Rolle spielt! Der Tanz ist ihm doch wichtiger als alles andere! Er ist ein Vollblut-Tänzer!"

„Ha! In erster Linie ist er ein Vollblut-*Mann*! Der sich nimmt, *was* er will! Und *wann* er es will! Und der es wieder wegwirft, wenn es ihm nicht mehr in den Kram passt!"

Justinas Augen verengten sich argwöhnisch. „Du weißt aber gut Bescheid, Natalie."

Die Tänzerin machte eine wegwerfende Geste und schürzte grimmig ihre Lippen. „Wie dem auch sei... Sayuri hat ihm damals offenbar nicht mehr in den Kram gepasst." Sie sah Justina jetzt eindringlich an. „Dafür Mascha aber umso besser. Wenn du verstehst, was ich damit meine."

„Ich habe mit der ganzen Tanzgruppe gesprochen, und ich habe einige interessante Dinge erfahren. Aber dazu komme ich später."

Tom schälte sich aus seinem Parka. „Paul Fawcett war die ganze Zeit über bei der Premierenfeier. Und dieser Frank Prechtl auch. Die meiste Zeit davon aber ziemlich besoffen und später dann überwiegend auf der Toilette." Er grinste. „Ich hole mir rasch einen Kaffee, bin gleich wieder da."

Nach einer Minute kam er mit einer himmelblauen Raumschiff-Enterprise-Tasse zurück in Verenas Büro. Dann ließ er sich auf einen der Besucherstühle fallen. „Ach ja, Paul Fawcett heißt vollständig Francis Paul Fawcett, das steht so in seinem Pass, den er mir gezeigt hat. Aber seit er in Deutschland ist, lässt er sich Paul rufen. Und da hätten wir dann theoretisch auch ‚Fr' und ‚P'…"

„Sehr theoretisch, mein Lieber!", warf Verena ein.

Er zuckte mit den Schultern. „Ich wollte es der Vollständigkeit halber nicht verschweigen… Also, Fawcett hat Rudzinskis Kopfschmerzen bestätigt. Na ja, nicht medizinisch natürlich." Er grinste schief. „Und Rudzinski hat ihm tatsächlich gesagt, dass er nach Hause wollte, um sich hinzulegen. Der Junge soll ziemlich mies ausgesehen haben." Tom schnalzte mit der Zunge. „Was nichts heißen muss. Dafür kann es auch ganz andere Gründe geben als Kopfschmerzen. Ein schlechtes Gewissen zum Beispiel!"

„Tja..." Verena streckte sich auf dem Stuhl. „Rudzinski ist aber nicht unser Täter. Leider. Die Fingerabdrücke auf dem Messer stimmen nicht mit seinen überein. Trotzdem, irgendetwas ist faul. Sein Entsetzen, als er die blutigen Buchstaben gesehen hat..."

Sie runzelte nachdenklich die Stirn. „Justina war auch entsetzt. Aber bei ihr war es die Vorstellung, dass es Maschas Blut war, mit dem da geschrieben wurde. Bei Rudzinski dagegen war es etwas ganz anderes. Als hätten diese vermeintlichen Initialen ihn auf einen schockierenden Gedanken gebracht."

„Ja. Er hat völlig dicht gemacht. Als hätte er einen grauenhaften Verdacht." Tom schlürfte gedankenvoll seinen Kaffee. „Die beiden ‚FrPs', mit denen wir ihn konfrontiert haben, müssen ja nicht die einzigen sein.... Selbst wenn es mit den beiden nichts zu tun hat, vielleicht geht es um jemanden, den er kennt? Oder sogar jemandem, der ihm nahe steht?"

Verena nickte. „Genau mein Gedanke. Und deshalb lasse ich ihn gerade observieren. Mal sehen, ob uns das nicht zu jemandem führt, der ihm *sehr* nahe steht. Zu seinem Liebhaber zum Beispiel."

Tom nickte nachdenklich. „So könnte es Mascha übrigens auch gemacht haben... Sie hat sich einfach an seine Fersen geheftet."

„Tja, wenn unsere Theorie mit der Erpressung überhaupt stimmt." Verena seufzte verdrießlich. „Und wenn, dann hatte sie es leichter als wir. Nachdem wir ihn zu seinem Freund befragt haben, ist er sicher dreimal so vorsichtig."

„Also, der ‚Tanz-FrP' scheint aus dem Rennen zu sein, der Suffkopp hat immerhin ein Alibi. Aber den ‚Masken-FrP' müssen wir noch befragen!" Tom nahm genüsslich einen Schluck Kaffee.

Seine Kollegin gluckste erheitert. „Das mit den ‚FrPs' gefällt dir, was?"

Verenas Telefon klingelte. „Bertram? Oh ja, stellen Sie bitte durch, ich warte schon darauf.... Kriminalhauptkommissarin Bertram... Ja, genau. Aha.... interessant.... Ja, das wäre nett! Vielen Dank! Auf Wiederhören." Sie legte wieder auf.

Tom sah sie fragend an. „Nicht sehr aufschlussreich. Ich meine deinen Teil der Unterhaltung. Wer war das?"

Verena schmunzelte. „Das war jemand von der Schufa. Und dreimal darfst du raten, Mascha Diederich hatte Schulden! Sie ist offenbar jemand, der sich gerne etwas aus Katalogen bestellt, und dann in Raten zahlt. Und bei zwei Warenhäusern ist sie mit den Zahlungen im Rückstand."

Tom zuckte zweifelnd mit den Schultern. „Von welcher Höhe sprechen wir hier denn?"

„Sie faxen mir heute noch die Unterlagen zu. Dann wissen wir Genaueres." Verena angelte nach ihrer fast vollen Kaffeetasse und trank nachdenklich einen Schluck.

„Also gut", sie setzte die Tasse wieder ab und stand auf. „Dann kümmern wir uns mal um deinen ‚Masken-FrP'."

„Chef-Masken-FrP", entgegnete Tom grinsend. „Nein, im Ernst, er ist der Chef der Maskenbildnerei. Aber du kannst in Ruhe austrinken!", sagte er lässig.

„Der läuft uns nicht weg. Ich war schon in der Maskenbildnerei. Frank Paul hat sich heute krank gemeldet. Der ist also zu Hause, das ist nach Süden raus, im Heidberg." Er blätterte in seinem Notizbuch. „Köslinstraße."

„So? Krank?" Verena runzelte die Stirn. „Nun ja, das kann auch Zufall sein…"

„Ich glaube nicht an Zufälle", sagte Tom lakonisch. „Aber ich habe noch etwas sehr interessantes erfahren, als ich in der Maskenbildnerei war. Es gibt noch einen zweiten Frank Paul!"

Verena hatte gerade den Mund voller Kaffee, deshalb begnügte sie sich damit, ein überraschtes Gesicht zu ziehen.

„Ja, den Sohn vom alten Paul, 22 Jahre alt. Er geht bei Papa in die Lehre. Komisch, dass Justina Greim das nicht wusste."

„Nicht jeder kennt jeden im Theater, Tom. Vielleicht hat sie mit Junior gar nichts zu tun… Hast du mit ihm gesprochen?" Verena stellte ihre Tasse hin.

Tom schüttelte den Kopf. „Der war gerade irgendwo im Haus unterwegs. Aber er wohnt noch bei seinen Eltern in der Köslinstraße. Der läuft uns also auch nicht weg."

Tom kratzte sich nachdenklich am Kopf. „Ach ja, Frank Paul Senior wird von seinen Mitarbeitern durchweg als sympathischer Mensch und als fähiger, fairer und guter Chef bezeichnet. Kurz, sie mögen und respektieren ihn. Mit seinem Sohn sieht das allerdings anders aus, der soll ein ziemliches Früchtchen sein und scheint alle zu nerven."

Tom blieb vor dem Schreibtisch seiner Chefin stehen. „So. Und das war immer noch nicht alles! Den Junior habe ich zwar nicht angetroffen, dafür aber die Greim, oder vielmehr, sie mich." Er zog sein Notizbuch hervor. „Ihr ist etwas zu Ohren gekommen, dass sie uns unbedingt erzählen wollte... na ja, eigentlich lieber dir, aber sie musste mit mir vorlieb nehmen." Er grinste schief. „Ich war dieses Mal aber sehr nett zu ihr, das schwöre ich!"

„Tom!" Verena verdrehte die Augen. „Komm endlich zur Sache!"

„Aber klar. Es geht um eine Tanzkollegin, eine hübsche Japanerin." Er blätterte eine Seite zurück. „Sayuri Kobayashi. Eigentlich anders herum, in Japan kommt der Nachname zuerst, also Kobayashi Sayuri." Bei diesem Namen blinzelte er verschmitzt. „Na, sagt dir das was?", fragte er grienend.

Verena sah ihn kopfschüttelnd an. „Sollte es das?"

„Kobayashi Maru!"

Verena runzelte verständnislos die Stirn. „Und wer soll das bitte schön sein?"

„Nicht wer, sondern was!" Tom blies die Backen auf. „Der ‚Kobayashi-Maru-Test'! Das ist ein Test, den alle Kadetten der Sternenflotte durchführen müssen... Ach vergiss es!", ächzte er ernüchtert. „Ich vergesse immer wieder, wie wenig Ahnung du von Star Trek hast! Unglaublich! Das gehört doch zur Allgemeinbildung in unserer Generation!"

„Star Trek und Allgemeinbildung?" Verena fing an zu lachen. „Ich wette, in diesem Fach hättest du Spitzennoten bekommen, was? Oh je, Tom! Also, was hat deine hübsche Japanerin mit unserem Fall zu tun?"

Tom berichtete ihr von seinem Gespräch mit Justina Greim.

„Konkurrenzkampf?" Verena legte ihre Stirn in nachdenkliche Falten. „Glaubst du, Kobayashi bringt deshalb ihre Kollegin um? Und noch dazu auf so brutale Weise?" Sie schüttelte den Kopf. „Bedenke doch, Mascha Diederich war schwanger. Und sie wurde durch Stiche in den Unterleib getötet. Und sagtest du nicht vorhin, dass du nicht an Zufälle glaubst?"

Tom nickte eifrig. „Glaube ich auch nicht! Und ich habe eine Theorie, zu der das passt. Und die begründet sich auf zwei Tatsachen. Nummer eins: Dieser Tanzchef, Adrian Krenmayr, ist erst spät bei der Premierenfeier erschienen, und Sayuri Kobayashi ist gar nicht aufgetaucht. Angeblich fühlte sie sich schlapp und fürchtete, sie könnte krank werden. Das hatte ich ihr auch abgenommen, bis ich Tatsache Nummer zwei erfahren habe! Nämlich: Kobayashi war die Geliebte des Tanzchefs! Zumindest bis vor einer Weile. Es ist ein offenes Geheimnis. Niemand spricht darüber, aber alle wissen es." Tom schnalzte bedeutungsvoll mit der Zunge.

„Tja, und urplötzlich hatte der charismatische Boss ein übermäßig großes Interesse an der ebenfalls hübschen Mascha. Und er hat sehr viel Zeit mit ihr verbracht. Angeblich wegen dieses Spinnen-Tanzstückes. Die Greim deutete aber an, dass einige Kollegen denken, Krenmayr und Mascha hätten eine Affäre gehabt. Sie selbst glaubt das aber nicht. Sie meint, dass man das bemerkt hätte. Bei Sayuri hätten es doch auch alle gewusst. Ach ja, und Krenmayr wäre natürlich auch zu alt für Mascha gewesen." Er schnaubte zynisch. „Aber wenn es doch stimmt, könnte er der Vater von Maschas Baby sein." Toms Augen leuchteten lebhaft. „Und damit wäre er möglicherweise unser Mann! Er ist übrigens verheiratet. Ich konnte ihn leider noch nicht befragen, ob—"

„Moment!" Verena hob energisch ihre Hände. „Nicht so schnell! Lass mich erst mal sehen, ob ich bis hierhin alles richtig verstanden habe... Also, du denkst, solange Adrian Krenmayr mit der Japanerin liiert war, sollte *sie* diese Spinnen-Rolle bekommen. Dann hat er sich aber in Mascha Diederich verknallt und Sayuri Kobayashi fallen lassen. Nicht nur als Bettgenossin, sondern auch, was diese Rolle anbelangt."

„Genau!" Tom lief aufgedreht vor Verenas Schreibtisch hin und her. „Und daraus ergeben sich zwei Möglichkeiten: Entweder Sayuri hat sich ihrer doppelten Konkurrentin entledigt, oder der Tanzchef war es. Weil Mascha ihm gedroht hat, seiner Frau zu erzählen, dass ihr ehrenwerter Ehemann nicht nur untreu war, sondern auch noch Papa wird!" Er holte tief Luft.

„Also, da ich mir nicht vorstellen kann, warum Sayuri bis nach der Premiere gewartet haben soll, um ihre Konkurrentin loszuwerden, bevorzuge ich letztere Version. Angst vor einer derartigen Enthüllung war schon immer ein sehr starkes Motiv! Und", Tom hob gewichtig seinen Zeigefinger, „Krenmayr hat noch kein hieb- und stichfestes Alibi! Er kam ja erst gegen halb zwölf zur Premierenfeier. Und ich habe eine Liste von Leuten, die sein spätes Erscheinen bestätigen können. Er ist ihr Meister, deshalb ist es aufgefallen."

Verena nickte gedankenvoll. „Und was hat Krenmayr dazu gesagt?"

„Angeblich hat er noch ein dringendes Telefonat mit seiner Frau führen müssen. Er wohnt in der Jasperallee, gleich hinter dem Theater, und ist dazu nach Hause gegangen, weil Akku seines Handys leer war und er seinen privaten Festnetzanschluss nutzen wollte. Es war ja ein Ferngespräch. Malte überprüft das gerade." Tom stützte sich vor Verena auf den Schreibtisch.

„Krenmayrs Frau ist nämlich Konzertmusikerin und lebt in Österreich. Sie wollte damals nicht mit nach Braunschweig ziehen, da sie sowieso fast ständig in der Weltgeschichte unterwegs ist und Konzerte gibt. Und außerdem wollte sie die schicke Villa in Wien nicht aufgeben."

„Klingt nach einer sehr glücklichen Ehe..." Verena verzog sarkastisch das Gesicht. „Und was hat er zu dieser angeblichen Affäre gesagt? Oder zu dem Grund, weshalb er Mascha Diederich die Rolle gegeben hat?" Verena musterte ihren Kollegen neugierig.

Tom grunzte verdrießlich. „Nichts." Er stieß sich vom Schreibtisch ab und ließ sich wieder auf den Stuhl fallen. „Als ich ihn in der Mangel hatte, da wusste ich von der ganzen Sache noch nichts. Er war der Erste, den ich befragt hatte. Mit Justina Greim habe ich erst zum Schluss gesprochen. Ich hatte eigentlich nicht vor, sie nochmals zu nerven. Aber sie hatte auf mich gewartet."

„Hm", machte Verena. „Die Frage ist nur, wie die blutigen Initialen zu deiner schönen Theorie passen, Tom. Aber egal, einen Versuch ist es wert..." Sie nickte abschließend. „Dann auf zu Krenmayr. Und danach besuchen wir den Chef der Maske in seinem trauten Heim."

Mittwoch, nachmittags

Dawid starrte verzweifelt auf sein Handy. Aber das kleine Display blieb dunkel. Er hielt es nicht länger aus.

Warum rief Er nicht zurück? Oder schrieb wenigstens eine SMS? Und warum hatte Er ihn gestern versetzt, ohne ein einziges Wort? Ausgerechnet gestern! Hatte Er doch sein Vertrauen missbraucht? Warum sonst meldete Er sich nicht?

Dawid hatte schon letzte Nacht eine SMS auf Sein geheimes Handy geschickt. Das Handy, von dem Seine Familie nichts wusste und auf das niemand außer Ihm Zugriff hatte.

Normalerweise meldete Er sich innerhalb von wenigen Minuten bis zu zwei Stunden. Entweder rief Er Dawid zurück, oder, wenn das nicht möglich war, schrieb Er ihm eine SMS. Sie benutzten einen geheimen Code, den sie sich selbst ausgedacht hatten und den niemand außer ihnen beiden entschlüsseln konnte. Und sie benutzten Handys mit Prepaidkarten, die sie an unterschiedlichen Orten gekauft hatten. Nichts war zurückzuverfolgen.

Aber Er hatte sich nicht gemeldet! Nicht nach der ersten SMS und auch nicht nach all den anderen, die Dawid nachfolgen ließ.

Die kleine Episode vor dem Theater gestern Nachmittag, direkt vor der Premiere, stand zwischen Ihnen, beunruhigend, wie ein wucherndes Dickicht, das immer undurchdringlicher wurde, je mehr Zeit verstrich.

Dawids Brust fühlte sich an, als würde sie in einer riesigen Faust stecken, die unbarmherzig fester und fester zugriff. Das Atmen fiel ihm schwer. Was tat Er da hinter seinem Rücken?

Stop! Dawid zwang sich, einige Male tief durchzuatmen.

Es passierte schon wieder!

Zunächst war es immer nur ein Gefühl der Unruhe. Jedes Mal, wenn Er sich nicht sofort meldete. Und je mehr Zeit verging, umso quälender wurden seine Gedanken, seine Mutmaßungen... Normalerweise gingen sie in eine andere Richtung. Dass etwas geschehen sein musste. Etwas, das Ihm eine Antwort unmöglich machte. Nun gut, Er musste auf seine Familie Rücksicht nehmen, koste es, was es wolle! Und Dawid musste sich wohl oder übel damit abfinden. Das kostete ihn viel Kraft und Entbehrung. Aber er liebte Ihn. Und er wurde geliebt! Und dafür nahm er es eben in Kauf. Alles. Die Heimlichtuerei, das Versteckspiel, die ständige, oft unerfüllte Sehnsucht.

Aber heute war es anders. Nicht Sehnsucht und Sorge, sondern Zweifel und Misstrauen erfüllten ihn. Und Angst.

Eine neue Welle der Panik überrollte ihn.

„Hallo Michaela! Ich komme wegen der Spinnenmaske." Sayuri sah sich suchend in der voll gestopften Maskenbildnerei um. „Komme ich zu früh? Wo ist Frank?"

„Ich bin doch hier!" Frank Paul Junior grinste breit hinter seiner halbfertigen lila Perücke hervor.

„Oh, ich meinte eigentlich...", Sayuri sah den jungen Mann unsicher an.

Michaela, die hinter dem Azubi stand, winkte nur ab. „Ignorier ihn einfach, Sayuri. Wenn sein Vater nicht da ist, ist er immer besonders vorlaut. Setz dich schon mal, ich komme gleich zu dir." Dann beugte sie sich wieder über Franks Arbeit. „Hier hast du unsauber gearbeitet. Sieh mal, da sind Lücken. Und die Knoten sind teilweise nicht fest genug. Du musst sie fester anziehen. Und es wäre gut, wenn du bald damit fertig würdest, diese Perücken sind für ein Stück. Und nicht nur zum Üben!"

„Ja ich weiß, aber ich habe bald einen Lila-Koller!", beschwerte er sich. „Wer hat sich denn so viele lila Perücken in einem einzigen Stück ausgedacht?"

„Das war dein Vater", entgegnete Michaela trocken.

„Frank ist gar nicht da?" Sayuris Stirn legte sich in skeptische Falten. „Und was ist mit meiner Maske?"

„Keine Sorge, ich mache das", sagte Michaela beruhigend. „Ich bin schließlich seine Stellvertreterin. Und ich habe auch reichlich Erfahrung im Umgang mit Latex. Es ist wirklich kein Problem, Sayuri." Sie nahm eine Drahtbürste und striegelte die langen Haare der Japanerin. Dann schlang sie sie zu einem festen, dicken Knoten.

Sayuri starrte mit wachsendem Unmut in den Spiegel. Michaela war zwar seine Stellvertreterin, aber Frank Paul war der Chef. Und diese Masken hatte er zur Chefsache erklärt, das wusste sie ganz genau! Aber mit ihr konnte man es ja machen! Sie war ja nur die Zweitbesetzung! Michaelas Haarnadeln piekten ihr in den Kopf. „Au! Das ist zu fest! Da bekommt man ja Kopfschmerzen!", beschwerte sie sich gereizt.

„Entschuldigung." Die Maskenbildnerin steckte die letzte Nadel neu. „So besser?" Dann schlang sie ein schwarzes Haarnetz um den Knoten und befestigte es ebenfalls. „Hör mal, Sayuri, es tut mir wirklich Leid, was mit Mascha passiert ist. Das muss ein ziemlicher Schock für euch gewesen sein. Ich habe gehört, sie ist in der Garderobe...", sie verstummte hilflos.

Sayuri nickte nur. Ja, es war furchtbar. Aber alle Dinge hatten zwei Seiten. Und so herzlos es auch klingen mochte, aber meistens gab es jemanden, der einen Vorteil daraus ziehen konnte. Und in diesem Fall war sie das. Sie brauchte deshalb kein schlechtes Gewissen zu haben. Einer trat ab und ein anderer nahm dessen Platz ein. Das war der natürliche Lauf der Dinge.

Michaela starrte auf Sayuris gesenkten Kopf und seufzte. Dann räusperte sie sich. „Da die Zeit bis zur nächsten Vorstellung relativ knapp ist, werde ich Maschas Maske bei dir probieren. Vielleicht passt sie mit ein paar Korrekturen. Ist das okay?"

Sayuris Blick schoss in die Höhe und senkte sich dann sofort wieder. Nein, das war es nicht, ganz und gar nicht! Sie wollte eine neue Maske, die exakt an ihr Gesicht angepasst wurde, so wie es ursprünglich für sie als Understudy geplant war! Und keine recycelte ,Mascha-Maske'! Doch sie biss sich auf die Lippen und nickte nur knapp.

„Gut. Es wäre nämlich eine Hilfe, wenn wir keine neue–"

In diesem Augenblick wurde die schwere Tür zur Maske aufgestoßen und Dawid Rudzinski trat ein. Er sah sich argwöhnisch um. Sein suchender Blick verharrte kurz auf dem lethargischen Gesicht des Auszubildenden. Doch der Tänzer wandte sich zu rasch ab, als dass er das interessierte Aufblitzen in dessen Augen bemerken konnte.

„Nanu, Dawid!" Michaela stemmte erstaunt ihre Hände in die Hüften. „Stimmt irgendetwas nicht mit deiner Maske? Dann wirst du wohl einen Moment warten müssen." Als Dawid den Kopf schüttelte, wandte sie sich wieder Sayuri zu. Sie nahm vorsichtig ein schwarzes Gebilde mit silbrigen, netzartigen Strukturen von einem schmuddeligen Styroporkopf und hielt es über den Kopf der Japanerin. „Kopf hoch, Sayuri, und sieh in den Spiegel. Sonst kann ich dir die Maske nicht aufziehen."

Dawid starrte entgeistert auf Sayuris Spiegelbild. Für einen Augenblick sah er nichts als Maschas Maske.

Kalter Schweiß legte sich auf seine Stirn.

„Also, was kann ich für dich tun, Dawid?", fragte Michaela beiläufig und versuchte vergeblich, den

Rand der Maske etwas weiter in die Stirn der Japanerin zu ziehen. „Hm. Sie sitzt zu hoch. Du hast mehr Haar, Sayuri, wir brauchen am Hinterhopf mehr Material... Tja, die müssen wir definitiv neu machen." Sie drehte sich zu dem jungen Tänzer herum, der jetzt weiß wie eine Wand war. „Du liebe Güte, du siehst ja furchtbar aus! Setz dich! Das mit Mascha ist aber auch zu schrecklich! He Frank, hol ihm schnell mal ein Glas Wasser!"

Der Azubi stemmte sich aufreizend langsam hoch und schlurfte zum Waschbecken, kramte nach einem sauberen Trinkglas und ließ kaltes Wasser aus dem Wasserhahn hineinlaufen.

Dawid nahm das Glas mit steinerner Miene entgegen. Er vermied sorgfältig jeden Augenkontakt mit den anderen, und ganz besonders mit dem jungen Mann. Trotzdem fühlte er jetzt dessen bohrenden Blick, als würde er ein Loch in seinen Hinterkopf brennen.

Rasch trank er einen Schluck. Dann sah er ungläubig in das Wasserglas. Was um alles in der Welt tat er hier? Was hatte er sich nur dabei gedacht?

Sayuri saß noch immer mit Maschas Maske da, die wie eine schlecht sitzende Badekappe auf ihrem dicken Haarknoten thronte. „Kann ich das wieder abnehmen?", fragte sie unbehaglich.

„Oh, natürlich!" Michaela nahm die Maske ab und legte sie mit Bedauern weg. „Na, dann müssen wir jetzt wohl eine neue machen."

„Und warum kann Frank das nicht tun?" Sayuri verzog unwillig das Gesicht.

Michaela ließ ihre Hände sinken. „Weil er heute krank ist", antwortete sie pikiert. „Und wenn wir Pech haben, die nächsten Tage auch noch. Wir können also nicht auf ihn warten. Du musst schon mit mir vorlieb nehmen, Sayuri."

„Ich muss gehen." Dawid stand hastig auf und stellte das volle Wasserglas so heftig auf den Tisch, dass es überschwappte. Er eilte zur Tür, ohne auf Michaelas Protestrufe zu reagieren. Im Hinausgehen warf er einen gehetzten Blick auf Frank. Ja, der Auszubildende starrte ihm hinterher. Dawid zerrte die schwere Tür hinter sich ins Schloss und suchte das Weite.

„Und wo parkt man jetzt?", murmelte Tom verdrießlich und fuhr im Schritttempo die Jasperallee hinauf. „Immer dasselbe in diesem verflixten Viertel!" Er bedachte seine telefonierende Chefin mit einem vorwurfsvollen Blick.

„Ach nein, interessant! Hm-hm.... Gut, danke, Malte. Das kommt genau zur richtigen Zeit!" Verena schmunzelte in sich hinein. Dann zeigte sie nach vorn. „Da fährt gerade jemand raus."

„Was kommt zur richtigen Zeit?", fragte Tom, nachdem sie ausgestiegen waren.

„Das Ergebnis der Telefonüberprüfung. Krenmayr hat tatsächlich mit seiner Frau in Wien gesprochen. Allerdings nur knapp fünf Minuten." Sie trabte neben Tom her, der prüfend die Hausnummern musterte. „Die Uhrzeit passt, 22:24 bis 22:29. Fragt sich nur,

was Krenmayr mit der verbleibenden Stunde angefangen hat!"

„Das können wir ihn ja gleich fragen… Halt, hier
ist es schon." Tom blieb stehen und deutete auf die
große, hell gestrichene Eingangstür eines frisch reno-
vierten Altbaus.

Verena vergrub ihre Hände in den Jackentaschen.
„Seiner Frau hat er jedenfalls erzählt, dass er gleich
zur Premierenfeier gehen wollte. Ach, und nun rate
mal, wie sie ihren geliebten Gatten genannt hat!"

„Purzelchen?" Tom grinste schief.

Verena lachte und knuffte seinen Oberarm.
„Nicht doch, Tom. Er heißt Franz. Den Adrian hat er
sich aus Berufsgründen zugelegt."

„Aha! Noch ein ‚Fr' – aber leider ohne ‚P'!", fügte
Tom mit einigem Bedauern hinzu.

„Sie schon wieder!" Krenmayr starrte den beiden
Beamten ungnädig entgegen. „Ich habe Ihnen doch
heute Vormittag schon alles gesagt, was ich dazu zu
sagen hatte, Herr Kommissar!"

Tom legte den Kopf schräg. „Und genau das be-
zweifeln wir, Herr Krenmayr. Sie haben lediglich meine Fragen beantwortet. Aber inzwischen haben wir
noch ein paar weitere, die wir Ihnen gerne stellen
möchten. Das ist übrigens meine Kollegin Verena
Bertram."

Verenas Blick wanderte die Treppen hinauf und
hinunter. „Wollen Sie diese Angelegenheit etwa hier
im Treppenhaus besprechen, Herr Krenmayr?"

Der Tanzchef öffnete mit missmutiger Miene seine Wohnungstür und ließ die Beamten eintreten. Dann baute er sich vor ihnen im geräumigen Flur auf. „Was wollen Sie denn noch?"

„Ihr Alibi unter die Lupe nehmen", entgegnete Verena kühl. „Sie haben nur fünf Minuten lang mit Ihrer Frau telefoniert. Und keine weiteren Gespräche geführt. Was also haben Sie danach gemacht? Bis Sie bei der Premierenfeier aufgetaucht sind?"

Krenmayr verdrehte die Augen. „Ich habe geduscht. Mich ein bisschen frisch gemacht. Das kann leider niemand bezeugen", fügte er sarkastisch hinzu. „Sie glauben doch nicht, ich hätte tatsächlich etwas mit Maschas Tod zu tun? Das ist doch absurd!" Er verschränkte die Arme vor seiner Brust. „Sie war die perfekte Spinne! Und auch sonst eine sehr gute Tänzerin."

Verena nickte. „Das führt uns gleich zur nächsten Frage, Herr Krenmayr. Wir wissen, dass Sie ein Verhältnis mit Sayuri Kobayashi hatten. Und dass ursprünglich *sie* die Spinne tanzen sollte. Warum haben Sie Ihre Meinung plötzlich geändert?"

Der Mann starrte sie perplex an. Dann atmete er tief durch. „Wer hat Ihnen das erzählt?"

„Das spielt keine Rolle. Stimmt es?" Verena fixierte den Tanzchef.

Krenmayr strich fahrig durch seine üppigen Locken. „Ja. Ich hatte ein Verhältnis mit Sayuri. Ich habe mich dazu hinreißen lassen... Und ich bin auch nicht stolz darauf", beeilte er sich hinzuzufügen, mit etwas zu viel Eifer, wie Verena dachte. „Aber das ist schon seit Wochen vorbei. Und ja, sie sollte ursprünglich die weibliche Spinne tanzen."

Er sah gedankenverloren vor sich hin. „Sayuri kam in der vorletzten Spielzeit nach Braunschweig. Sie hat mich sofort fasziniert. Sie..." Er winkte ab. „Dieses Spinnenstück hatte ich schon seit vielen Jahren im Kopf. Aber gleichgültig, an welchem Theater ich gerade war, mir fehlten immer die richtigen Tänzer dazu. Vor vier Jahren nun kam Dawid Rudzinski ins Ensemble. Er ist wahnsinnig gelenkig. Seitdem habe ich ernsthaft in Betracht gezogen, es in die Tat umzusetzen. Nun wartete ich nur noch auf die passende Frau."

Er sah die Kommissarin ein wenig herablassend an. „Wenn Sie das Stück gesehen hätten, dann wüssten Sie, was ich meine. Es enthält sehr viele akrobatische Elemente, für die Frau noch mehr als für den Mann... Und dann kam Sayuri. Ich habe gleich ihr Potenzial erkannt, allerdings brauchte sie noch etwas Zeit, um sich zu entwickeln. Aber schließlich war sie soweit und ich habe das Stück für diese Spielzeit eingeplant."

Er seufzte. „Ich habe Sayuri schon lange vorher davon erzählt. Das war als Ansporn gedacht, als Motivation, sich richtig ins Zeug zu legen. Aber es war ein Fehler. Man sollte seinen Geliebten nie eine Rolle versprechen." Er lachte bitter. „Denn Mascha kam im letzten Sommer dazu. Und – mein Gott, was für ein Körper! Biegsam, kraftvoll und trotzdem so geschmeidig! Und ihr gesamter Ausdruck! Meine Spinne, genau wie ich sie mir vorgestellt habe! Da blieb mir nichts anderes übrig, als umzubesetzen! Verstehen Sie das?"

„Sayuri hat das wohl nicht verstanden, was?" Verena sah an dem Tanzchef vorbei auf den farbenfrohen Druck eines Gauguins, der hinter ihm an der Wand hing.

Krenmayr schnaubte laut. „Sie hat mir endlose Vorwürfe gemacht und mich sogar beschuldigt, ich hätte eine Affäre mit Mascha! Was nie der Fall gewesen ist. Sie ist nicht mein Typ. Ich bevorzuge dunkle Frauen."

Verena deutete auf das Gemälde, auf dem einige exotisch aussehende Frauen beieinander saßen. „So wie diese?"

Er drehte sich irritiert um. „Ja, wenn Sie so wollen. Und Mascha war blond."

Tom warf Verena einen Blick zu. „Und schwanger", sagte er unheilvoll.

Krenmayr starrte Tom an, als hätte er ihm eine Ohrfeige verpasst. „Mascha war schwanger? Davon hat sie mir nichts gesagt! Verdammt, das war ihre Pflicht! Hätte ich das gewusst, dann hätte ich sie niemals besetzt!" Er raufte sich die Haare. „Ich wusste nicht einmal, dass sie einen Freund hat... hatte."

„Nun, wir haben gedacht, Sie wären dieser Freund." Tom trat einen Schritt näher an den Tanzchef heran. „Und sie hat es Ihnen nach der Premiere erzählt. Muss ein ganz schöner Schock gewesen sein!"

„Hören Sie auf! Ich war es nicht! Ich habe sie weder geschwängert, noch getötet!" Krenmayrs Gesicht verzog sich erbost.

„Was haben Sie nach dem Telefonat gemacht, Herr Krenmayr?" Tom trat noch näher an ihn heran. „Sie haben keine Stunde zum Duschen gebraucht, das glaubt Ihnen doch kein Mensch!"

Krenmayr ließ den Kopf sinken und atmete laut aus. „Okay. Ich sage es Ihnen. Aber nur ungern! Es ist eine absolute Privatangelegenheit und ich möchte nicht, dass jemand denkt..." Er ächzte entnervt.

„Sayuri war hier", gab er unwillig zu. „Ich war gerade aus der Dusche raus, da stand sie vor der Tür. Völlig aufgelöst. Diese Premiere hätte ihre sein sollen, und sie fühlte sich minderwertig, zweitklassig, unwürdig und so weiter und so weiter. Ich habe sie also... getröstet." Er hielt abwehrend die Hände hoch. „Aber Einzelheiten hören Sie nicht von mir! Jedenfalls bin ich deshalb soviel später zur Premierenfeier gekommen!" Er verschränkte wieder die Arme vor der Brust. „War es das endlich? Ich habe heute noch eine Umbesetzungs-Probe und muss dafür Vorbereitungen treffen."

„Fast." Verena holte ein Röhrchen und eine Fingerabdruckfolie aus ihrer Tasche. „Dürfen wir bitten, Herr Krenmayr?"

Tom wartete bis seine Kollegin die Haustür geschlossen hatte. „Glaubst du ihm?"

„Ja. Er hat uns viel zu bereitwillig seine Fingerabdrücke und die Speichelprobe gegeben. Und wenn er doch der Kindsvater oder der Mörder sein sollte, werden wir es anhand dieser Proben herausfinden."

Tom grunzte unzufrieden.

„Hör mal", Verena wandte sich in Richtung Theater, anstatt zurück zum Wagen, „Da wir so nah am Großen Haus sind, schlage ich vor, wir gehen zuerst dorthin. Zu Fuß. Und danach fahren wir dann zu Frank Paul nach Hause. Ich würde gerne zuerst mit dem Junior sprechen, der dürfte noch im Theater sein. Und natürlich auch mit Sayuri Kobayaschi. Hm…" Verena blieb einen Moment stehen. „Was sagte Krenmayr? Er hat heute noch eine Umbesetzungs-Probe? Na, da dürfte sie ja wohl beteiligt sein… Und wenn nicht, dann besuchen wir sie zu Hause. Und das ist wo?"

Tom seufzte und zückte sein Notizbuch. „Karl-Marx-Straße. Das müsste weiter oben sein." Er deutete in die Richtung, in der ihr Dienstwagen parkte, entgegengesetzt zum Theater.

Verena nickte. „Ja. Kurz vor dem Prinzenpark. Also auch nicht weit weg vom Großen Haus… Krenmayrs Wohnung liegt quasi auf ihrem Heimweg."

Verenas Handy summte in ihrer Jackentasche. Sie kramte es rasch hervor. „Hallo Jens... Na endlich! Hängt euch dran. Und haltet uns auf dem Laufenden." Sie steckte ihr Telefon weg und rieb sich erfreut die Hände. „Rudzinski hat eben ein Taxi bestiegen. Der wohnt übrigens in der Roonstraße, das ist auch ganz in der Nähe. Ach sieh mal, da sind die Kollegen ja!" Sie deutete auf einen silbernen Wagen, der gerade an ihnen vorbeifuhr. „Hm. Ich sehe aber kein Taxi."

„Doch." Tom kniff die Augen zusammen. „Der rote VW da vorne. Minicar."

Tom und Verena betraten die Maskenbildnerei, ohne anzuklopfen. Eine dunkelhaarige Frau hob neugierig den Kopf.

„Ich bin Tom Manzani, das ist meine Kollegin Verena Bertram. Wir sind von der Kripo." Der Kriminalbeamte sah der Frau entgegen, die jetzt auf ihn zukam. „Frau Demirel, nicht wahr? Wir hatten heute Vormittag schon das Vergnügen." Toms Blick wanderte zu dem jungen Mann, der weiter hinten zusammengesunken und scheinbar völlig teilnahmslos über einer violetten Perücke hockte. Er deutete mit seinem Kopf in diese Richtung und fragte kaum hörbar, „Ist das der Junior?"

Özlem Demirel nickte mit einem verschwörerischen Lächeln.

Tom lächelte dankend zurück und ging auf den jungen Mann zu. „Und Sie sind Frank Paul?", fragte er beiläufig.

Der Junge blickte nicht einmal auf. „Frank Paul, der Auszubildende. Nicht zu verwechseln mit Frank Paul, dem Chef", entgegnete er lakonisch. „Aber der ist krank. Und zu dem wollen Sie doch bestimmt, oder?"

„Nein, Herr Paul." Verena schlenderte ebenfalls zu dem jungen Mann hinüber. „Wir wissen, dass Ihr Vater nicht hier ist. Wir möchten zu Ihnen."

Franks Augen weiteten sich alarmiert. „Und wieso? Ich habe mit der ganzen Sache nicht das Geringste zu tun! Ich war gestern Abend nicht mal im Haus! Ich bin noch nicht so weit, dass ich Leute schminke.

Höchstens mal Statisten, die irgendwo im Hintergrund der Bühne herumlungern und nur Braun ins Gesicht kriegen und vielleicht ein bisschen Rot auf die Backen."

„Wir haben nur ein paar Fragen an Sie. Frau Demirel, könnten Sie uns bitte kurz allein lassen?"

Die Türkin, die neugierig gelauscht hatte, nickte enttäuscht und verließ widerstrebend die Maske.

„Okay." Verena setzte sich auf den freien Stuhl neben Frank Paul. „Sie waren also gestern Abend gar nicht im hier im Großen Haus?"

„Nein. Ich hatte um fünf Feierabend. Und ich bin dann mit ein paar Kumpels losgezogen. Ich bin erst spät nach Hause gekommen."

Verena berührte die lilafarbenen Haare. „Sind die eigentlich echt?"

„Ja. Gefärbt." Er schob die Perücke mit Verachtung von sich.

„Sie erlernen denselben Beruf wie Ihr Vater. Und noch dazu im selben Betrieb?"

Frank zuckte mürrisch mit den Schultern. „Hat sich so ergeben."

Sie deutete auf die Perücke. „Dann war das also nicht Ihr ausdrücklicher Berufswunsch?"

„Berufswunsch! Alter!" Frank bleckte zynisch die Zähne. „Wohl kaum!" Er stieß wütend den Styroporkopf um, auf dem die Perücke saß.

Verena sah in prüfend an. „Und warum machen Sie es dann?"

„Weil ich keine andere Wahl habe!" Er senkte gereizt den Kopf. „Es gab Probleme mit meinen vorigen Ausbildungsplätzen", nuschelte er mürrisch.

„Und hier haben Sie noch eine Chance bekommen, weil Ihr Vater der Chefmaskenbildner ist", stellte Verena nüchtern fest.

„Gut geraten! Obwohl ich mich echt frage..." Frank Paul Junior winkte bitter ab. „Egal. Es war das Ultimatum meiner Mutter. Wenn ich diese Ausbildung nicht packe, schmeißt sie mich raus. Und ich muss sehen, wie ich klar komme!" Er wischte sich mit dem Ärmel über den Mund. Dann schüttelte er vorwurfsvoll den Kopf. „Ich dachte, es wäre ganz locker hier. Hörte sich immer ganz easy an... Aber wenn ich geahnt hätte, dass mein Vater hier so richtig den Chef raushängen lässt..." Frank starrte finster aus dem Fenster. „Er will mich nicht hier haben", sagte er schließlich.

Verena sah ihn verblüfft an. „Und warum nicht?"

Der junge Mann zuckte verstockt mit den Schultern. „Was weiß ich! Ist doch egal. Er hat mich am Hals und es passt ihm nicht."

„Mit Ihrem Vater kommen Sie wohl nicht besonders gut aus?"

Frank zog ein abfälliges Gesicht.

„Und trotzdem hat er Sie unterstützt, was diesen Ausbildungsplatz angeht. Verzeihen Sie, aber bei Ihrer Vorgeschichte hat er sicher einiges an Überzeugungsarbeit bei seinen Vorgesetzten leisten müssen."

Der junge Mann grunzte verächtlich. „Das habe ich nur meiner Mutter zu verdanken! Nicht ihm! Sie hat ihn dazu gebracht! Denn er hält ja alles für gut und richtig, was sie sagt." Franks Stimme hatte einen ätzenden Ton angenommen. „Oder besser, er lässt ihr ihren Willen. Immer und–"! Er biss sich beinahe erschrocken auf die Lippen und fügte nur noch hitzig hinzu: „Wenn ich könnte, würde ich sofort ausziehen!"

„Aber Sie haben doch diesen Job. Warum tun Sie es nicht?"

„Pff! Von dem bisschen Kohle! Mann, das reicht doch nicht! Davon kann man doch nicht leben! Und Spaß haben schon gar nicht!"

„Apropos Spaß!", schaltete Tom sich ein. „Kannten Sie Mascha Diederich?"

Frank blinzelte perplex und zögerte einen Moment. „Äh, ja... klar.... Sie hat ja hier im Theater gearbeitet." Er fuhr sich nervös mit der Zunge über die Lippen. „In der letzten Zeit war sie häufig in der Maske, wegen dieses Spinnenstücks. Da habe ich sie öfter gesehen", fügte er rasch hinzu.

„Kannten Sie sie persönlich?", fragte Tom mit besonderer Betonung auf ‚persönlich'.

Frank schüttelte energisch den Kopf. „Nein! Warum sollte ich auch?"

„Sie war niedlich und in Ihrem Alter." Tom musterte ihn.

„Das sind die meisten der anderen Tanzmäuse auch!"

„Haben Sie Mascha gestern gesehen?"

Auf Franks Gesicht zeigten sich plötzlich hektische rote Flecken. „Nein! Habe ich nicht! Warum fragen Sie das? Sie denken doch nicht, ich hätte sie ermordet? Ich habe ein Alibi!"

Tom zog sein Notizbuch hervor. „Gut, dann geben Sie mir bitte mal die Namen und Adressen Ihrer Kumpel."

Verenas Telefon summte. „Entschuldigung", sagte sie und entfernte sich von den beiden. „Was? Sag das noch mal!" Sie lauschte für einen Moment. „Alles klar, wir sind schon unterwegs!"

Dawid sah sich nervös um. Er hatte einige Minuten gewartet, bis das rote Minicar-Taxi um die Ecke verschwunden war. Und nun stand er vor Seinem Haus. Er wusste, dass er nicht hatte herkommen dürfen. Aber was hätte er sonst tun sollen? Er musste Gewissheit haben!

Es war ein einstöckiges Einfamilienhaus mit weißem Anstrich und flachem Dach. Der Vorgarten war winterlich kahl, bis auf die weißen, inzwischen verkrusteten Schneehauben auf den niedrigen immergrünen Büschen, die den Weg zur Haustür säumten. Dawid griff nach dem Knauf des Türchens im schmiedeeisernen Gartenzaun. Eiskalt füllte er seine Faust.

Was sollte er tun, wenn Seine Frau zu Hause war? Möglicherweise erkannte sie ihn. Wollte er es wirklich darauf ankommen lassen?

Er musste. Bis hierher hatte er es geschafft. Und er konnte nicht unverrichteter Dinge gehen! Er schob mit aller Mühe seine Bedenken beiseite und öffnete das Tor. Seine Schritte knirschten auf dem Weg aus grauen Steinquadern. Winzige Splitkörnchen waren dort gegen die Glätte verstreut. Ganz frisch. An der Tür verharrte er einen weiteren Augenblick. Dann nahm er all seinen Mut zusammen und drückte auf die Klingel. Gedämpft verhallte ein melodischer Gong im Inneren.

Nach einer Weile sah Dawid eine schemenhafte Gestalt durch das Strukturglasfenster der Eingangstür.

Und dann wurde die Tür geöffnet.

Der Mann starrte seinen ungebetenen Besucher entgeistert an. Dann schaute er sich hektisch nach beiden Seiten um und zog Dawid in den Flur.

„Bist du von allen guten Geistern verlassen? Was tust du hier?"

David sah Ihn beschwörend an. „Wo warst du nach der Premiere? Warum hast du nicht auf meine vielen SMS reagiert? Warst du da schon krank? Oder war es etwas ganz anderes?" Dawid hielt keuchend inne. „Du weichst mir aus.", setzte er verletzt hinzu, als er keine Antwort bekam. „Warum?"

Der Mann mit dem schmalen attraktiven Gesicht sah ihn gepeinigt an. „Ich darf nicht darüber reden..."

„Sag mir die Wahrheit, *Kochanie*!", Dawid packte den Mann verzweifelt bei den Oberarmen. „Hast du es getan?"

„Was getan?" Der Mann wich verwirrt einen Schritt zurück, Dawid aber hielt ihn weiter umklammert.

„Mascha! Was war das gestern? Hat sie etwas herausgefunden? Und dich erpresst? Und dann hast du–"

„Erpresst?" Der Mann zuckte perplex zusammen. „Mascha? Mich erpresst? Nein!"

„Dann..." Dawid ließ ihn zögernd los. „Dann hast du nichts mit ihrem Tod zu tun?", fragte er unsicher.

„Wieso fragst du das?", krächzte der Mann. Seine Lippen begannen zu zittern.

Dawid beobachtete ihn mit zunehmender Beklemmung. „Sie hat deine Initialen mit ihrem Blut geschrieben", würgte er mühsam hervor.

„Was?" Der Mann wankte und schloss für einen Augenblick die Augen. Dann holte er tief Luft und sagte fest: „Sie hat mich nicht erpresst! Und ich habe sie auch nicht getötet! Du musst mir glauben! Ich könnte so etwas niemals tun!" Er packte nun seinerseits seinen jungen Liebhaber bei den Schultern und sah ihn voller Inbrunst an. „Ich liebe dich mehr als mein Leben, Dawid aber einen Mord könnte ich selbst dafür nicht begehen!"

„Und gestern? Vor der Vorstellung? Ich habe euch doch gesehen, als sie–"

In diesem Moment hörten sie das metallische Klappen der Gartentür und dann rasche knirschende Schritte, die sich der Haustür näherten. Eine hellrote Figur zeichnete sich mit jedem Schritt klarer hinter dem Strukturglas ab.

„Meine Frau!", keuchte der Mann entsetzt und schob Dawid hastig ins Wohnzimmer. „Geh durch den Garten! Und wenn sie drin ist, schleich dich an der Seite entlang zur Straße!" Er schubste Dawid nach draußen und schloss sofort die Terrassentür.

Eine adrette Brünette mittleren Alters öffnete ihnen die Tür. „Ja bitte?" Sie ließ ihren Blick misstrauisch über die beiden Beamten gleiten.

„Frau Paul? Kriminalpolizei." Verena zückte ihre Dienstmarke. „Mein Name ist Bertram. Das ist mein

Kollege Manzani. Dürfen wir hereinkommen? Wir möchten gerne mit Ihrem Mann sprechen."

Die Frau starrte sie abweisend an. „Was wollen Sie denn von ihm?"

„Es geht um den Tod einer Tänzerin des Theaters. Vielleicht haben Sie schon davon gehört."

„Nein, habe ich nicht! Woher auch?" Sie verschränkte ihre Arme. „Das ist zwar tragisch, aber was hat mein Mann damit zu tun?"

„Es handelt sich um reine Routine, Frau Paul. Wir befragen alle Personen, die mit der Tänzerin zu tun hatten. Und Ihr Mann hat ihre Maske angefertigt."

Frau Paul rührte sich nicht vom Fleck. „Er ist krank!"

„Das wissen wir, aber es ist sehr wichtig. Und es dauert auch nicht lange."

Widerstrebend ließ die Frau sie eintreten. Sie führte die beiden Beamten ins Wohnzimmer. Ein Mann in den Fünfzigern saß in einem der beiden Sessel einer senffarbenen Polstergarnitur. Er sah beunruhigt auf und stellte seine Tasse auf den Couchtisch.

„Liebling, die Herrschaften sind von der Polizei. Offenbar ist am Theater jemand zu Tode gekommen und sie wollen dich dazu befragen." Sie stellte sich demonstrativ hinter den Sessel ihres Mannes und legte beide Hände beschützend auf seine Schultern.

„Zu Tode gekommen? Wer denn?", fragte Herr Paul. Sein ohnehin schon fahles, schmal geschnittenes Gesicht wurde noch eine Spur blasser. „Und wie?"

„Ich bin Kriminalhauptkommissarin Verena Bertram, Herr Paul. Und das ist mein Kollege Tom Manzani. Es handelt sich um Mascha Diederich." Sie sah ihn prüfend an. „Sie wurde ermordet."

Seine Hände umklammerten die Sessellehnen. „Oh! Die Tänzerin!"

Verena nickte. „Ja. Sagen Sie, wo waren Sie gestern Abend zwischen 22 und 23 Uhr?"

„Was soll denn diese Frage, Frau Kommissarin? Glauben Sie, mein Mann hat sie umgebracht?" Frau Paul grub empört ihre Finger in die Schultern ihres Mannes. „Das konnte er gar nicht, er war nämlich hier, bei mir!"

„Es handelt sich um reine Routine, wie ich schon sagte. Also, Herr Paul. Wo waren Sie zu dieser Zeit?"

Paul machte sich von seiner Frau los und beugte sich vor, um seine Tasse vom Tisch zu nehmen. Dann spielte er ein wenig damit herum und stellte sie wieder zurück. „Sie hat Recht. Ich war hier. Aber an genaue Zeiten kann ich mich nicht erinnern. Mir wurde schon im Theater übel, ich war dort eine Weile auf der Toilette. Als ich gegangen bin, habe ich niemanden gesehen, auch den Pförtner nicht. Ich bin gleich nach Hause gefahren. Und hier ging es dann richtig los."

„Das kann ich bestätigen, Frau Kommissarin!", bekräftigte ihn seine Frau. „Er ist gleich ins Bad verschwunden und hat es die ganze Nacht über immer wieder aufgesucht."

„Und wann genau ist er nach Hause gekommen?"

Die Frau zuckte unbestimmt mit den Schultern. „Ich habe auch nicht auf die Uhr gesehen. Ich habe mich nur gewundert, dass er so früh da war. Eigentlich wollte er zur Premierenfeier gehen." Sie trat jetzt neben den Sessel und legte eine Hand auf seine Schulter. „Wenn das alles war, wäre ich Ihnen sehr verbunden, wenn Sie uns jetzt verließen."

Verena holte tief Luft. „Nein, tut mir Leid, das war noch nicht alles. Wir müssen Ihrem Mann noch ein paar Fragen stellen. Unter sechs Augen. Wenn Sie uns bitte für einen Augenblick allein lassen würden?", sagte Verena so liebenswürdig wie möglich.

Frau Paul starrte die Kommissarin mit unverhohlener Abneigung an. „Was soll das denn? Wir haben keine Geheimnisse voreinander!" Ihre Hand grub sich besitzergreifend in die Schulter ihres Mannes.

Verena lächelte kühl. „Na, dann kann Ihr Mann Ihnen später ja alles erzählen."

Pauls Ehefrau grunzte entrüstet und stolzierte aus dem Zimmer. Tom folgte ihr und schloss sorgfältig die Wohnzimmertür. Durch die Butzenfenster sah er sie in einem anderen Raum verschwinden.

Verena drehte den zweiten Sessel so herum, dass er dem anderen gegenüber stand.

„Haben Sie Mascha Diederich umgebracht?", fragte sie noch während sie sich setzte.

„Was?" Paul fuhr schockiert zusammen. „Nein! Das habe ich nicht!"

Verena gab Tom einen Wink, und er zeigte Herrn Paul das Foto vom Tatort. „Und warum hat sie dann ausgerechnet Ihre Initialen mit ihrem eigenen Blut geschrieben?"

Er starrte fassungslos auf das Foto. „Ich habe keine Ahnung…" Er begann zu schwitzen.

„Vielleicht war sie Ihre Geliebte?"

„Meine... Was? Nein!" Paul sah die Kommissarin empört an. „Natürlich nicht!"

„Dann hat sie Sie vielleicht erpresst?"

„Nein!" Der Mann blinzelte verwirrt. „Warum sollte sie das getan haben?"

Verena lehnte sich lässig zurück. „Zum Beispiel, weil sie von Ihrem Verhältnis mit Dawid Rudzinski wusste?"

„Von meinem... oh..." Der verblüffte Blick des Maskenbildners verlor sich einen Augenblick im Nichts, dann zuckte er bestürzt zusammen und schluckte trocken. „Ich habe kein... Wie um Himmels willen kommen Sie darauf?"

„Nun, Dawid Rudzinski war hier. Vor noch nicht einmal einer halben Stunde."

„Nein!" Schweißperlen bildeten sich in den Bartstoppeln über seiner Oberlippe. „Sie irren sich! Es war niemand hier!"

Tom ächzte. „Ach kommen Sie, Herr Paul. Wir haben Rudzinski beschatten lassen. Und wir wissen, dass er hier war. Und von Ihnen persönlich an der Tür empfangen wurde!"

„Nicht so laut!" Paul sah gehetzt zur Tür, als erwartete er, dass seine Frau ihn durch die kleinen Butzenfenster beobachtete.

Verena musterte den Maskenbildner. Er knetete ununterbrochen seine verkrampft ineinander geschlungenen Finger.

„Herr Paul", fragte sie leise, „sind Sie der Liebhaber, den Dawid Rudzinski nicht preisgeben wollte?"

Paul atmete schwer. Dann gab er sich einen Ruck. „Ja! Aber sagen Sie es um Himmels willen nicht meiner Frau!" Er sah Verena flehentlich an. „Und auch sonst niemandem! Ich bitte Sie!"

Die Kommissarin nickte langsam. „Wir werden versuchen, es diskret zu behandeln. Und was wollte er hier?"

Paul wischte sich mit zitternden Fingern über die schweißglänzende Stirn. „Er... er war in Sorge um mich. Weil ich nicht bei der Premierenfeier war und mich auch nicht auf seine SMS gemeldet hatte. Konnte ich ja nicht, weil ich krank war.... Er muss wohl im Theater davon erfahren haben, deshalb war er hier... Ich habe mit ihm geschimpft, wir haben eine Vereinbarung, er darf mich unter keinen Umständen zu Hause besuchen! Meine Frau ist nicht berufstätig und.... Wir hatten nur Glück, dass sie gerade nicht zu Hause war!"

„Das Glück währte aber nicht lange, was, Herr Paul?", warf Tom zynisch ein.

Der Mann sah ihn ungnädig an und wandte seinen Blick dann wieder zur Kommissarin. „Nein. Sie kam vom Einkaufen zurück. Ich habe Dawid über die Terrasse raus gelassen."

„Hm." Verena fixierte ihn. „Warum war Herr Rudzinski denn überhaupt bereit, diese Vereinbarung zu brechen und Sie beide dem Risiko einer Entdeckung auszusetzen?"

Paul senkte rasch den Kopf. „Wie ich schon sagte! Er war in großer Sorge um mich... weil ich mich nicht gemeldet hatte! Ich konnte ja nicht, weil meine Frau die ganze Zeit um mich herum war!", wiederholte er unglücklich.

„Ach", sagte Tom beiläufig. „Ich dachte, sie ist einkaufen gewesen? Warum haben Sie diese Gelegenheit denn nicht genutzt und ihn angerufen?"

Paul presste seine Lippen aufeinander und atmete bebend durch die Nase. „Ich..." Dann sah er beinahe erleichtert auf. „Ich habe gar nicht mitbekommen, dass er mir eine SMS geschickt hat! Deshalb konnte ich auch nicht antworten!"

„Ach kommen Sie!", Tom schüttelte den Kopf. „Und das sollen wir Ihnen glauben? Eben haben Sie noch gesagt, dass die Anwesenheit Ihrer Frau Sie daran gehindert hätte! Und nun–"

Die Wohnzimmertür wurde mit einem Stoß geöffnet und Pauls Ehefrau kam mit raschen Schritten herein. „Das sollte reichen! Sehen Sie nicht, dass Ihr Verhör meinen Mann zu sehr mitnimmt?" Sie stellte sich wieder beschützend neben ihn.

Verena stand auf. „Noch eine letzte Frage, Herr Paul. Wann haben Sie Mascha Diederich zuletzt gesehen?"

Er lehnte sich erschöpft im Sessel zurück. „Das war bei der Vorstellung. Ich habe das Spinnenstück von der Seite der Bühne aus verfolgt. Ich wollte sehen, wie meine Masken wirken."

„Gut. Wären Sie so nett, uns Ihre Fingerabdrücke und eine Speichelprobe zu geben?"

Herr Paul wurde plötzlich leichenblass. Er fasste an seinen Bauch. „Ich... es geht mir nicht gut, bitte entschuldigen Sie mich!" Er stand auf und verließ hastig den Raum.

„Und warum brauchen Sie diese Dinge, Frau Kommissarin? Ist das auch ‚reine Routine'?" Frau Paul plusterte sich erbost auf. „Ich dachte, so etwas braucht man nur von jemandem, der unter Verdacht steht?"

Verena nickte. „Ja. Es ist Routine. Zum Beispiel auch, um unschuldige Personen auszuschließen. Wir melden uns noch mal, wenn es Ihrem Mann wieder besser geht. Sagen Sie ihm, wir bedanken uns für seine Kooperation. Auf Wiedersehen."

„Pah! Kooperation!", spuckte Tom aus, als er den Wagen aufschloss. „Ausgerechnet zu diesem Zeitpunkt musste ihm schlecht werden. Zu gutes Timing, wenn du mich fragst."

„Ja." Verena schnallte sich an und schüttelte unwillig den Kopf. „Aber ich glaube, ihm ist wirklich schlecht geworden. Allerdings nicht, weil er krank ist. Sondern wegen unserer Bitte um die Proben."

„Es ist doch wohl klar, dass der was zu verbergen hat!" Tom fuhr los. „Und ich wette, sein Lover hat ihn auch auf die Initialen angesprochen. Ganz bestimmt war das der Grund, weshalb er dort gewesen ist!" Tom grunzte. „Wenn doch bloß diese Furie von Ehefrau nicht dazwischengefahren wäre!"

„Tja, vielleicht hätten wir Paul lieber vorladen sollen. Um ihn dann gleich erkennungsdienstlich untersuchen zu lassen. Andererseits wäre er sicher nicht gleich gekommen – wegen seiner Krankheit!" Sie starrte frustriert aus dem Fenster. „So oder so, es verzögert sich alles."

Tom warf seiner Kollegin einen unsicheren Blick zu. „Na ja… Nicht unbedingt. Sieh mal in die Tasche auf der Rückbank. Aber vorsichtig!"

Verena angelte eine der Baumwoll-Einkaufstaschen, die Tom immer klein zusammengefaltet mit sich herum trug, von der Rückbank und sah hinein. Ein weißer Porzellanbecher, eingeschlagen in ein Papiertaschentuch.

„Tom!" Sie sah ihren Kollegen aufgebracht an. „Das ist doch Wahnsinn! Das ist illegal! Und Diebstahl noch dazu! Egal, was dabei herauskommt, wir können es nicht verwenden! Verdammt noch mal!"

„Das weiß ich!" Tom winkte beleidigt ab. „Und das will ich auch gar nicht." Er holte tief Luft. „Ich nehme das auf meine Kappe, Verena. Mir ist noch jemand einen Gefallen schuldig… Und… Sieh es mal so: Wenn die Fingerabdrücke nicht mit denen auf dem Messer übereinstimmen, dann brauchen wir Paul nicht weiter zu belästigen. Und wenn doch…", er zuckte mit den Schultern, „dann knöpfen wir ihn uns noch mal vor. Wer weiß, vielleicht reicht allein die Tatsache, dass wir es wissen, um ihn zu einem Geständnis zu bewegen. Auch wenn die Beweise nicht gerichtsfest sind."

„Du bist verrückt…" Verena schüttelte fassungslos den Kopf. Dann schnaubte sie sarkastisch. „Das Vorknöpfen funktioniert aber nur, wenn wir ihn vorladen. In Anwesenheit dieser Frau sagt der gar nichts!"

Tom zog den Parka aus und ließ sich müde auf seinen Schreibtischstuhl fallen. Der lange Tag machte sich allmählich bemerkbar und die Fahrt zum KTI nach Hannover und zurück über die viel befahrene A2 zur Feierabendzeit war anstrengend gewesen. „Krenmayrs Fingerabdrücke passen nicht", rief er über den Flur zu Verena hinüber.

Seine Chefin nahm den Computerausdruck, in dem sie gerade gelesen hatte, vom Tisch und ging damit zu Tom. „Hätte mich auch gewundert, nachdem Sayuri Kobayashi sein Alibi bestätigt hat", entgegnete sie trocken.

„Ja, gut", gab Tom zu. „Aber weißt du, was mich wundert? Dass diese Sayuri sich so geziert hat, zuzugeben, dass sie nach der Vorstellung bei Krenmayr war. Wieso eigentlich? Ist es so schrecklich, seinen Verflossenen zu besuchen?"

Verena setzte sich und hob die Schultern. „Sie ist Japanerin. Sie fürchtete vielleicht, das Gesicht zu verlieren. Immerhin ist sie bei ihrem Ex gewesen, weil sie vor Selbstmitleid förmlich zerflossen ist. Darauf war sie bestimmt nicht stolz. Die DNA-Analyse von Krenmayr dauert sicher noch bis morgen, oder?"

Tom nickte und kramte in seinem Schreibtisch nach einem Schokoriegel. „Mindestens."

„Und was hat dein Kontakt im KTI zu deiner illegal erstandenen Tasse gesagt?", fragte Verena herausfordernd.

„Oh, die Tasse..." Tom riss den Riegel auf und biss herzhaft ab. „Tja. Leider war alles ziemlich verschmiert. Da habe ich mit dem Taschentuch wohl mehr Schaden angerichtet, als ich dachte... Na ja. Auf die Schnelle ließen sich nur Teilabdrücke sicherstellen. Apropos Teilabdruck! Du erinnerst dich doch sicher an den Teilabdruck im blutigen ‚F'? Der stammt tatsächlich von der Toten. Sie hat es also selbst geschrieben. Jetzt ist es amtlich."

Er kratzte sich am Kopf. „Wo war ich? Ach ja, die Tasse. Es wird ein bisschen dauern, bis sie sich äußern, ob es bei den Teilabdrücken eine Übereinstimmung gibt. Morgen wissen wir hoffentlich mehr. Aber sie haben vom Tassenrand genfähiges Material gesichert."

Verena stöhnte laut auf. „Tom! Der Speichel wird auch untersucht?" Sie schüttelte rügend den Kopf. „Hast du denen etwa nicht erzählt, dass die Tasse ohne Beschluss eingesammelt wurde?"

Tom grinste schief. „Doch. Aber ich habe halt gute Beziehungen... Nicht, was du jetzt denkst. Ein alter Kumpel, der mir, wie gesagt, etwas schuldete."

Verena sah ihn scharf an. „Irgendwann bringen dich solche Aktionen noch in Teufels Küche, mein Lieber!"

Dann hielt sie ihm die beiden DinA4-Zettel hin, die sie mitgebracht hatte. „Der Bericht von der Schufa. Mascha Diederich hatte wirklich keine großen Beträge ausstehen. Und auch noch nicht lange. Ich bezweifele, dass sie aus Geldmangel jemanden erpresst hat."

Tom nickte und schob das letzte klebrige Stück in den Mund. „Hast du die Namensliste der Freunde von Frank Paul Junior schon überprüft?"

„Das machen Jens und Tekin. Nachdem sie die Beschattung von Rudzinski abgeschlossen hatten, habe ich sie daran gesetzt."

Verena ließ die Zettel auf Toms Schreibtisch fallen und runzelte die Stirn. „Eine Sache beschäftigt mich, Tom. Rudzinskis Reaktion auf Maschas blutige Initialen. So wie ich das sehe, hat er gedacht, ‚FrP' stünde für seinen Liebhaber Frank Paul. Also befürchtet er, Frank Paul hätte etwas damit zu tun. Aber das tat er schon, bevor wir eine eventuelle Erpressung überhaupt erwähnt haben. Warum? Nur wegen der passenden Initialen? Oder gibt es seiner Meinung nach noch ein anderes mögliches Motiv?" Sie verschränkte die Arme vor der Brust. „Ich denke, das herauszufinden war der wahre Grund für Rudzinskis riskanten Besuch bei Paul!"

Sie stand auf. „Wie dem auch sei, mir reicht es für heute. Wir treffen uns morgen früh um sieben vor Rudzinskis Haus."

„So früh?" Tom machte ein erstauntes Gesicht. „Ich dachte, diese Theaterleute wären eher Eulen als Lärchen."

Verena nickte grimmig. „Genau deshalb. Wir werden ihn bestimmt aus dem Tiefschlaf reißen. Ich hoffe, er ist in diesem Zustand gesprächiger."

Donnerstag, morgens

Dawid Rudzinski stand im Pyjama vor ihnen. Seine Füße steckten in flauschigen Wellnesssocken. Er trat nervös von einem Fuß auf den anderen. „Ich muss mir was überziehen." Damit ließ er sie im kalten, teppichlosen Flur stehen und verschwand hinter einer angelehnten Tür. Er kam mit der roten Fleecejacke zurück, die er auch gestern getragen hatte und zog sie an. „Warum wecken Sie mich? Haben Sie den Mörder?" Er schlang frierend die Arme um seinen schmalen Körper.

„Wir entschuldigen uns für die frühe Störung, Herr Rudzinski. Aber", Verena zögerte einen Moment, „wollen wir nicht lieber irgendwo hingehen, wo es nicht so kalt ist?", fragte sie besorgt. „Wir möchten nicht, dass Sie sich unseretwegen erkälten."

„Dann hätten Sie später kommen müssen." Rudzinski verzog missbilligend das Gesicht. „Um diese Zeit ist es nur in meinem Bett warm."

„Gut. Dann fassen wir uns kurz. Also… Wir haben Sie gestern zu Frank Paul verfolgt. Und wir haben mit ihm gesprochen, nachdem Sie gegangen waren. Er hat bestätigt, dass er Ihr Liebhaber ist." Verena sah den jungen Mann beinahe mitleidig an, der bei jedem ihrer Sätze zusammengezuckt war, als hätte man ihm eine Ohrfeige nach der andern verpasst. Er starrte sie entsetzt an. „Und seine Frau? Sie war doch da, weiß sie es auch?"

„Nein. Von uns jedenfalls nicht."

Rudzinski atmete erleichtert auf. „Und was wollen Sie jetzt von mir? Mir sagen, dass Sie es doch herausbekommen haben?", fragte er hitzig.

Verena lächelte nachsichtig. „Nein. Ich möchte, dass Sie sich nochmals das Bild von gestern ansehen. Jetzt, da dieses Versteckspiel mit uns nicht mehr nötig ist." Sie zog Toms Ausdruck des Handyfotos aus ihrer Tasche und reichte es dem Tänzer.

Rudzinski steckte demonstrativ seine Hände ich die Taschen der roten Jacke und wich zurück. „Ich kann auch heute nichts dazu sagen!"

Tom rückte nach. „Ihr Freund hat sich sehr verdächtig benommen, als wir ihn befragt haben. Und als wir ihn um eine Speichelprobe und seine Fingerabdrücke baten, hat er die Flucht ergriffen und sich hinter seiner vermeintlichen Krankheit versteckt."

„Vermeintlich?" Dawid keuchte erschrocken auf. „Was meinen Sie damit?"

„Herr Rudzinski", sagte Verena sanft, „Sie haben schon gestern sehr stark auf dieses Foto reagiert. Auf diese Initialen." Sie hielt den Ausdruck hoch. „Warum? Unsere Recherchen haben ergeben, dass es eher unwahrscheinlich ist, dass Mascha Sie oder Herrn Paul erpresst hat."

„Mich hat sie nicht erpresst, das sagte ich Ihnen gestern schon!"

„Herr Paul hat uns dasselbe gesagt."

Der Tänzer blickte abwartend zwischen den beiden Kommissaren hin und her. „Ja… mir auch." Er schluckte. „Er hat mir auch gesagt, dass er sie nicht getötet hat."

„Aber Sie denken trotzdem, dass Ihr Freund etwas damit zu tun haben könnte, oder?"

„Denke ich nicht!", sagte Rudzinski rasch.

„Sie haben also nicht den geringsten Zweifel an seiner Unschuld?" Verena beobachtete den jungen Tänzer genau.

Er senkte aufgewühlt den Kopf und fuhr sich mit beiden Händen über das Gesicht. Aber er schwieg.

„Herr Rudzinski", wiederholte Verena eindringlich. „Tun Sie sich einen Gefallen und reden Sie! Es frisst Sie auf, das sehe ich doch!"

„Diese Initialen!", stieß Rudzinski heiser hervor. „Warum sollte Mascha ausgerechnet seine Initialen schreiben? Ja, ich mache mir Sorgen!" Er sah die beiden Kommissare furchtsam an. „Das muss doch etwas zu bedeuten haben!" Er holte tief Luft. „Aber ich kann einfach nicht glauben, dass er es getan hat!", fügte er trotzig hinzu. „Es passt nicht zu ihm. Egal was passiert sein mag."

Verena hob fragend die Augenbrauen. „Was könnte denn passiert sein? Zwischen ihm und Mascha?"

Der Tänzer öffnete impulsiv den Mund, sagte aber nichts. Dann presste er die Lippen aufeinander und schüttelte den Kopf. „Ich weiß es nicht. Er hat mir nichts gesagt. Aber er hat mir hoch und heilig geschworen, dass er sie nicht getötet hat!"

Er stopfte seine Hände wieder in die Jackentaschen. „Es tut mir Leid, ich kann Ihnen nicht mehr dazu sagen!"

„Und Sie glauben tatsächlich, er hat Ihnen die Wahrheit gesagt?" Tom schnaubte leise.

Rudzinski atmete zitternd ein. Tränen füllten jetzt seine Augen und er nickte verzweifelt. „Er hat gesagt, er liebt mich mehr als sein Leben, aber selbst für meine Liebe könnte er nicht töten. Und das passt zu ihm! Frank ist ein liebevoller Mensch! Er kann keiner Fliege etwas zuleide tun!"

Tom schnalzte mit der Zunge. „In Ausnahmesituationen kann sich so etwas schnell ändern. Wie würde er zum Beispiel reagieren, wenn er erführe, dass seine kleine Freundin schwanger von ihm ist?"

Dawid zitterte jetzt am ganzen Körper. „Welche Freundin?" Er starrte mit weit aufgerissenen Augen zu Tom empor.

Der Kommissar sah ihn prüfend an. „Mascha. Zum Beispiel."

Rudzinski schlug entsetzt eine Hand vor den Mund. „Mascha war schwanger? Von Frank?" Er wurde leichenblass.

Verena schaltete sich ein. „Sie war schwanger, ja. Aber wir wissen noch nicht von wem. Was meinen Sie, würde ihn das eventuell zu einer solchen Tat bringen?"

„Das ist unmöglich! Er kann nicht der Vater von Maschas Baby sein!" Dawid starrte die beiden Kommissare aufgewühlt an. „Er hat ist zwar mit einer Frau verheiratet, aber er… mag nur Männer. Auf diese Weise jedenfalls!"

„Okay", sagte Verena sanft. „Sie kennen ihn besser als wir. Aber betrachten wir das Ganze mal als Gedankenspiel… Wie würde er reagieren, wenn eine Frau ihm plötzlich eröffnet, dass sie sein Kind erwartet? Was würde er tun? Würde er das Kind loswerden wollen?"

„Nein! Niemals!", antwortete Rudzinski empört. „Er liebt Kinder. Sogar seinen Sohn, obwohl der ein so schwieriger, undankbarer Junge ist. Nein! Er hätte bestimmt eine Lösung gefunden!"

Toms Handy piepste. „Entschuldigung", murmelte er, als er es aus der Gesäßtasche zog und sich ein paar Schritte entfernte. „Manzani... He, das ging aber schnell, danke.... Ha! Hab ich es doch gewusst!" Er schlug sich mit der flachen Hand auf den Schenkel. „Ja, okay.... Danke Kumpel, du hast einen gut bei mir!" Er drehte sich elektrisiert zu Verena um. „Wir haben ihn!"

„Sie sind vorläufig festgenommen wegen des dringenden Tatverdachts, Mascha Diederich getötet zu haben." Tom packte den perplexen Mann hart am Arm. „Alles was Sie sagen, kann vor Gericht gegen Sie verwendet werden; wenn Sie–"

„Aber ich war es nicht!", keuchte er verzweifelt.

Der Kommissar lachte bitter. „Leugnen ist zwecklos! Ihre Fingerabdrücke waren auf dem blutigen Messer, mit dem sie umgebracht wurde!"

„Seine Fingerabdrücke?" Frau Paul kam im goldenen Morgenmantel in den Flur und stemmte wütend die Hände in die Seiten. „Woher haben Sie denn seine Fingerabdrücke?"

„Die ganze Maskenbildnerei ist voll davon", entgegnete Tom ungerührt. „Das war nun wirklich kein Problem." Verena senkte verblüfft den Kopf. Ihr Kollege konnte doch tatsächlich lügen, ohne mit der Wimper zu zucken!

Frank Paul starrte kreidebleich von den beiden Beamten zu seiner Frau. „Aber ich–"

„Du sagst nichts ohne unseren Anwalt, Frank!", fuhr seine Ehefrau drohend dazwischen. „Am besten, du sagst gar nichts! Du hast das Recht zu schweigen! Du hast es gehört: Alles was du sagst, kann gegen dich verwendet werden!"

„Aber ich habe doch nichts getan! Wenn ich was sage, dann wird es höchstens gegen–"

„Sei still!", herrschte sie ihren Mann an. „Verdammt noch mal, halt deine Klappe!" Sie war hochrot angelaufen. „Denk doch an deine Familie!"

Der Maskenbildner versteifte sich. „An meine Familie! Soll ich für eine Tat ins Gefängnis gehen, die ich nicht begangen habe? Die nicht *ich* zu verantworten habe? Ist das etwa gut für meine Familie?" Tom spürte, wie der Mann neben ihm bebte. Dann wandte sich Frank Paul an ihn. „Sie war es. Sie hat Mascha erstochen. Ich habe ihr das Messer weggenommen, aber es war schon zu spät!"

Frau Paul schrie wütend auf. „Alles Lüge!" Dann sank sie wimmernd vor die Füße ihres Mannes. „Warum tust du das, Frank? Was habe ich dir getan?"

Er sah sie voller Ekel an. „Hör auf mit diesem Theater, Angela!" Er holte tief Luft. „Mascha hat hier angerufen, so etwa um fünf Uhr. Sie hat es mir kurz vor der Vorstellung erzählt. Sie hat auf unseren Anrufbeantworter gesprochen und um ein Treffen mit mir gebeten. Daher wusstest du davon! Und deshalb bist du dort aufgetaucht!"

Sie richtete sich schnaubend auf und stemmte ihre Hände in die Hüften. „Ich bin nirgendwo aufgetaucht! Das ist eine üble Verleumdung! Ich war den ganzen Abend über zu Hause! Und auf dem Anrufbeantworter ist nichts!"

Tom zuckte mit den Schultern. „Löschen allein reicht nicht, Frau Paul. Wenn es eine Aufzeichnung gegeben hat, finden wir sie."

„Na, und wenn schon! Sie können weder beweisen, dass ich im Theater gewesen bin, noch dass ich diese Tänzerin erstochen habe! Auf dem Messer haben Sie schließlich seine Fingerabdrücke gefunden oder?" Sie deutete mit wutverzerrtem Gesicht auf ihren Mann. Der sah sie voller Abscheu an und fuhr fort:

„Ich war gegen 17 Uhr schon auf dem Rückweg ins Theater, und Maschas Anruf hat mich nicht mehr erreicht. Deshalb hat sie einen Brief geschrieben und ihn mir vor der Vorstellung zugesteckt. Ich habe sogar einen Zeugen. Dawid…"

Er straffte die Schultern. „Dawid Rudzinski kam hinzu. Ich bin sicher, er hat es gesehen. Und diesen Brief kann ich Ihnen zeigen, er steckt noch in der Gesäßtasche der Hose, die ich vorgestern trug. Und die liegt in meinem Schlafzimmer."

„Aber…" Angela Pauls Augen wurden zu schmalen Schlitzen. „Du solltest ihn doch…"

Er warf ihr einen kalten Blick zu. „Entsorgen, ich weiß. Habe ich aber nicht." Dann wandte er sich an Verena. „Ich möchte eine Aussage machen. Aber nicht hier."

Frank Paul saß still und mit gesenktem Kopf in Verenas Büro. Vor ihm stand ein Becher mit frischem Kaffee, von dem er bisher keinen einzigen Schluck getrunken hatte. Ihm gegenüber saßen Verena Bertram und Tom Manzani. Die Tür war geschlossen. Paul blickte nervös auf das laufende Aufnahmegerät. Dann gab er sich einen Ruck und schob ein zusammengefaltetes Stück Papier über den Tisch.

Verena nahm es entgegen und räusperte sich. „Ich verlese jetzt den Brief von Mascha Diederich", sagte sie für die Aufnahme.

„Ich erwarte ein Kind von deinem Sohn. Er will das nicht akzeptieren, obwohl er weiß, dass es stimmt. Ich habe ihm angedroht, es dir zu erzählen. Da hat er nur gelacht und gesagt, du sollst dich erst mal an deine eigene Nase fassen! Ich weiß zwar nicht, was er damit meint, aber ich hoffe, dass du mir trotzdem hilfst. Er ist doch dein Sohn! Komm bitte nach der Premiere in unsere Garderobe, aber erst, wenn alle bei der Premierenfeier sind. Ich warte auf dich. Und denk daran: Es geht um dein Enkelkind!
M. D."

Verena ließ das Blatt sinken und schüttelte perplex den Kopf. Frank Paul Junior war also der Vater! „Und Sie haben ihr geglaubt…" Es war mehr eine Feststellung, als eine Frage.

„Ja", antwortete Frank Paul Senior grimmig. "Es gab keinen Grund, es nicht zu tun. Es passte so sehr zu meinem Sohn." Er presste seine Lippen zusammen. „Nach diesem Brief dachte ich, sie wollte Hilfe und Beistand! Deshalb habe ich mich auf dieses Treffen eingelassen. Aber nein! Sie wollte Geld! Für eine Abtreibung im Ausland! Ich habe mich bemüht, sie umzustimmen. Das konnte ich doch nicht zulassen,

mein eigen Fleisch und Blut!" Er schüttelte fassungslos den Kopf. „Aber gleichgültig, welche Argumente
ich vorbrachte, sie wollte das Kind nicht bekommen..."

Er rieb sich über das Gesicht. „Sie sagte, es sei
von einem Mann, der sich definitiv nicht um das Kind
kümmern würde. Der so verantwortungslos war, auf
einer Party ihren betrunkenen Zustand auszunutzen,
noch dazu ohne Kondom", fuhr er erbittert fort. „Und
sie machte sich Sorgen um ihre Karriere..."

Er holte tief Luft. „Sie sagte, selbst, wenn sie das
Kind zur Adoption freigäbe, würde man sie schon
während der Schwangerschaft nicht mehr auftreten
lassen. Und es wäre völlig unklar, was danach käme.
Vielleicht würde man sie nur noch in die hinterste
Reihe verbannen. Und das gerade jetzt, da ihre viel
versprechende Solo-Karriere sich so gut entwickelte.
Wofür sollte sie das auf sich nehmen? Für ein Kind,
dass niemand haben will?"

Er verkrampfte seine Hände ineinander. „Ich bin
nicht Niemand, habe ich ihr gesagt. *Ich* würde das
Kind bei mir aufnehmen. Sie würde von mir alle er-
denkliche Unterstützung bekommen, in jeder Form!
Verstehen Sie?" Er sah Verena inbrünstig an. „Es
handelte sich schließlich um mein Enkelkind! Und das
würde ich mir nicht auch noch nehmen lassen!" Er
atmete schwer. „Ich sagte ihr, dass wir es schafften,
wenn wir es gemeinsam angingen. Und dann hat sie
geweint und ich habe sie in den Arm genommen."

Er stützte seinen Kopf in beide Hände und
schwieg für eine Weile. Dann richtete er sich wieder
auf und starrte kummervoll auf die Tischplatte. „Das

war der Moment, in dem meine Frau mit einem Wut-
schrei in die Garderobe stürmte. Sie hatte offensichtlich schon seit einer Weile gelauscht. Sie beschimpfte
mich, ich sei wohl nicht bei Trost, so einen Bastard
aufnehmen zu wollen. Sie weigerte sich natürlich, zu
glauben, dass ihr Sohn etwas so ‚Unanständiges' getan haben könnte...“

Sein trostloser Blick verlor sich in Monets Seero-
sen-Bild, das an der Wand hinter Verenas Schreibtisch hing. „Ich habe ihre Erziehungsmethode nie
gebilligt. Sie hat ihn verwöhnt und ihm alles durchgehen lassen. Aber wenn sich das negativ auswirkte,
bestrafte sie ihn drakonisch. Zuckerbrot und Peit-
sche....“ Er schüttelte angewidert den Kopf. „Das
schlimmste ist, es ist meine Schuld! Eigentlich wusste
ich es längst, ich war nur zu feige, es einzugestehen.
Aber diese Sache hat mir die Augen geöffnet.“

Er atmete bebend ein und aus. „Wissen Sie, ich
stamme aus einer sehr konservativen Familie. Meine
Homosexualität habe ich verleugnet, ich wollte so
sein, wie alle anderen auch. Das ging so weit, dass ich
sogar eine Freundin hatte. Angela. Und sie wurde
schwanger.“ Er seufzte schwer.

„Angela kam aus einer wohlhabenden, gut bür-
gerlichen Familie. Ich habe sie zwar nicht geliebt,
aber ich habe sie respektiert. Damals. Es wäre mir
nicht im Traum eingefallen, sie in einer solchen Situation fallen zu lassen, meine eigene Erziehung hätte
das niemals zugelassen. Und meinem Wunsch nach
Normalität“, er deutete Gänsefüßchen an, „kam das
ja auch entgegen. Also heirateten wir. Aber es war
schon vor der Geburt unseres Kindes klar, dass diese

Ehe alles andere als normal war... Ich hatte ein furchtbar schlechtes Gewissen, da ich ihr eine erfüllte Beziehung vorenthielt... Zum Ausgleich habe ich ihr fast jeden Willen gelassen. Sie hat alles bestimmt... von der Einrichtung unserer Wohnräume bis zur Erziehung unseres Sohnes. Und natürlich seinen Namen. Sie hat darauf bestanden, den Jungen nach mir zu benennen, was ich eigentlich ablehnte. Aber... ich ließ es zu. Und auf diese einfache Art und Weise demonstriert sie bis heute sehr deutlich, dass ich der Vater, der Ernährer bin, und dass ich mich aus dieser Verantwortung nicht davonzustehlen habe!" Er schnaubte bitter.

„Aber meinen Anteil an der Erziehung unseres Kindes hat sie mir nicht zugestanden, zu keiner Zeit! Wahrscheinlich ahnte sie schon immer, dass ich... anders bin."

Er seufzte niedergeschlagen. „Es hat funktioniert, ich bin noch immer da.... Einen Ausgleich zu meinem trostlosen familiären Leben fand ich im Theater. Angela dagegen war nie berufstätig. Sie lebte ihren Frust dadurch aus, dass sie zu Hause uneingeschränkt das Regiment führte."

Er hob zynisch den Kopf. „Aber worüber beklage ich mich, ich habe sie immer machen lassen, ohne jemals ernsthaft einzuschreiten... Über eine Scheidung haben wir nie gesprochen. Ich nicht, weil mir die Energie und der Mut dazu fehlte, und sie nicht, weil das für sie nie eine Option gewesen ist. Und so zeigen wir nach außen die Fassade einer mehr oder weniger intakten, *normalen* Familie, während im Inneren alles desolat und zerrüttet ist."

Er sah Verena jetzt bekümmert an. „Sehen Sie, was ich meine? Das Ganze ist meine Schuld. Ich hätte mich viel mehr um meinen Sohn kümmern müssen, hätte mir dieses Recht erkämpfen müssen! Und ich hätte meine Frau schon vor vielen Jahren freigeben müssen."

Er straffte seine Schultern.

„Angela hat von Mascha also einen Beweis für die Vaterschaft unseres Sohnes gefordert", setzte er seinen Bericht jetzt fort. „Mascha sagte, sie hätte in der fraglichen Zeit keinen anderen Mann getroffen, und da Frank kein Kondom benutzt hatte, sei er eindeutig der Vater. Aber ein Kind als das eigene anzuerkennen, würde Verantwortung verlangen. Es würde ihn mit dem Ernst des Lebens konfrontieren, vor dem er bisher immer sehr erfolgreich weglaufen konnte – Dank der Unterstützung seiner ‚Glucken-Mama'."

Er starrte düster auf seine Hände. „Hätte Mascha bloß ihren Mund gehalten, denn sie hat die Wahrheit ausgesprochen! Wie eine Bestie ist Angela auf das Mädchen losgestürmt. Ich habe versucht, sie abzuhalten, aber meine Frau hat mir ihren Ellenbogen in die Magengrube gerammt, das hat mich zu Boden gebracht. Ich lag da, zusammengekrümmt und unfähig, mich zu bewegen. Ich konnte nichts tun, als hilflos zuzusehen! Mir kam es wie eine Ewigkeit vor." Er schluckte trocken.

„Mascha hatte plötzlich ein Messer in der Hand, weiß der Himmel, woher sie es hatte. Sie wollte nichts als raus aus diesem Raum. Sie hat meine Frau angefleht, sie gehen zu lassen! Angela aber hat Maschas Hand mit dem Messer gegriffen, die Hand umgedreht und in Maschas Bauch gerammt! Und Mascha..."

Seine Stimme versagte. Er presste die Hand vor den Mund und schüttelte heftig den Kopf. Tränen liefen seine Wangen hinunter. „Mein Baby...", wisperte er gepresst. „Das hat sie gesagt! Mein Baby... Und dann ist meine Frau wie eine Wilde über sie hergefallen, hat das Messer aus ihr herausgerissen und auf sie eingestochen, wieder und wieder, bis Mascha sich nicht mehr gerührt hat! Es war grauenhaft!"

Ein eiskalter Schauer überlief Verena und ließ in seinem Kielwasser sämtliche Haare zu Berge stehen.

Sie umschlang ihren Oberkörper mit beiden Armen und versuchte, das beklemmende Gefühl abzuschütteln, das sich ihrer bemächtig hatte. Ein vorsichtiger Blick auf Tom sagte ihr, dass es ihm kaum anders erging. Er starrte wie versteinert vor sich auf den Tisch.

Verena riss sich zusammen. „Und Sie, Herr Paul? Was haben Sie dann gemacht?"

Frank Paul schniefte und wischte sich über die Augen. „Als ich mich wieder bewegen konnte, habe ich Angela das Messer weggenommen. Aber es war zu spät!"

Verena nickte langsam. Das erklärte natürlich seine Fingerabdrücke auf der Mordwaffe. Aber wie sollten sie Angela Pauls Schuld beweisen?

„Als Sie gegangen sind, Sie und Ihre Frau, hat Sie da jemand gesehen?"

Frank Paul schüttelte den Kopf. „Nein. Nicht einmal der Pförtner war an seinem Platz."

Da kam Verena ein Gedanke. „Erinnern Sie sich, was Ihre Frau getragen hat? An die Schuhe oder den Mantel zum Beispiel?"

Paul blinzelte verstört. „Wieso?"

„Beantworten Sie einfach meine Frage, Herr Paul. Können Sie sich erinnern?"

„Schwarze Leder-Stiefeletten…" Er nickte zögernd. „Und ihren langen schwarzen Lodenmantel." Dann sah er sie überrascht an. „Am Tag danach trug sie den roten Mantel… Natürlich! Das Blut! Sie hat ihre Hände am Mantel abgewischt!"

Verena nickte. „Und Blutspritzer müsste es auch jede Menge geben. Wo sind Mantel und Schuhe jetzt?"

Paul zuckte ratlos mit den Schultern. „Ich weiß es nicht."

Tom stand auf. „Wenn das Zeug noch im Haus ist, wird unser Team es finden. Der Durchsuchungsbeschluss ist kurz vor dem Verhör durchgekommen. Ich kümmere mich darum." Damit verließ er den Raum.

Verena lehnte sich vor. „Sagen Sie Herr Paul, wen oder was mag Mascha mit den Buchstaben ‚FrP' gemeint haben? Haben Sie eine Idee?"

Er seufzte traurig. „Ich weiß es nicht. Aber vielleicht steht ‚Fr' steht für ‚Frau'. Mascha kannte ja Angelas Vornamen nicht."

Frank Paul nahm endlich seinen Kaffee und trank einen Schluck. Dann lehnte er sich zurück und leerte durstig den ganzen Becher. Auf Verena wirkte er erschöpft. Als hätte er eine große Kraftanstrengung hinter sich.

„Was passiert jetzt mit mir?", fragte er leise.

Verena sah ihn mitfühlend an. „Sie müssen leider in Gewahrsam bleiben, bis wir einen Beweis dafür haben, dass es Ihre Frau war, die den Mord begangen hat. Und dann wird man Sie wahrscheinlich wegen unterlassener Hilfeleistung zur Rechenschaft ziehen. Mascha hat noch gelebt, als Sie gegangen sind." Verena seufzte. „Es tut mir Leid."

„Mir tut es auch Leid. Um Mascha." Dann nickte er ergeben. „Darf ich einen Anruf machen?"

„Das dürfen Sie selbstverständlich. Sie möchten sicher einen Anwalt informieren?"

Paul schüttelte den Kopf. „Dawid. Ich muss dringend mit ihm sprechen. Ich muss ihm meine Rolle in dieser ganzen Geschichte erklären. Sie wissen ja, er hat gesehen, wie Mascha mir vor der Premiere den Brief gab... Und ich konnte es zu diesem Zeitpunkt nicht aufklären, es waren plötzlich zu viele Menschen um uns herum!" Er strich sich mit der Hand über den Mund.

„Ich habe dieses Versteckspiel so unendlich satt! Ich hätte schon vor vielen Jahren die Reißleine ziehen müssen! Dann würde mich mein Sohn nicht so sehr verachten! Seine Anspielung auf die ‚eigene Nase' in Maschas Brief kann eigentlich nur eins bedeuten: er weiß oder ahnt es...."

Er atmete tief durch und sah Verena fest an. „Es wird Zeit, dass ich Ordnung schaffe in meinem Leben. Und dass ich mich zu dem bekenne, was ich bin. Ich hoffe, es ist noch nicht zu spät. Und wir haben noch eine Chance. Mein Sohn und ich."

Noblesse Oblige

Ende März, Gründonnerstag

„Oh, Jankó... das ist ein ungarischer Name, nicht wahr? Ich darf doch Jankó zu Ihnen sagen, Herr von Burgthann? *Freiherr* von Burgthann?", gurrte die kleine rundliche Dame und lächelte entzückt auf den dunklen Haarschopf ihres stattlichen Verehrers herab, der sich gerade tief über ihre reich beringte Hand beugte und einen leidenschaftlichen Handkuss auf die Edelsteine hauchte.

„Natürlich, Gnädigste... Wenn ich Sie im Gegenzug Hildegard nennen darf?" Der deutlich jüngere Mann sah strahlend in das etwas zu kräftig geschminkte Gesicht seiner sehr reifen Begleiterin. Bevor sie antworten konnte, machte sich der Ober durch ein diskretes Räuspern bemerkbar. Von Burgthann nickte huldvoll und sah ihm zu, wie er fachmännisch die Champagnerflasche öffnete und ihnen einschenkte. Nach einem weiteren Nicken des Freiherren entfernte sich der Mann so dezent wieder, wie es sich für einen Ober eines Hauses dieser Klasse gehörte.

Von Burgthann hob das Glas und sah seine Begleiterin mit einem bewundernden Lächeln an. „Nun denn, werte Hildegard! Ich bin unendlich froh, Ihre geschätzte Bekanntschaft gemacht zu haben.

Noblesse oblige, meine Liebe, Adel verpflichtet! Diese Pflicht kann ausgesprochen schön", er lächelte sie betörend an, „oder eine wahre Bürde sein!"

Er seufzte theatralisch. „Ein Mann in meiner diffizilen Lage hat nicht oft das Glück, eine so kultivierte und verständnisvolle Dame seine... Gönnerin nennen zu dürfen. Ich bin Ihnen so dankbar, dass Sie so kurz vor Ostern Zeit für mich gefunden haben... Ich möchte einen Tost aussprechen auf... uns!" Er fixierte sie anzüglich aus seinen himmelblauen Augen, bis die Dame errötend ihren Blick niederschlug.

„Oh Jankó, Sie Schlimmer!", murmelte sie aufreizend und ließ ihren schmachtenden Blick von der breiten Brust im eleganten Abendanzug über die teure hellblaue Seidenkrawatte bis zum hübschen, gepflegten Gesicht ihres Gefährten wandern. Sie leckte sich herausfordernd über die etwas zu grell geschminkten Lippen. „Das lassen Sie aber meinen Mann nicht hören..."

Er umfasste glühend ihre Hand. „Niemals! Oh, ich rase schon vor Eifersucht, wenn ich nur an ihn denke!"

„Dann denken Sie nicht an ihn!" Sie beugte sich verschwörerisch vor, wobei ihre wertvolle Goldkette vom üppigen Dekolletee rutschte und die Anhänger leise klirrend gegeneinander schlugen. „Und das brauchen Sie auch gar nicht, Liebster, er ist über Ostern zu seinem Bruder nach Berlin gereist." Sie prostete ihm zu und trank ihr Glas in einem Zug aus.

Der schwarzhaarige Mann am übernächsten Tisch konnte das Gespräch zwar nicht verstehen, aber was er sah, reichte ihm vollkommen. Er winkte den Ober heran und verlangte die Rechnung. Oh, er war inzwischen an den abfälligen Blick gewöhnt, mit dem die Angestellten solch hochpreisiger Etablissements seinen langen Pferdeschwanz und sein eher schäbiges Äußeres bedachten. Leon zuckte gleichgültig mit den Schultern und verließ den Gastraum. Was konnte er dafür, dass seine Zielperson mit Vorliebe solche Restaurants aufsuchte, um den nötigen Eindruck zu schinden?

Als er in der vornehmen Garderobe seine Jacke aus billigem Lederimitat überstreifte, hörte er rasche Schritte draußen im Gang. Und die Stimme, die ihm mittlerweile sehr vertraut geworden war. Schnell schlüpfte er in die dunkle Herrentoilette, ließ die Tür aber eine Spalt breit geöffnet.

„Oh, Rosemarie, verehrteste Rosemarie, ich selbst bin ja untröstlich!", hörte Leon den Mann jetzt mit leiser Stimme säuseln. „Aber wir dürfen uns nicht davon hinreißen lassen! Ich sagte Ihnen doch, ich bin sicher, Ihr Gemahl hat Verdacht geschöpft! Wir müssen eine Weile sehr, sehr vorsichtig sein, meine Liebste! Sie wollen doch nicht, dass Ihr Herr Gatte—"

Pause.

„Oh ja, meine Gnädigste, selbstverständlich melde ich mich wieder bei Ihnen. Ich kann es kaum erwarten... Wir brauchen beide Geduld, viel Geduld... *Au revoir, mon amour!*" Es ertönte das Piepsen eines Handys, das gerade ausgeschaltet wurde.

Das zuckersüße Lächeln, von dem jedes seiner Worte nur so getrieft hatte, war in seinen nächsten nicht mehr zu hören. „Alte Kuh! Was soll ich mit dir, wenn ich dich nicht mehr melken kann!" Damit verschwand er wieder in Richtung Gastraum.

Der Mann hinter der Toilettentür grinste breit von einem Ohr zum anderen.

Wie gut, dass Leon seinem Instinkt auch diesmal gefolgt war. Auch wenn er seinem Auftraggeber die Spesen dieser Observation leider nicht in Rechnung stellen konnte.

Anfang April, Freitag nach Ostern

„Vielen Dank, liebe Leut', das war es dann für heut'!" Ingo erhob sich munter von seinem Klavierstuhl. „Wir sehen uns erst am Dienstag wieder, zur ersten Komplettprobe. Dann versuchen wir einen Durchlauf des ersten Aktes. Belmonte, Osmin, Pedrillo: um zehn Uhr. Konstanze...?", er suchte Blickkontakt zu einer hübschen langhaarigen Sängerin. „Jana, für dich reicht es, wenn du mit dem Chor kommst, den habe ich um halb elf bestellt. Schönes Wochenende allerseits!" Er beugte sich zu seiner Tasche hinunter.

Plötzlich stand die hübsche Sängerin neben ihm. „Ingo, ich muss mit dir reden", wisperte sie. Ihre Hand wischte nervös über das Klavier.

Ingo warf ihr einen verwunderten Blick zu und packte gleichmütig seine Noten ein. „Okay. Warte draußen auf mich", gab er leise zurück. Laut fügte er hinzu: „Nein, Jana, die Probe findet noch ohne Bassa statt. Ich weiß, mit ihm wäre es einfacher für dich, aber die Schauspieler kommen erst übernächste Woche dazu. Bis dahin musst du mit mir vorlieb nehmen!" In seinen Augen blitzte es schelmisch auf. Dann zog er seinen Mantel über und ging auf einen großen blonden Sänger zu, der für seinen Geschmack etwas zu neugierig zu ihnen hinüber gesehen hatte. „Hey, Harlan, du warst gut heute", er schlug ihm kumpelhaft auf die Schulter. „Du hast wohl mit Engel an deiner Aussprache gefeilt, was?" Dann sah er sich um auf der Probebühne im Schimmelhof. Zwei der Sänger standen noch in der Nähe der Toilettentür und sprachen miteinander. Er klatschte in die Hände. „So, Leute, ich will nach Hause, seht zu, dass ihr fertig werdet!"

Er sah prüfend auf seine Uhr. Beinahe fünf. Es wurde Zeit. Rasch nach Hause, umziehen, und dann los. Sein Nebenjob wartete. Meistens bereitete er ihm Vergnügen. Aber manchmal musste er sich regelrecht dazu überwinden. Das hing ganz davon ab, mit wem er es zu tun hatte. Und heute war so ein Fall... Er knöpfte verdrießlich seinen Mantel zu.

Draußen regnete es. Ingo schloss die Tür ab und eilte mit eingezogenem Kopf zu seinem neu geleasten Audi A3. Ein kleines Schmuckstück in Dunkelblau metallic. Noch bevor er seinen Wagen erreicht hatte, öffnete sich zwei Parkplätze weiter die Fahrertür eines pittoresken roten Mini Coopers.

Er spürte Ungeduld in sich aufsteigen, während Jana zögernd auf ihn zukam. Hoffentlich dauerte es nicht zu lange, er wollte unter keinen Umständen zu spät kommen. Trotzdem setzte er ein strahlendes Lächeln auf. „Mein Herz! Was gibt es denn so Wichtiges?" Nach einem prüfenden Blick in die Runde zog er sie an sich heran und küsste sie. „Hast du etwa heute Abend Zeit für mich?", flüsterte er mit mehr Leidenschaft, als er empfand.

Ein zynisches Lächeln flackerte über ihr Gesicht. „Sei nicht albern, Ingo." Dann packte sie ihn am Revers seines feinen Wollmantels und sah ernst in seine hellen Augen. „Ich bin schwanger."

„Du bist...?" Ingo trat perplex einen Schritt zurück. Ein flaues Gefühl machte sich in seinem Magen breit. Diese Beziehung begann, ihm über den Kopf zu wachsen. Er hatte doch nichts als ein bisschen unverbindlichen Spaß gewollt! Und nun das! Unmut regte sich in ihm. Diesen Balg ließ er sich jedenfalls nicht unterschieben, da war ja immer noch ihr Mann... Ingo entspannte sich wieder.

„Und was habe ich damit zu tun?", fragte er lässig.

Jana hörte auf, ihre Schuhspitze in den groben Kies des Parkplatzes zu bohren und hob stur den Kopf. „Ich glaube, du bist der Vater."

Ingo rollte mit den Augen. „So. Du glaubst."

„Ja! Den Unfall mit dem Kondom hast du wohl vergessen, was?", schnaubte sie aufgebracht. „Zeitlich passt es jedenfalls genau!"

Er schüttelte unwillig den Kopf. Dann sah er sie eindringlich an. „Und selbst wenn. Du bist verheiratet, Jana. Willst du dein schönes, gut situiertes Leben aufgeben?", fragte er schnippisch.

Sie presste mürrisch die Lippen aufeinander. "Natürlich nicht!"

Er atmete verstohlen auf und klopfte ihr mit einer überheblichen Geste auf die blasse Wange. „Dann lass es dabei, Schätzchen. Dein Mann ist der Vater. Ist auch besser fürs Kind."

Als sie davonfuhr, starrte er ihr noch lange nach. Sein untrüglicher Instinkt schien ihn verlassen zu haben. Sonst hätte er diese Beziehung niemals so lange aufrechterhalten. Verärgert schob er das mulmige Gefühl beiseite. Er würde das Kind schon schaukeln.

Erst als er im Wagen saß, fiel ihm das unbeabsichtigte Wortspiel auf und er lachte laut.

Montag, abends

Der hoch gewachsene Mann ging zügig und mit gesenktem Haupt an der langen Reihe parkender Fahrzeuge vorbei.

Es war nicht so gelaufen, wie er es geplant hatte. Aber er hatte sich auch hier, wie schon so oft, auf seine Fähigkeit zur Improvisation verlassen können. Und vielleicht würde sich diese Variante noch als die bessere, die sicherere erweisen. Wie Netz und doppelter Boden zugleich. Er schmunzelte in sich hinein über diesen passenden Vergleich. Ja. Er würde sein Ziel auf jeden Fall erreichen.

Phase eins hatte er erfolgreich erledigt. Die wertvolle Beute zog die Taschen seines langen, dunklen Wintermantels nach unten und ließ sie bei jedem ausholenden Schritt schwer gegen seine Oberschenkel schlagen. Nach getaner Arbeit musste er das Zeug verschwinden lassen. Und er wusste auch schon, wo. Er grinste hämisch.

Er betrat die Hamburger Straße und eilte weiter zu seinem Wagen, den er in der nächsten Seitenstraße geparkt hatte. Als er ihn erreichte, sah er sich kurz um. Niemand war zu sehen, was ihn bei diesem unangenehmen Wetter nicht weiter verwunderte. Kalter Regen peitschte jetzt in sein Gesicht. Er setzte sich rasch hinter das Steuer und schaltete die Taschenlampe ein.

Da erst bemerkte er die Flecken. Er zerbiss einen Fluch zwischen seinen Zähnen. Eigentlich hätte er damit rechnen müssen. Wieso nur hatte er nichts Passendes angezogen? Für diesen schönen Lodenmantel und die gefütterten Lederhandschuhe hatte er beinahe ein Vermögen ausgegeben. Eine notwendige Investition. Ohne entsprechendes Outfit keine Einkünfte. Und ohne Einkünfte... Eine Welle von Bitterkeit und Selbsthass stieg unvermittelt in ihm empor. Wenn er sich nur besser unter Kontrolle hätte! Er hat es versucht, das eine oder andere Mal. Aber es war aussichtslos. Sobald er dabei war, konnte ihn nichts und niemand abbringen. Trotz aller Vorsätze...

Er starrte düster aus dem Fenster seines Autos. Der Regen lief in breiten Schlieren die Scheiben hinab. Was soll's, er würde eben noch härter arbeiten und so seine Einkünfte noch lukrativer machen, dachte er trotzig. Und dann war auch ein neuer Mantel drin, und wenn es sein musste, sogar einer aus sündhaft teurem Alpaka!

Er zuckte abschließend mit den Schultern. Genug dieser Albernheiten! Es gab Wichtigeres in diesem

Moment, als sich über einen Kollateralschaden Gedanken zu machen.

Er kramte in seiner Manteltasche nach der erbeuteten Brieftasche. Wegen der hinderlichen Handschuhe erwischte er zunächst einen kleinen flachen Gegenstand: Ein silbernes Feuerzeug mit den eingravierten Buchstaben LB. Er ließ es wieder in die Tasche zurück gleiten und wühlte weiter nach dem Portemonnaie. Blauschwarzes Nylon. Er rümpfte abfällig die Nase. So etwas Stilloses käme ihm nicht die Tasche, und wenn er wochenlang dafür sparen müsste! Er öffnete die Brieftasche und begann methodisch, nach dem Personalausweis zu suchen. Schließlich entdeckte er ihn hinter einer Paybackkarte und zog ihn mit einiger Mühe heraus. Ein verblüffter Laut entfuhr ihm. Die Wohnung lag doch tatsächlich in der Straße, in der er gerade parkte!

Er packte alles wieder in seine Manteltasche und stieg aus.

Nun kam Phase zwei.

„Was hat die Zentrale gesagt? Wo soll es sein?" Der glatzköpfige Fahrer des Streifenwagens fuhr im Schritttempo den mäßig gefüllten Parkstreifen des Schimmelhofes an der Hamburger Straße entlang. Ein feiner Nieselregen wehte in Schwaden durch die Luft. Hoffentlich war es ein Fehlalarm, und sie brauchten nur kurz nach dem Rechten zu sehen.

„Nummer A4", antwortete sein junger Kollege. „Das ist hier, links rein!" Er zeigte auf die freie Fläche vor einem der vielen umgebauten Gebäude der ehemaligen Schimmel-Klavierfabrik.

Der Fahrer fuhr darauf zu und hielt den Wagen vor dem großen, geschlossenen Rolltor. „Alles dunkel", murmelte er skeptisch, als er zu den Fenstern und dem Milchglas im Giebel der Halle aufsah. Lediglich über dem Rolltor beleuchtete eine altertümlich anmutende Laterne den Schriftzug „Studio A". Links neben dem Rolltor befand sich eine ebenfalls geschlossene Metalltür, weiß gestrichen, sodass sie sich in die helle Fassade einfügte. Der Streifenbeamte kniff missmutig die Augen zusammen. Wahrscheinlich war dieser anonyme Anruf nur die Folge einer dummen Wette, oder so etwas. Aber die Polizei musste es trotzdem ernst nehmen. So ernst, dass sogar schon ein Notarztwagen unterwegs war. „Na, dann wollen wir mal...", seufzte er und zog Latexhandschuhe an. Dann bewaffnete er sich mit einer Taschenlampe und stieg aus.

Sein jüngerer Kollege tat es ihm gleich und faltete seinen langen Körper aus dem Auto.

„Hm. Nicht abgeschlossen", stellte der ältere Beamte an der Eingangstür fest. „Vielleicht ist doch etwas dran."

„Dann pass mal auf, wo du hintrittst, Walter. Das Opfer soll gleich im Eingangsbereich liegen."

Der Mann lag nicht einmal zwei Meter von der Tür entfernt auf dem grauen Beton. Walter ging in die Hocke. „Er lebt noch. Und er liegt in der stabilen Seitenlage...", brummte er. „Komm, Junge, mach schnell ein paar Fotos, bevor der Notarzt kommt. Und ruf die Kollegen von der Kripo. Ich sehe mich hier inzwischen ein wenig um." Er stemmte sich ächzend hoch und leuchtete mit der Taschenlampe um sich. Der Lichtkegel traf auf mehrere helle Stoffbahnen, die von der hohen Decke bis zum Boden reichten und den Eingangsbereich bis auf einen schmalen Durchgang vom hinteren Teil der riesigen Halle abtrennten. In diesem Durchgang verlor sich der Strahl seiner Lampe in den dunklen Tiefen der Halle. „Ich will sehen, was dahinten ist."

Der junge Beamte ging gehorsam zum Streifenwagen zurück, machte den Anruf und holte einen Fotoapparat. Dann begann er methodisch, das Opfer zu fotografieren. Der Mann lag auf der rechten Seite, jemand hatte ihn in die stabile Seitenlage gebracht. War das der anonyme Anrufer gewesen? Das Gesicht war blutverschmiert. Ebenso die rechte Hand, deren Handfläche zu sehen war. Vorsichtig durchsuchte der Beamte die frei zugängliche Tasche des langen dunklen Mantels und förderte einen Schlüsselbund und ein Handy zutage. Er legte die Gegenstände fein säuberlich auf den Boden neben die Manteltasche und fotografierte auch sie. Die genauere Untersuchung überließ er lieber den Kollegen der Kriminaltechnik.

„Olli? Komm mal schnell!", hörte er Walters angespannte Stimme wie von weit her. „Was ist?" Er richtete sich alarmiert auf und umrundete die hängende Trennwand. Seine Taschenlampe beleuchtete ein gespenstisches Durcheinander von stehenden und umgeworfenen Stühlen und anderen Gegenständen. Er tastet sich vorsichtig durch das Chaos. „Mist", entfuhr es ihm, als irgendetwas knirschend unter seiner Schuhsohle zerbrach. „Was ist denn hier passiert?"

Sein Kollege stand halb verdeckt hinter einem breiten hölzernen Kasten, erst beim Näherkommen erkannte Olli, dass es sich um die Rückwand eines Klaviers handelte. Walter starrte auf den Boden und rieb sich mechanisch über den kahlen Schädel. Das tat er immer, wenn ihn etwas tief erschütterte. Eine üble Vorahnung beschlich Olli.

„Noch einer?" Seine Stimme war beinahe ein Flüstern.

Walter nickte düster. „Aber für den hier kommt jede Hilfe zu spät."

„Ah, Dr. Lange!", Kriminalhauptkommissarin Verena Bertram arbeitete sich durch die umgeworfenen Stühle und das wilde Durcheinander von Requisiten zum Gerichtsmediziner hindurch. „Schön, dass Sie auf mich gewartet haben! Tut mir Leid, dass ich so spät dran bin." Sie strich sich die zerzausten Haare aus dem Gesicht. „Was haben wir hier?"

„Einen ziemlich unaufgeräumten Tatort. Um nicht zu sagen, es ist das reinste Chaos." Er breitete seine behandschuhten Hände aus. „Hier hat augenscheinlich ein heftiger Kampf stattgefunden. Sehen Sie die Blutspritzer? Da wird die Kriminaltechnik gut zu tun haben." Dr. Lange ließ die Arme fallen und lächelte unvermittelt. „Guten Abend, Frau Bertram." Dann glitten seine Gesichtszüge wieder in die gewohnt sachliche Miene zurück. „Wenn Sie Ihren Kollegen suchen, er ist auf der Toilette", sagte er beiläufig.

Verenas Augenbrauen rutschten empor. „Ist ihm dieser Anblick etwa auf den Magen geschlagen?"

Lange warf ihr einen verdutzten Blick zu. „Wohl kaum, er hat schon Schlimmeres gesehen…. Da kommt er schon."

Er wandte sich wieder dem Toten zu. „Das hier ist übrigens Opfer Nummer zwei. Opfer Nummer eins fiel glücklicherweise noch nicht in mein Ressort. Er müsste inzwischen schon im Klinikum sein."

Tom wischte seine Hände an der Jeans ab. „Hallo Verena. Mit Opfer Nummer eins meint er den Mann aus dem Eingangsbereich. Wird er eigentlich gerichtsmedizinisch untersucht?"

Dr. Lange nickte. „Das geschieht im Krankenhaus. Ich habe ihn gar nicht mehr gesehen. Nur ein Foto seiner Kopfverletzung."

„Eine Kopfverletzung…" Verena hockte sich neben das Opfer. Der Mann trug eine schwarze Kunstlederjacke. Aus einem langen Riss an der Schulter quoll weißes, watteartiges Futter hervor. Er lag mit weit ausgebreiteten Armen auf dem Rücken. Beide Hände sahen übel zugerichtet aus, als hätte er versucht, Schläge mit einem harten Gegenstand abzuwehren. An der Seite seines Schädels klaffte ein hässliches Loch. Dunkles Blut klebte in den etwa schulterlangen schwarzen Haaren des Mannes und bildete auf dem Boden einen makabren Heiligenschein um seinen Kopf. „Eine Kopfverletzung. Wie bei diesem hier. War das die Todesursache?" Sie richtete sich wieder auf.

„Auf den ersten Blick würde ich sagen, ja", antwortete Lange. „Aber genau weiß ich das natürlich erst nach der Obduktion. Und die genaueren Untersuchungen werden zeigen, ob die Verletzungen beider Männer von derselben Waffe stammen."

Er hob einen länglichen, kompakten Gegenstand aus Metall auf, der bereits in durchsichtiges Plastik verpackt war. „Von dieser hier, vermutlich. Sehen Sie das Blut?", er zeigte auf eine der oberen Kanten des merkwürdigen Objekts, das aus mehreren kurzen, flachen, aufeinander gelegten Streben und verschieden dicken Stangen zu bestehen schien.

Tom kniff die Augen zusammen. „Ich weiß immer noch nicht, was das für ein Ding ist. Aber es ist ganz schön schwer."

„Ein Notenständer, zusammengeklappt", entgegnete Lange.

Verena nahm dem Gerichtsmediziner die Tüte ab. „Stimmt, es ist schwer!", sagte sie verblüfft. „Mindestens zwei Kilo, würde ich sagen. Wo haben Sie das gefunden?" Sie drehte die Tüte hin und her. „Es ist ein Modell aus glänzendem Metall. Da dürften wir Glück mit den Fingerabdrücken haben."

Lange stieß einen schnaubenden Laut aus. „Oh ja, Fingerabdrücke gibt es jede Menge! Er lag übrigens vorne, ganz in der Nähe des anderen Opfers."

Verena sah zum Toten hinunter. „Wissen wir schon, wer er ist?"

Tom schüttelte bedauernd den Kopf. „Er hatte nichts bei sich. Gar nichts. Auch hier am Tatort haben wir nichts gefunden. Vielleicht bekommen wir etwas über seine Fingerabdrücke."

„Dr. Lange, können Sie schon etwas zum Todeszeitpunkt sagen?", fragte Verena hoffnungsvoll.

„Nur ungefähr. Zwischen sieben und acht heute Abend. Morgen früh wird er gleich obduziert. Aber eins kann man jetzt schon sagen. Es war mehr als ein Schlag. Sein Blut ist hier überall. Hier hat jemand zugeschlagen, um zu töten." Er seufzte. „Können wir dann einpacken, Frau Bertram?"

„Er heißt Jörg Engel, ist 49 Jahre alt, und wohnt in der Fasanenstraße. Seine Telefonnummer steht im Telefonbuch. Wir haben schon dort angerufen, aber es meldet sich niemand", ratterte der lange Beamte in Uniform herunter. „Das ist er. Ich habe Fotos gemacht. In der stabilen Seitenlage war er schon, als wir kamen." Er reichte Verena eine große Digitalkamera. „Viel wissen wir bisher nicht über ihn", fuhr er fort, während Verena und Tom sich durch die Aufnahmen blätterten. „Es ist kein Fahrzeug unter seinem Namen gemeldet und er ist nicht vorbestraft. Mehr konnten wir um diese späte Uhrzeit noch nicht herausfinden. Er hatte einen Schlüsselbund bei sich und einer der Schlüssel passt in diese Tür." Der Beamte zeigte auf die metallene Eingangstür, die immer noch weit offen stand, obwohl der Wind in kalten Böen herein wehte.

„Übrigens, Verena", schaltete Tom sich ein, „wusstest du, dass dieser Raum vom Staatstheater als Probebühne genutzt wird?"

Verena nickte „Ja, ich weiß." Sie gab dem uniformierten Beamten die Kamera zurück. „Wo haben sie ihn hingebracht?"

„Ins Städtische Klinikum, Salzdahlumer Straße."

„Okay, danke." Der junge Beamte nickte und verschwand durch die offene Tür. Sie wandte sich an ihren Kollegen. „Wie spät ist es?"

Tom sah auf seine Armbanduhr. „Fast zehn.... Willst du heute noch dahin?"

Verena schüttelte den Kopf. „Das bringt nichts. Ich glaube kaum, dass ich heute noch mit ihm sprechen kann."

„Ich auch nicht", pflichtete Tom ihr bei. „Was denkst du? Haben die beiden sich gegenseitig niedergestreckt? Engel hatte einen Schlüssel, vielleicht hat er sich mit dem Toten hier getroffen. Sie hatten Streit und Engel hat ihm eins übergezogen... Nein", der Kommissar schüttelte unzufrieden den Kopf. „Der Langhaarige hat Engel eins übergezogen aber nicht richtig getroffen. Engel hat sich gewehrt und den Langhaarigen mit derselben Waffe, nämlich diesem Notenständer, geschlagen, gleich mehrmals, um sicher zu gehen. Und dann wollte er fliehen. Aber mit seiner Verletzung ist er nicht weiter gekommen als bis zur Tür, bevor er ohnmächtig wurde. Und dabei hat er den Notenständer fallen lassen."

Er sah Verena herausfordernd an. „Klingt doch ganz plausibel, oder? Ich wette, an der Tatwaffe findet das KTI Blut von beiden Männern!"

„Wenn deine Theorie stimmt, müssten sie auch die Fingerabdrücke beider darauf finden. Weder Engel noch der Tote trugen Handschuhe. Jedenfalls nicht, als sie gefunden wurden." Verena knetete nachdenklich ihre Nasenwurzel.

„Mich beschäftigen aber noch zwei andere Dinge, Tom. Zum Beispiel, warum der Tote nichts bei sich hatte. Wer geht denn ohne alles aus dem Haus? Sogar ohne Hausschlüssel? Und bei Engel wurde das Zeug auch nicht gefunden."

„Ja, das ist in der Tat merkwürdig. Die Kriminaltechnik sollte auf jeden Fall alle Müllcontainer in der Nähe durchsuchen. Vielleicht hat der Mörder alles, was er nicht brauchen konnte, entsorgt. Und was ist das zweite Ding, das dich beschäftigt?" Tom wippte ungeduldig auf den Zehen.

„Wer hat Engel in die stabile Seitenlage gebracht?"

„Vermutlich der anonyme Anrufer", mutmaßte Tom.

„Ja, aber wie kam er dazu? Was hatte er hier drin zu suchen? Ohne Grund geht man doch nicht in ein dunkles Gebäude mit geschlossener Tür?"

„Vielleicht war es gar nicht dunkel. Oder die Tür war nicht geschlossen und er konnte ihn hören? Vielleicht hat Engel um Hilfe gerufen?"

Die Kommissarin schüttelte sinnierend den Kopf. „Und warum ist er nicht bei ihm geblieben bis der Notarzt kam? Warum hat er anonym angerufen und sich dann verdrückt?"

„Vielleicht ist er ja der Täter." Tom zuckte mit den Schultern. „Und sein Ziel war der Tote, warum auch immer. Und Engel... war nur zur falschen Zeit am falschen Ort."

„Du meinst, der anonyme Anrufer hatte selbst einen Schlüssel zur Probebühne? Oder der Tote? Hm..." Sie nickte gedankenvoll. „Das wäre auch möglich... Leider alles Spekulation. Warten wir also erst mal die Ergebnisse der Untersuchungen ab."

Tom nickte. „Wir werden versuchen, den Anruf zurückzuverfolgen, ich habe Malte schon eine SMS geschickt, dann kann er morgen früh gleich damit anfangen. Vielleicht kommen wir damit weiter." Er sah wieder auf seine Uhr. „Liegt noch was an für heute? Noch ist ein kleines bisschen vom Abend übrig. Wollen wir das nicht nutzen? Dein Mann würde sich sicher freuen. Oder hat er heute Abend Dienst?"

Verena grinste schuldbewusst. „Nein. Eigentlich wollten wir uns einen gemütlichen Pizza-Abend machen. Der Backofen war schon heiß…"

„Na, dann nichts wie weg hier!" Tom zwinkerte ihr zu. „Heute läuft doch sowieso nichts mehr. Und morgen früh haben wir sicher schon die ersten Ergebnisse!"

„Du hast Recht. Machen wir Schluss für heute." Sie traten hinaus in den kalten Regen. „Ich hoffe, eins der ersten Ergebnisse ist eine positive Identifizierung unseres Opfers!"

Tom drückte schon von weitem auf die Funkfernbedienung des Dienstwagens, der mit einem einladenden Blinken antwortete. „Vielleicht hat Engel ja gesehen, wer ihn niedergeschlagen hat."

„Ist er nicht von hinten getroffen worden?" Verena blieb neben dem Dienstwagen stehen. Dann zuckte sie mit den Schultern. „Nun ja, er könnte ihn ja vorher gesehen haben… Also, Gute Nacht, Tom. Und Morgen früh komme ich etwas später, ich fahre zuerst ins Krankenhaus."

„Kennen wir inzwischen unser Opfer?", fragte Verena sofort, als sie mit einer Tasse Kaffee in Toms Büro auftauchte. „Guten Morgen übrigens."

„Morgen. Nein, wir haben immer noch keine Identifizierung." Tom warf einen sehnsüchtigen Blick auf die Tasse seiner Chefin und unterdrückte ein Gähnen. Er war bereits seit halb sieben Uhr im Büro. Für ihn als notorischer Spätaufsteher war das eine besonders reife Leistung. Dann nahm er seine Brille ab und rieb sich die müden Augen. „Seine Fingerabdrücke sind nicht registriert. Und als vermisst hat ihn auch noch niemand gemeldet. Gehen wir an die Presse? Braunschweiger Zeitung?" Er setzte die Brille wieder auf.

Verena ließ sich auf einen der Stühle vor Toms Schreibtisch nieder und nippte an ihrem heißen Kaffee. „Haben wir denn schon Fotos?"

„Hier sind sie." Er schob einen DinA4-Umschlag in ihre Richtung. „Ich habe vorhin mit dem Theater telefoniert. Ehrlich gesagt, ich hatte nicht damit gerechnet, vor acht schon jemanden anzutreffen, aber Verwaltung ist offenbar Verwaltung", er grinste ironisch. „Also, dort hat man mir bestätigt, dass Jörg Engel bei ihnen angestellt ist. Und zwar als...", er blätterte in seinen Notizen und las das Wort umständlich ab, „Solorepetitor." Er sah sie stirnrunzelnd an. „Die Dame am Telefon sagte das so, als müsste jeder wissen, was das ist. Weißt du es?"

Verena machte eine vage Geste. „Ich kenne nur das Wort Korrepetitor. Und der sitzt am Klavier und sorgt bei Opernproben und dergleichen für die Musikbegleitung, wenn es noch nicht so weit gediehen ist, dass man das Orchester hinzuzieht. Ist Solorepetitor dasselbe?"

Tom nickte. „Ja. Und er hilft den Gesangssolisten, ihre Partien einzustudieren. Manche Korrepetitoren dirigieren auch. Das hat mir die nette Dame vom Theater erklärt, nachdem ich mich als unwissend geoutet habe", sagte er grinsend. „Und genau das macht dieser Engel. Proben und Dirigieren. Ich habe ihr dann mitgeteilt, dass er in der nächsten Zeit seinen Job nicht wird ausüben können. Und bei dieser Gelegenheit habe ich gleich nachgefragt, ob gestern Abend auf der Probebühne im Schimmelhof irgendetwas stattgefunden hat. Das konnte die Verwaltungs-Dame mir leider nicht sagen, aber ich warte auf einen Rückruf einer anderen Dame... Und wie lief es bei dir?"

Verena legte die Fotos beiseite. „Die gute Nachricht ist, Engel ist nicht in Lebensgefahr. Und die schlechte, er hat einen Schädelbasisbruch. Mit anderen Worten, er ist noch nicht ansprechbar, da sie ihn vorerst ruhig gestellt haben. Mit viel Glück heute Nachmittag. Aber der zuständige Arzt sagte, wir sollten uns darauf einstellen, dass er möglicherweise unter einer Bewusstseinstrübung leidet, wenn nicht sogar unter einer Amnesie. Er meldet sich, wenn Engel soweit ist."

Verena griff wieder nach den Fotos. „Auf dem Weg vom Klinikum hierher habe ich noch kurz bei Engels Wohnung vorbeigeschaut. Es hat niemand geöffnet. Im ganzen Haus übrigens nicht. Ich habe

Jens und Tekin gebeten, es heute Nachmittag nochmals zu versuchen. Dann haben sie hoffentlich mehr Erfolg." Sie wählte eins der Fotos aus und gab es Tom. „Die beiden sollen auch gleich das Bild unseres Opfers mitnehmen. Vielleicht kennt ihn irgendjemand oder weiß sogar, was er mit Engel zu tun hatte."

Tom nickte und stand auf. „Gut. Ich scanne es rasch ein."

„Ehe du verschwindest, hat sich das KTI schon gemeldet wegen der Fingerabdrücke auf dem Notenständer? Oder die Pathologie wegen der Obduktion? Und was ist mit dem anonymen Anrufer?"

Bevor Tom antworten konnte, klingelte sein Telefon. Er lächelte entschuldigend und nahm das Gespräch an.

„Aha...", sagte er nach einer Weile und kritzelte etwas in sein Notizbuch. „Interessant. Können Sie mir eine Liste der Leute mailen?" Er gab seine E-Mail Adresse an. „Danke.... Nein, der Tatort ist definitiv noch nicht wieder freigegeben.... Tut mir Leid, das weiß ich nicht genau. Man wird Sie sicher informieren." Dann horchte er alarmiert auf. „Oh, wann? Ja, danke. Gut, dass Sie uns Bescheid gegeben haben!" Er legte auf.

„Das war weder KTI noch Pathologie, nehme ich an?", fragte Verena lakonisch.

„Richtig geraten. Es war die Dame vom Theater. Heute ist für zehn Uhr im Schimmelhof eine Probe mit Chor und Solisten angesetzt. Die Leute konnten nicht mehr rechtzeitig benachrichtigt werden, nur den Leiter haben sie erreicht. Und der soll sie alle nach Hause schicken, wenn sie noch nicht wieder auf die Probebühne dürfen. Und das dürfen sie definitiv nicht." Er warf einen Blick auf die Uhr. „Komm, das schaffen wir locker!"

Verena stellte ihre fast volle Tasse mit einem Anflug von Bedauern auf Toms Schreibtisch und stand auf. „Gut, dann fahren wir hin. So bekommen wir auf einen Schlag einen großen Teil der Leute, mit denen Engel gearbeitet haben dürfte."

Sie ging in ihr Büro und nahm ihre Jacke vom Garderobenständer. „Und was war mit der Probebühne gestern Abend? Hat die Dame vom Theater dir das auch verraten?"

„Ja. Das und noch mehr. Du erlaubst doch, es wäre die reinste Verschwendung." Tom hob grinsend Verenas Tasse und nahm einen Schluck. „Zum Beispiel, dass in der gesamten letzten Woche immer dieselben Leute dort waren, es wurde nämlich nur eine einzige Oper im Schimmelhof geprobt. Außer Sonntag und Montag, also vorgestern und gestern. Da war die Probebühne den ganzen Tag lang nicht belegt. Oh, und gestern hatte Engel frei. Genau wie alle anderen Korrepetitoren, der Chor und die Sänger. Auf dem Spielplan stand Montagabend nämlich ein Schauspiel."

„Entschuldigen Sie, sind Sie der Chorleiter?", wandte sich Verena an den hoch gewachsenen Mann im langen Kamelhaarmantel. Um ihn herum standen ungefähr fünfzehn Männer und Frauen, vermutlich Mitglieder des Chores. Als er sich zu ihnen herumdrehte, verschlug es Verena beinahe den Atem. Vor ihr stand ein Mann, der bei jedem Schönheitswettbewerb mindestens unter die ersten Drei gekommen wäre. Es passte einfach alles. Und seine äußerst geschmackvolle und elegante Kleidung tat ihr Übriges.

Sie setzte rasch ein neutrales Lächeln auf. „Kriminalhauptkommissarin Verena Bertram", sie hielt ihre Dienstmarke hoch. „Mein Kollege Tom Manzani."

„Und mein Name ist Ingo Jankowski." Der Mann lächelte zuvorkommend. Seine Stimme war einschmeichelnd und angenehm. „Ich bin zwar nicht der Chorleiter – und lassen Sie das bloß nicht Herrn Bartholomäus hören, er ist Chor-*Direktor* – aber ich leite trotzdem diese Probe. Oder vielmehr, ich sollte sie leiten! Aber man hat mich informiert, dass die Polizei aus irgendeinem Grund die Probebühne gesperrt hat." Der wohlgeformte Mund verzog sich schmollend. „Vielleicht können Sie uns sagen, was hier los ist?"

Verena nickte. „Auf der Probebühne hat es gestern ein Gewaltverbrechen gegeben und unsere Leute sind immer noch beschäftigt. Aber je schneller wir dieses Verbrechen aufklären, desto eher können Sie dort wieder proben. Und vielleicht können Sie", dabei sah sie auch die umstehenden Männer und Frauen an, „uns bei der Aufklärung helfen. Bitte bleiben Sie noch einen Moment, mein Kollege nimmt Ihre Personalien auf. Herr Jankowski, ich weiß, das Wetter ist unangenehm, aber ich würde Ihnen gerne ein paar Fragen stellen. Falls es Ihnen jetzt nicht passt, können Sie später zu uns ins Kommissariat kommen."

„Nein, kein Problem." Jankowski strahlte sie an. „So lange wird es ja nicht dauern, nicht wahr? Der Polizei helfe ich doch immer gern!"

Verena warf ihm einen argwöhnischen Blick zu. Er war ihr ein bisschen zu jovial.

„Was für eine Stellung bekleiden Sie im Theater?"

„Ich bin Solorepetitor, Frau Kommissarin." Jankowski hatte die ersten beiden Silben besonders betont und lächelte jetzt gönnerhaft auf sie herab. „Ich kann Ihnen gerne erklären, was das ist."

„Danke, ich weiß, was ein Korrepetitor ist", entgegnete sie knapp, bewusst die andere Bezeichnung verwendend. Sie nahm das Foto des Opfers aus ihrer Umhängetasche. „Kennen Sie diesen Mann?"

Der Korrepetitor warf einen gleichgültigen Blick auf das Foto. „Nein, tut mir Leid, nie gesehen. Ist das das Opfer des ‚Gewaltverbrechens'?"

„Ja. Eins davon. Das andere dürften Sie allerdings kennen." Sie zog ein weiteres Foto hervor.

Jankowski zuckte merklich zusammen. Dann sah er sie entsetzt an. „Das ist doch Engel! Ist er...?"

Sie zeigte ihm wieder das erste Bild. „Könnte dieser Mann ebenfalls dem Theater angehören?"

Jankowski schüttelte den Kopf. „Nein, das glaube ich nicht. Dann würde ich ihn sicher kennen... Ist Engel tot?", fragte er drängend. Als er keine Antwort bekam, fuhr er mit irritierter Stimme fort, „Was hatte er überhaupt hier zu suchen? Die Probebühne war gestern definitiv nicht belegt! Er hätte gar nicht hier sein dürfen!"

Verena horchte auf. „Ah! Sie haben also den Belegungsplan so genau im Kopf? Auch was Ihre Kollegen anbelangt?"

Der Korrepetitor stutzte einen winzigen Augenblick und lächelte dann wieder dieses gönnerhafte Zahnpastalächeln. „Nein, natürlich nicht. Aber ich habe gestern extra auf den Plan gesehen. Wegen meiner eigenen Termine. Und ich erinnere mich genau, dass hier für Montag nichts eingetragen war."

„Was ist mit Engel? Könnte Ihr Kollege sich geirrt haben?"

Er lachte spöttisch auf. „Der und sich irren? Nein, ausgeschlossen! Der Mann war die Präzision selbst!" Er breitete mit einem affektierten Lächeln die behandschuhten Hände aus. „Aber vielleicht war er gerade deshalb hier, verstehen Sie?" Er beugte sich vertraulich zu ihr hinunter. „Gerade *weil* die Probebühne frei war!"

Es kostete Verena einige Mühe, nicht vor ihm zurückzuweichen. „Was könnte er hier gewollt haben?"

Jankowski schob seine Lippen vor. „Vielleicht hat er eine Sonderprobe mit einem der Solisten eingeschoben? Aber nein, das glaube ich nicht. Dafür gibt es besser geeignete Räume im Großen Haus." Dann sah er sie forschend an. „Stellt sich also die Frage, was Engel mit diesem Mann hier gemacht hat? Eine Arie hat er ihm bestimmt nicht beigebracht!" Jankowski lachte wie über einen gelungenen Scherz.

Verena stöhnte insgeheim. Dann fragte sie sachlich, „Sie meinen, die beiden hätten sich hier getroffen?"

„Na, liegt das nicht auf der Hand?" Der Korrepetitor strich sich verwundert durch seine brünette Haarpracht. „Wie soll der Mann denn sonst hier rein gekommen sein? Und Engel hatte ja einen Schlüssel!"

„Warum könnten sie sich getroffen haben? Haben Sie eine Idee?"

Er sah sie mit Erstaunen an und legte eine Hand auf seine Brust. „Warum sollte gerade *ich* eine Idee haben? Die einzige Idee, die ich von Engel habe, ist, dass er ein komischer Vogel war. Düster und schweigsam. Aber stille Wasser sind ja bekanntlich tief!" Er schob herausfordernd das männlich schöne Kinn hervor.

„Sie haben also kein sehr gutes Verhältnis zu ihrem Kollegen?", fragte Verena prompt.

Der Korrepetitor zuckte gleichgültig mit den Achseln. „Weder gut noch schlecht. Bei der Arbeit treffen wir Solorepetitoren selten aufeinander. Und privat hatten Engel und ich nichts miteinander zu tun."

„Aber Sie werden sich doch das eine oder andere Mal mit ihm unterhalten haben, so unter Kollegen?"

„Unterhalten!", schnaubte Jankowski zynisch. „Mit Engel ‚unterhielt' man sich nicht. Der sprach nämlich nur, wenn es um die Arbeit ging. Und eine normale Unterhaltung, wie normale Menschen sie pflegen, bezieht viele andere Bereiche mit ein. Über die er offenbar nicht mit uns reden wollte."

Er hielt einen Moment lang inne, als wäre ihm gerade ein verblüffender Gedanke gekommen. „Ich kann wirklich rein gar nichts über diesen Mann sagen! Ich habe keine Ahnung wie oder wo er gelebt hat. Und im Vertrauen gesagt", er beugte sich wieder verschwörerisch zu Verena herab, „das hat mich bisher auch nicht interessiert. Es gibt wahrlich unterhaltsamere Zeitgenossen als ihn." Dann blies er in seine Hände, die in hellen, dünnen Strickhandschuhen steckten.

„Also", fuhr er jetzt fort, „wenn Sie mehr über ihn wissen wollen, fragen Sie besser die Leute, die direkt mit ihm gearbeitet haben. Die Solisten und vielleicht den Chor." Er zeigte auf die Gruppe um Tom, die inzwischen etwas angewachsen war. „Na ja." Ein überhebliches Lächeln setzte sich auf seinem Gesicht fest. „Wenn sie es sich aussuchen könnten, würden sie die Zusammenarbeit mit mir vorziehen, das weiß ich."

Verena musterte ihn kühl. „Ach. Und warum?"

Er grinste herablassend. „Engel war ein Pedant. Und er machte Druck. Man hatte einfach keinen Spaß mit ihm."

„Oh, sieh an, Sie scheinen doch mehr über ihn zu wissen, als Sie eben zugeben wollten!" Verena sah ihn lauernd an.

Der Korrepetitor erstarrte für einen winzigen Augenblick. Aber unvermittelt war sein Zahnpastalächeln wieder da und er hob abwehrend die Hände. „Das haben Sie missverstanden. Ich weiß es von den Sängern, mit denen ich arbeite. Wie gesagt, fragen Sie die."

„Das werden wir tun, danke." Verena schob die Fotos wieder in ihre Tasche. „Würden Sie Herrn Engel einen Mord zutrauen?"

Jankowski öffnete perplex den Mund und senkte den Kopf. „Tja...." Dann strich er sich wieder durch die Haare. „Also, wie gesagt, ich kannte ihn kaum.

Aber...", fügte er bedächtig hinzu, „von welchem Menschen kann man so eine Frage schon mit Sicherheit beantworten?" Er hob langsam den Kopf, während er den letzten Satz sagte und musterte die Kommissarin durchdringend aus seinen stahlblauen Augen. Dann lächelte er so plötzlich, als hätte jemand einen Schalter umgelegt.

Verenas Nackenhaare stellten sich unwillkürlich auf und sie senkte irritiert den Blick. „Gut, noch eine letzte Sache, Herr Jankowski. Sie haben auch einen Schlüssel für die Probebühne, nicht wahr?"

Er sah sie pikiert an. „Natürlich. Wie alle Solorepetitoren und der Chordirektor.... Und noch ein paar andere. Wieso?"

„Wo waren Sie gestern Abend, so zwischen sieben und acht?"

„Bin ich etwa verdächtig?" Er blinzelte empört. „Nur weil ich einen Schlüssel habe?"

Verena lächelte verbindlich. „Wir werden selbstverständlich auch die anderen Schlüsselinhaber befragen. Bitte beantworten Sie meine Frage."

Er steckte seine Hände mit einer überheblichen Geste in die Manteltaschen. „Wenn es sein muss... Ich war zu Hause. Und bevor Sie fragen, ich habe keine Zeugen, denn ich lebe allein! War es das? Es ist saukalt hier draußen! Und falls Sie es nicht bemerkt haben sollten, es hat angefangen zu schneien! Bei Ihrem Job sind Sie das vielleicht gewohnt, aber ich bin es nicht. Und ich kann mir keine Erkältung leisten. Ich werde nämlich sehr viel zu tun bekommen, jetzt, da Engel tot ist–"

„Ist er nicht", fiel ihm Verena ins Wort.

Der wütend-arrogante Gesichtsausdruck gefror urplötzlich auf seinem Gesicht. Doch bereits eine Sekunde später erhellte ein erzwungenes Lächeln die erstarrte Miene. „Nicht? Nun ja, ich dachte... Es hatte sich so angehört." Er schlug jetzt seine Arme um den Körper und trat ungeduldig von einem Fuß auf den anderen.

Verena war Jankowskis Reaktion durchaus nicht entgangen. Zuerst das fehlende Bedauern über den vermeintlichen Tod seines Kollegen, und dann keinerlei Erleichterung, dass er doch lebte. Konnte Jankowskis seinen Kollegen so wenig leiden, dass er ihm sogar den Tod wünschte? Oder gab es andere Gründe...? „Hatten Sie Streit mit Engel?", hakte Verena nach.

„Nein!" Er schüttelte verärgert den Kopf. „Ich sagte Ihnen doch schon, wir hatten nichts miteinander zu tun!"

„Wann haben Sie ihn zuletzt gesehen?"

Jankowski blies irritiert die Backen auf. „Keine Ahnung! Ist schon ein, zwei Wochen her."

„Hätten Sie beruflich von seinem Tod profitiert?"

„Natürlich nicht!" Jankowski bohrte seine Hände wütend in die Manteltaschen. „Er ist Solorepetitor mit Dirigierverpflichtung. Und ich bin nicht scharf aufs Dirigieren, auch wenn das ja angeblich das Ziel eines jeden Korrepetitors ist. Meins ist es jedenfalls nicht, nie gewesen! Und selbst wenn es anders wäre", er richtete sich selbstgerecht vor Verena auf, „ich würde niemanden umbringen, um Karriere zu machen! Und den anderen Mann soll ich wohl auch noch

getötet haben, was? Den kenne ich nicht einmal!",
entrüstete er sich.

Inzwischen hatte sich Tom hinzugesellt und Jankowski sah ungnädig von einem Beamten zum anderen. „Sind wir endlich fertig? Es ist verdammt unge-
mütlich hier draußen!"

Verena nickte und Jankowski stapfte grimmig davon. Sie zog fröstelnd die Schultern hoch. Für April
war es wirklich viel zu kalt.

„Oh oh, Adonis ist sauer!", säuselte Tom spöttisch. „Was hast du mit ihm angestellt?"

„Ich habe es gewagt, nach seinem Alibi zu fragen.
Er hat keins." Verena sah dem hoch gewachsenen
Korrepetitor verdrießlich hinterher. „Ich gebe es offen zu, Tom, dieser Kerl ist mir unsympathisch. Aber
das macht ihn ja nicht automatisch zum Mörder."

Sie lutschte nachdenklich an ihrer Unterlippe.
„Andererseits hat auch er einen Schlüssel zur Probebühne. Und er scheint Engel nicht besonders zu mögen. Aber er hat es so aussehen lassen, als sei er nicht
allein mit dieser Meinung." Sie seufzte. „Und wenn er
auf Engel aus war, was hat unser Mordopfer mit der
Sache zu tun? Das kannte er angeblich nicht."

„Angeblich!", schnaubte Tom. „Und was ist, wenn
Adonis unser anonymer Anrufer ist?"

Verena bewegte abwägend den Kopf hin und her.
„Nein, das glaube ich nicht. Er dachte, Engel wäre
ebenfalls tot. Du hättest seine Reaktion sehen sollen,
als ich dieses Missverständnis aufgeklärt habe. Also,
Jankowski hätte Engel niemals in die stabile Seitenlage gebracht und obendrein einen Notarzt gerufen.
Auf mich machte er den Eindruck, dass ihm Engels

Ableben nicht ungelegen gekommen wäre. Warum auch immer."

„Was Berufliches?", fragte Tom. „Ging es eben am Schluss nicht darum? Ich habe gerade noch was von ‚Karriere' mitbekommen."

„Ja. Aber er hat es rigoros abgestritten. Und privat kannten sich die beiden auch nicht, wieder angeblich... Ach, ich weiß nicht, Tom. Wir müssen mehr über den Toten und Engel herausfinden, um ein brauchbares Motiv überhaupt erkennen zu können."

„Na gut, dann lass uns mit Engel anfangen und ein bisschen bei seinen Kollegen graben. Es wird doch überall getratscht. Und das Theater macht da sicher keine Ausnahme. Und wenn sich dabei herausstellt, dass die beiden Herren Korrepetitoren keinen Stress miteinander haben, können wir Jankowski vielleicht ad acta legen."

Tom rieb sich die bloßen Hände. „Die Chorsänger und die Solisten kannten den Toten übrigens auch nicht. Und über Engels Zustand haben sie mehrheitlich besorgt oder zumindest erschrocken reagiert." Er deutete auf die wenigen Theaterleute, die trotz der Kälte immer noch nicht gegangen waren. „Die vier Solosänger, die dabei waren, habe ich für heute Nachmittag vorgeladen, vorsichtshalber", Verena nickte beifällig, „Und dem Chor habe ich unsere Karten gegeben. Die sollen sich melden, wenn ihnen etwas einfällt. Das Übliche."

Verena rieb sich gedankenverloren über ihre Oberarme. „Wir müssen endlich herausfinden, wer der Tote ist", sagte sie schließlich mit Nachdruck. „Und was er mit Engel zu tun hatte." Sie sah Tom nachdenklich an. „Wir müssen irgendwie an Engels privates Umfeld herankommen."

„Ja, aber wie? Und vor allem, wer gehört dazu? Er ist jedenfalls ledig und lebt allein, diese Info bekam ich heute früh vom Einwohnermeldeamt."

Verena wandte sich um und ging in Richtung des Dienstwagens. „Wir können nur hoffen, dass Jens und Tekin etwas von den Nachbarn erfahren. Wenn er ein Eigenbrötler ist – und das ließ Jankowski zweifelsfrei anklingen – stecken wir in einer Sackgasse. Zumindest, bis er aufwacht."

Janas Herz klopfte bis zum Hals. Endlich kam er.

Sie ließ das Fenster ihres Mini herunter und wartete darauf, dass er sie sah und stehen blieb. Er aber ging mit langen Schritten und gesenktem Kopf zielstrebig auf seinen Wagen zu, ohne ihr kleines rotes Auto zu bemerken. „Ingo!", rief sie ihm empört hinterher.

Er blieb abrupt stehen und starrte sie verdattert an. „Komm zu mir ins Auto", forderte sie ihn nervös auf. „Bitte."

Er sah sich kurz um und stieg dann rasch ein. „Was soll das?", fragte er ungehalten. „Die anderen sind noch nicht weg. Und die Polizei ist auch noch da. Es könnte jederzeit jemand hier vorbeikommen!"

„Was wollte die Polizei von dir?"

Er zog unwillig die Stirn kraus. „Sie haben mir ein paar Fragen über Engel gestellt. Weil wir Kollegen sind. Weshalb fragst du?"

„Ich habe für heute Nachmittag eine Vorladung. Deshalb."

Er nickte besänftigt. „Wann?"

„Um halb drei." Sie knetete ihre Hände. „Wo warst du gestern Abend?", fragte sie unvermittelt. „Mein Mann musste noch mal weg. Und ich habe versucht, dich anzurufen. Du bist aber nicht ans Telefon gegangen!"

Ingos Augen wurden mit jedem ihrer Worte schmaler. „Ich war in der Badewanne", sagte er gereizt. „Ziemlich lange. Und ich habe dabei laute Musik gehört."

„Laute Musik! Denk dir was Besseres aus!" Sie sah ihn erbittert an. „Glaubst du, ich hätte nicht bemerkt, dass du dich rar machen willst? Jetzt, da ich schwanger bin? Möglicherweise sogar mit deinem Baby?" Ihre Lippen bebten vor Wut. „Hast du etwa schon eine andere?"

Ingo stöhnte entnervt. „Jana, bitte. Nein, ich habe keine andere. Was soll denn diese Szene? Was willst du von mir? Willst du deinen Mann etwa doch verlassen? Und zu mir kommen? In mein bescheidenes Leben? Ohne schönes, großes Haus und jede Menge Taschengeld zu deiner freien Verfügung? Ja? Willst du das? Ja?", ereiferte er sich.

Blut schoss ihr ins Gesicht und sie wandte sich brüsk ab „Sei nicht albern, Ingo. Wir wissen beide, dass ich das nicht will!" Sie stemmte herausfordernd die Hände in ihre Taille. "Aber ich will sicherstellen, dass du mich nicht einfach abservierst, nur weil ich schwanger bin!"

Ingo starrte sie verdutzt an. Schließlich breitete sich ein erleichtertes Lächeln auf seinem Gesicht aus. „Aber Schätzchen, wie kommst du denn auf so eine absurde Idee?" Er lachte laut auf und schüttelte den Kopf. Dann sah er sie amüsiert von oben bis unten an. „Komm mit zu mir, Jana, und ich beweise es dir!"

Sofia sah trostlos in ihre Tasse. Der Tee war kalt, ohne dass sie einen einzigen Schluck davon getrunken hatte. Ihre Hände hatten ihn automatisch zubereitet, damit sie beschäftigt waren. Seit gestern Nachmittag war sie rastlos. Auch bei der Arbeit war es ihr schwer gefallen, sich zu konzentrieren. Und im Nachtdienst konnte so etwas fatale Folgen haben. Sie hatte auch nach ihrer Schicht keine Ruhe gefunden. Es war schon vierzehn Uhr und sie hatte kaum geschlafen.

Sie fühlte sich erschöpft und gleichzeitig aufgewühlt.

Und zutiefst enttäuscht.

Sie hatte lange gewartet. So lange, dass sie schließlich aufgegeben hatte. Und so war sie an Leonidas geraten. Dessen Dialekt sie so sehr an ihren verstorbenen Mann erinnert hatte.

Aber außer seiner Aussprache hatte er nichts, das ihrem geliebten Jannis glich. Soviel hatte sie bereits nach wenigen Tagen erkannt. Und wie besitzergreifend Leonidas sein konnte, das hatte sie gestern Nachmittag erlebt.

Aber das war eine Sache. Und diese Sache war abgeschlossen. Von ihrer Seite jedenfalls.

Die andere Sache jedoch wog schwerer. Viel schwerer. Und sie wäre niemals passiert, wenn sie nur ein wenig länger gewartet hätte!

Der Schmerz bewegte sich dumpf zwischen Brustkorb und Magen hin und her. Und ihr wurde bewusst, wer es war, der Jannis ähnelte. Mit seiner stillen Bescheidenheit, seiner Großzügigkeit, seiner Güte.

Sie schüttete wie betäubt ihren Tee in den Ausguss. Was jedoch dieser gütige Mensch gestern Nachmittag zu ihr gesagt hatte, wollte sie am liebsten aus ihrem Gedächtnis streichen! Nie hätte sie etwas Derartiges von ihm erwartet. Etwas so... Ungeheuerliches, Vernichtendes.

„Mama?", Eleni steckte ihren Kopf zur Küche herein. „Hast du nicht gehört? Es hat geklingelt. Soll ich aufmachen?"

Sofia drehte sich rasch herum. „Auf gar keinen Fall! Geh in dein Zimmer."

Eleni starrte sie unsicher an. „Aber es könnte doch–"

„Genau deshalb! Geh!" Sie scheuchte den Teenager unnachgiebig aus der Küche und wartete, bis Eleni ihre Zimmertür hinter sich geschlossen hatte. Dann erst öffnete sie die Wohnungstür.

Vor ihr standen zwei Männer, die sie noch nie gesehen hatte. Beide in Jeans und dunklen Anoraks. Der eine lang und blond, der andere kompakter und dunkel.

„Frau Papadopoulu?", fragte der schlaksige Blonde. Als sie verwirrt nickte, stellte er sich selbst als

Kriminalkommissar Jens Schröter und seinen dunklen Begleiter als Kriminalkommissar Tekin Gül vor.

Sie sah die beiden Männer verständnislos an. „Kriminalpolizei? Ist etwas passiert?"

„Es geht um Ihren Nachbarn von gegenüber." Der Beamte, der sich mit Schröter vorgestellt hatte, zeigte mit dem Daumen auf die Wohnungstür hinter seinem Rücken. „Er ist einem Verbrechen zum Opfer gefallen."

„Was?", flüsterte sie tonlos. „Was für ein Verbrechen?"

„Wissen Sie, ob Ihr Nachbar vielleicht Familienangehörige hat?", fuhr der blonde Beamte fort, ohne ihre Frage zu beantworten. „Oder eine Freundin?"

Sie starrte ihn verstört an. „Nein", antwortete sie leise.

„Wie gut kannten Sie ihn denn?"

Sie senkte rasch den Kopf. „Kaum", sagte sie knapp. „Wir haben uns gelegentlich im Treppenhaus getroffen. Was ist denn passiert?"

Der Beamte mit dem türkischen Namen holte jetzt ein Foto heraus und gab es ihr. „Haben Sie diesen Mann schon mal gesehen?"

Lange schwarze Haare, ein bleiches Gesicht, geschlossene Augen. Sie spürte, wie alles Blut aus ihrem Gesicht wich. Sie beugte sich tiefer über das Bild und schüttelte stumm den Kopf.

„Sind Sie sicher?", fragte der dunkle Beamte eindringlich. „Auch nicht zusammen mit Herrn Engel?"

„Zusammen?" Sie unterdrückte den Impuls, ihren Kopf zu heben und starrte weiter auf das Foto. „Wieso zusammen?"

„Weil beide am selben Ort gefunden wurden", entgegnete er. „Den Spuren nach hat es einen heftigen Kampf gegeben."

„Ja. Und dieser hier hat ihn nicht überlebt." Der lange schmale Finger des blonden Beamten schoss in ihr Blickfeld und tippte mit Nachdruck auf das Foto.

Ein heiserer Schrei ließ Sofia herumfahren. Ihre Tochter stand plötzlich hinter ihr und starrte auf das Foto in ihrer Hand. „Eleni, was tust du hier?", zischte sie auf Griechisch und presste das Bild an ihren Leib. „Geh zurück in dein Zimmer! Sofort!"

„Aber Mama!", protestierte das Mädchen. Ihr bestürzter Blick huschte zwischen der Rückseite des Fotos und dem erzürnten Gesicht ihrer Mutter hin und her, doch Sofias resolute Geste genügte und sie trollte sich.

„Ihre Tochter?", fragte der Dunkle.

„Ja, sie ist sechzehn", antwortete Sofia mechanisch. „Ein Kind in diesem Alter sollte… sollte so etwas nicht sehen müssen." Sie gab das Bild zurück. „Hierbei kann ich Ihnen nicht helfen. Tut mir Leid."

„Mama!" Eleni sah ihre Mutter flehend an. „Du musst es ihnen sagen!"

Sofia lächelte traurig und strich ihrer Tochter eine dunkle Locke aus dem Gesicht. Dann schüttelte sie langsam den Kopf. „Nein, mein Kind. Das werde ich nicht tun."

„Wen haben wir denn zuerst?", Verena sah auf den Zettel, den Tom ihr hingelegt hatte. „Aha. Harlan Quinn. Tenor. Du hast keine Zeiten dazugeschrieben."

„Er kommt um vierzehn Uhr. Also...", Tom sah auf seine Armbanduhr, „gleich." Er zeigte Verena einen Computerausdruck. „Das sind übrigens die restlichen Sänger, die bei dieser Oper mitwirken und die auch alle im Schimmelhof waren. Irgendwann in der letzten Woche. Erstaunlich, erstaunlich... Da ist nur noch eine weitere Frau dabei, sonst alles Männer. Und sogar zwei Schauspieler."

„Wie heißt denn die Oper?"

„Moment... ‚Entführung aus dem Serail'. Ist von dem Kerl mit den leckeren Kugeln!" Er grinste spitzbübisch.

Verena lachte. „Ich weiß, von Mozart! Ich war mal als Statistin—"

In diesem Moment klopfte es an den Türrahmen und ein hellblonder Mann steckte neugierig seinen Kopf in Verenas Büro. „Ähm... guten Tag... bin ich hier richtig?", fragte er mit unüberhörbarem amerikanischem Akzent. Er blinzelte nervös durch seine rotumrandete Brille. Als er Tom erkannte, lächelte er erleichtert. „Ah, der Kommissar von heute Morgen. Dann muss ich hier richtig sein."

Verena stand auf. „Sie sind vermutlich Harlan Quinn? Hat unsere Praktikantin Ihnen den Weg nicht gezeigt? Nun ja, sie ist erst seit gestern da", sagte sie entschuldigend und lächelte ihm entgegen. „Kommen Sie doch bitte rein. Ich bin Verena Bertram. Herrn Manzani kennen Sie ja schon. Setzen Sie sich doch bitte." Sie deutete auf den freien Stuhl vor ihrem

Schreibtisch. Tom rollte einen anderen Stuhl auf Verenas Seite des Tisches.

Quinn nahm gutmütig lächelnd Platz. „Und Sie sind vermutlich Hellseherin? Oder war es am Ende nur mein Akzent?"

Verena schmunzelte. „Wenn ich hellseherische Fähigkeiten hätte, Herr Quinn, wäre dieser Fall bestimmt schon abgeschlossen."

Der Sänger zog seine Jacke aus und hängte sie über die Stuhllehne. „Wie kann ich Ihnen denn dabei helfen?"

„Zunächst einmal vielen Dank, dass Sie gekommen sind." Verena faltete ihre Hände auf dem Schreibtisch. „Wir möchten Ihnen einige Fragen über Herrn Engel stellen. Kennen Sie ihn gut?"

Quinn hob die Schultern. „Nun ja, ich bin seit drei *Seasons* in Braunschweig... Und ich habe schon oft mit ihm gearbeitet. Aber ich glaube nicht, dass ich ihn gut kenne. Ich kann nur etwas über die Arbeit mit ihm erzählen." Er hielt für einen Augenblick inne und seufzte. „*My goodness*, ich hoffe, es geht ihm bald wieder gut." Dann sah er sie entschuldigend an. „Interessiert Sie denn meine Arbeit mit ihm?"

Verena nickte lebhaft. „Uns interessiert alles, was mit ihm zu tun hat."

Der Sänger sammelte sich kurz. „*Well*... Er ist schon ziemlich lange im Haus. Mittlerweile ist er unkündbar, soweit ich weiß. Er hat eigentlich Dirigieren studiert, das hat er mal gesagt. Aber viele Dirigenten und Pianisten werden erst mal Korrepetitor. Manche sind frustriert deshalb, aber er hat diesen Job geliebt."

Quinn beugte sich eifrig vor. „Er hat ein sehr großes Wissen über alle Partien, alle Opern, Operetten, Musicals aus den verschiedenen Epochen. Ein Wissen, das er über all die vielen Jahre angesammelt hat. Und er nutzt dieses Wissen sehr gut, um uns zu helfen. Es gibt sehr schwierige Partien, mit denen man selten zu tun hat, weil die Opern nur selten gespielt werden. Zum Beispiel ‚Belshazar' von Volker David Kirchner, eine zeitgenössische Oper. Ich habe vor eineinhalb Jahren die Titelpartie gesungen."

Er nickte bedächtig, als er sich daran erinnerte. „Schwierige Partie, hat mich viel Arbeit gekostet... Aber Engel hat mich unglaublich gut unterstützt, indem er Vergleiche mit anderen, mir bekannten Partien angeführt hat."

Er sann einen Augenblick lang nach. „Er arbeitet auch sehr gut an den Texten, sowohl inhaltlich als auch... Bei mir zum Beispiel feilt er sehr an der Aussprache." Er lächelte versonnen. „Und er singt sehr schön."

„Er singt?", fragte Tom erstaunt.

„Ja. Er singt vor. Das tun eigentlich alle Korrepetitoren. Aber nicht jeder kann es so gut wie Engel. Zum Beispiel Ingo. Ingo Jankowski. Der hat eine lausige Singstimme. Seine Intonation ist zwar richtig, wäre auch schrecklich, wenn nicht, aber es klingt miserabel."

Verena griff das Thema Jankowski dankbar auf. „Ich habe gehört, dass Ihre Sänger-Kollegen lieber mit Jankowski als mit Engel arbeiten. Stimmt das?"

Quinn nickte zögernd. „*Well*... ja. Es stimmt, bei vielen jedenfalls. Engel ist ziemlich streng. Und sehr konservativ, er besteht zum Beispiel darauf, dass wir ‚Sie' und ‚Herr Engel' sagen. Und er verlangt sehr viel Disziplin... Ich muss zugeben, dass Ingo für Komplettproben, also wenn man zusammen mit Solosängern und Chor ganze Szenen probiert, besser geeignet ist als Engel. Ingo ist viel lockerer und kann die Anspannung, die sich bei häufigen Wiederholungen automatisch aufbaut, viel besser abbauen, weil er öfter mal einen Witz macht. Er macht einen Fehler zu etwas lustigem, wobei er sich allerdings oft auf Kosten der Verursacher lustig macht."

Er machte eine wegwerfende Geste. „Ein bisschen wie ein *Comedian*. Engel dagegen macht einfach seine Arbeit Und das ist eben anstrengend. Er macht selten Komplettproben, dafür dirigiert er. Einzelproben mit uns Sängern machen alle Korrepetitoren, wobei Engels Einzelproben wesentlich effektiver sind als Ingos. Aber nur halb so... lustig." Er lachte verlegen. „Nein. Eigentlich überhaupt nicht lustig. Nur effektiv. Und dadurch sehr befriedigend. Finde ich."

„Ihre Kollegen arbeiten lieber mit Jankowski, weil er lustiger ist? Auch wenn sie dann länger an ihren Partien sitzen müssen?" Verena zog ungläubig die Augenbrauen hoch.

Quinn zuckte entschuldigend die Achseln. „Offenbar. Allerdings wir können es uns nicht aussuchen. Der Studienleiter – das ist der oberste Korrepetitor – teilt uns ein. Wir können zwar darum bitten, etwas zu ändern, aber..." Er winkte ab. Dann lächelte er vielsagend. „Es ist klar, dass die Frauen Ingo lieben."

Tom lehnte sich spöttisch vor. „Und er liebt die Frauen, was?"

Der Sänger nickte. „Oh ja. Aber fragen Sie mich bitte nicht nach Details."

„Kennen Sie denn Details?" Tom sah ihn neugierig an.

Quinn zog unbehaglich die Schultern hoch. „Ingo ist äußerst diskret. Ich möchte ungern tratschen."

Verena schaltete sich ein. „Das ehrt Sie wirklich, Herr Quinn. Aber in einer Mordermittlung können wir uns Ihr Taktgefühl leider nicht leisten. Sagen Sie uns bitte, was Sie wissen."

„Okay." Quinn faltet ergeben die Hände. „Ich habe ihn mehrmals zusammen mit Jana Kiep gesehen." Er sah Verena an. „Das ist die blonde Sopranistin, die heute Morgen auch da war... Aber nicht, dass Sie denken, ich hätte die beiden in... wie sagt man? In *flagranti* erwischt."

„Sondern?"

„Sie haben getuschelt und wenn man näher kam, plötzlich laut über die Arbeit gesprochen. Oder heute Vormittag, nach der ausgefallenen Probe... Jana war schon gegangen, als Sie noch mit Ingo gesprochen haben. Als ich nach einer kurzen Weile selbst ging, saß sie in ihrem Wagen, und der stand nur ein paar Plätze von Ingos Audi entfernt. Auf wen hat sie dort wohl gewartet?"

Er hob beide Hände. „Aber was da genau läuft, weiß ich natürlich nicht. Ingo ist seit drei *Seasons* hier, wie ich. Für Jana ist es die zweite. Und in seiner ersten *Season* hatte er angeblich etwas mit mehreren Damen vom Chor. Aber bemerkt habe ich damals nichts."

„Danke für Ihre Offenheit, Herr Quinn." Verena sah stirnrunzelnd auf ihre Notizen, die sie nebenbei gemacht hatte. „Ich möchte noch einmal auf das Verhältnis zwischen Engel und Jankowski zurückkommen. Gab es so etwas wie einen Konkurrenzkampf zwischen den beiden?"

„Hm." Quinn runzelte kopfschüttelnd die Stirn. „Nicht von Engels Seite. Er macht seine Arbeit, die er sehr gern hat. Ich denke, er geht vollkommen darin auf." Ein warmes Lächeln huschte über sein Gesicht. „Er liebt die Musik, auch abseits von Oper und Operette. Beethoven. Bach. Schumann... Ich habe es gesehen und gehört. Er ist wirklich ein guter Pianist. Und was ein Mann wie Ingo Jankowski von ihm hält, ist ihm sicher völlig egal."

Verena nickte nachdenklich. „Und Jankowski? Sieht er Engel als Konkurrenz?"

„Ihn und jeden anderen Korrepetitor", entgegnete Quinn mit einem schiefen Grinsen. „Aber ihm geht es nicht um die Arbeit selbst, sondern um die Gunst der Sänger – und besonders der Sängerinnen. Und da liegt er definitiv vorn. Vor allen anderen!"

„Also", ließ Tom sich vernehmen, „dann ist Jankowski wohl kaum auf Engels Job aus?"

Quinns Augen weiteten sich vor Erstaunen. „Glauben Sie, Ingo war das? Dieser Überfall auf Engel? Wegen Engels Job? Aber was ist dann mit dem toten Mann? Wer ist er überhaupt? Und wer hat ihn umgebracht? Ingo? Oder Engel? Oder jemand anders?"

„Diese Fragen stellen wir uns zurzeit auch." Verena hob vage die Schultern. „Im Moment sammeln wir alle Informationen, die wir bekommen können und fragen in alle möglichen Richtungen. Messen Sie diesen Richtungen nicht allzu viel Bedeutung bei, Herr Quinn. Wir müssen einfach alles, was sich anbietet, abhaken. Also, wollte Jankowski Engels Job?"

Quinn nahm seine Brille ab und putzte sie mechanisch am Sweatshirt. „Ich kann es mir nicht vorstellen", sagte er schließlich und setzte die Brille wieder auf. „Ich weiß nicht einmal, ob das formal überhaupt möglich wäre. Ingo hat nicht Dirigieren studiert. Er ist Pianist. Und wenn es doch ginge, glaube ich es eigentlich nicht. Mein Eindruck ist, dass Ingo ganz zufrieden ist. Mit Engels Job hätte er weniger Korrepetitionsstunden, in denen er seine Popularität weiter ausbauen und genießen könnte. Und natürlich weniger freie Abende, weil er ja am Dirigentenpult stehen müsste."

„Aber sicher mehr Geld, oder?"

„Frau Bertram?" Die Praktikantin stand schüchtern in der Tür. „Frau Jana Kiep ist jetzt da." Sie trat etwas unbeholfen zur Seite und ließ die Sängerin eintreten.

„Danke, Sylvia. Mach bitte die Tür zu, ja?" Verena erhob sich und reichte der blonden, zierlichen Frau die Hand. Sie war eiskalt. „Guten Tag, Frau Kiep. Mein Name ist Verena Bertram", stellte sie sich vor. „Meinen Kollegen Tom Manzani kennen Sie ja bereits. Bitte setzen Sie sich. Kann ich Ihnen einen Kaffee anbieten?"

Frau Kiep schüttelte nur angespannt den Kopf und nahm Platz, ohne ihre cremefarbene Nappalederjacke auszuziehen. „Was wollen Sie denn von mir? Ich kann nicht mehr dazu sagen, als heute Vormittag." Ihre Augen wanderten argwöhnisch zwischen den beiden Kommissaren hin und her.

„Ich nehme an, Sie bleiben dabei, den Toten nicht zu kennen?", fragte Verena beiläufig.

„Natürlich! Ich kenne ihn ja auch nicht!"

„Gut, ich wollte das nur noch einmal offiziell feststellen. Wir möchten Ihnen jetzt ein paar Fragen zu Herrn Engel stellen. Wann haben Sie das letzte Mal mit ihm gearbeitet?"

Frau Kiep zog konsterniert die Augenbrauen hoch. „Das ist schon Monate her. Worauf wollen Sie denn hinaus?"

Verena lächelte beschwichtigend. „Ich möchte nur wissen, ob Ihnen etwas Ungewöhnliches an ihm aufgefallen ist, in letzter Zeit. Weiter nichts."

Die Sängerin zuckte gleichgültig mit den Schultern. „Das letzte Mal, dass ich ihn gesehen habe, ist mehr als eine Woche her. Er hat Ostersamstag ‚Wiener Blut' dirigiert. Ich stand oben auf der Bühne und er unten im Graben hinter dem Dirigentenpult. Und ich kann nicht sagen, dass mir etwas an ihm aufgefallen ist. Er hat dirigiert wie immer."

„Und Einzelproben hatten Sie nicht mit ihm?"

Sie schüttelte den Kopf. „Wie gesagt, seit längerem nicht. Ich habe mit Ralph Bär und Ingo Jankowski gearbeitet. Vielleicht fragen Sie einfach Harlan Quinn. Der hat gerade den Belmonte mit Engel einstudiert.

Aus ‚Entführung'. Das ist die Oper, für die wir heute Morgen proben wollten."

Verena nickte. „Frau Kiep, soweit ich verstanden habe, können Sie sich nicht aussuchen, mit welchem Korrepetitor Sie arbeiten?"

Sie errötete und kniff misstrauisch die Augen zusammen. „Richtig, wir werden vom Studienleiter eingeteilt. Wieso fragen Sie das?"

„Wir haben gehört, dass Herr Jankowski von den Sängern bevorzugt wird. Stimmt das?"

Sie zuckte betont desinteressiert die Schultern. „Da müssen Sie die anderen Sänger schon selbst fragen."

„Und was ist mit Ihnen?", preschte Tom dazwischen.

Frau Kiep sah ihn säuerlich an. „Was soll sein? Ich arbeite gerade mit Herrn Jankowski. Ich studiere die Konstanze mit ihm ein. Und ja, ich bevorzuge ihn gegenüber Engel! Wollen Sie mir daraus einen Strick drehen?" Sie lehnte sich echauffiert vor. „Was hat denn das mit diesem Überfall und dem Mord zu tun?"

Verena hob beruhigend beide Hände. „Niemand will Ihnen hier einen Strick drehen, Frau Kiep." Sie warf Tom einen warnenden Blick zu. „Wir versuchen lediglich, etwas mehr über Herrn Engel herauszufinden. Vielleicht können Sie uns ja sagen, weshalb Sie nicht so gerne mit ihm arbeiten? Sie haben doch schon mit ihm zusammengearbeitet, oder?"

Frau Kiep ließ sich gegen die Lehne sinken. Dann verzog sie missfällig das Gesicht. „Allerdings, das habe ich. Die Arbeit mit ihm war eine Zumutung. Er ist engstirnig und pedantisch. Verstehen Sie, ich singe die Hauptpartie in ‚Entführung', die ist ziemlich anspruchsvoll. Und ich hatte auch schon andere Hauptpartien, hier und an anderen Häusern. Hätte man mich so besetzt, wenn ich nichts könnte? Aber Engel hat ständig an mir herumgenörgelt. Ich habe mich wie ein kleines Schulmädchen gefühlt, das zum Nachsitzen antreten musste. Und so etwas habe ich wirklich nicht nötig!"

„Puh!", machte Tom und nahm dankbar zwei Tassen Kaffee von der zaghaft lächelnden Praktikantin entgegen, während seine Chefin tief durchatmend am weit geöffneten Fenster ihres Büros stand. „Jetzt haben wir uns aber eine Pause verdient. Vier Vernehmungen direkt hintereinander! Glaubst du wirklich, dass die Kiep was mit dem Jankowski hat? Wenn ja, hat sie es aber gut kaschiert."

Verena schloss das Fenster. „Und wenn, es hat nichts mit unserem Fall zu tun und bringt uns keinen Zentimeter weiter, oder?" Sie ließ sich auf ihren Schreibtischstuhl fallen.

Tom schüttelte deprimiert den Kopf. „Vermutlich nicht. Es sei denn, Engel wäre auch scharf auf die Kiep, und Jankowski hätte seinem Kollegen aus Eifersucht eins übergezogen." Er winkte zynisch ab. „Aber nachdem, was die Kiep über Engel gesagt hat, ist das ziemlich unwahrscheinlich."

„So ist es. Und ich wiederhole mich ungern, aber welche Rolle würde unser Mordopfer in deinem Eifersuchtsdrama spielen?" Verena seufzte. „Haben wir schon eine Liste der anderen Schlüsselinhaber? Die müssen wir nach ihren Alibis befragen."

Tom nickte. „Ist vorhin per Fax gekommen. Liegt bei mir, ich hole sie." Er kam mit einem Blatt Papier zurück. „Kam gerade durch, als ich für den Borkowski Kaffee geholt habe... Mann, hatte der ein dröhnendes Organ! Warum müssen manche Sänger immer den *Sänger* heraushängen lassen? Quinn konnte doch auch normal sprechen! Bis auf seinen Akzent." Tom setzte sich vor den Schreibtisch seiner Chefin und zwinkerte scherzhaft. „Vielleicht liegt es daran, dass er Ami ist? Andere Stimmbänder?"

Verena zog den Zettel zu sich hinüber und lachte leise. „Bestimmt nicht. Ich habe gehört, so zu sprechen, soll die Stimme schonen. Und bei Borkowski hat es so gedröhnt, weil er Bass singt. Quinn ist Tenor. Und der Krüger auch." Sie räkelte sich auf ihrem Stuhl und gähnte ausgiebig.

In diesem Moment steckte Jens seinen blonden Wuschelkopf ins Zimmer. „Oh, ihr seid fertig!" Er grinste anzüglich, als er Verena gähnen sah. „Ich hoffe, noch nicht *so* fertig?" Er drehte sich um und rief in den Flur, „Tekin, kommst du?"

Verena nahm noch einen Schluck Kaffee und sah ihre beiden Kollegen beschwörend an. „Sagt mir bitte, dass ihr eine positive Identifikation unseres Mordopfers mitbringt!"

Tekin schüttelte bedauernd den Kopf und biss in seinen Apfel. „Nein. Aber dazu kommen wir gleich."

Verena seufzte. „Okay... dann legt mal los."

Jens ließ sich mit einer Gesäßhälfte auf Verenas Tischkante nieder. „Wir waren zuerst bei den Nachbarn, die in der Wohnung gegenüber von Engel wohnen. Davon hatten wir uns am meisten versprochen. Eine griechische Familie. Oder vielmehr, Mutter und Tochter, mit Namen Papadopoulu. Die beiden hatten *angeblich* kaum Kontakt zu Engel."

„Angeblich?" Tom zog argwöhnisch die Stirn kraus.

„Ja. Denn wir wissen inzwischen, dass die gute Frau gelogen hat." Tekin warf seinen Apfelrest gekonnt in den Papierkorb und wischte die Hände an seiner Jeans ab.

„Genau", setzte Jens fort. „Die beiden Mietparteien in der Etage darüber wohnen schon ziemlich lange in diesem Haus. Beinahe so lange wie Familie Engel."

„Familie?" Verena musterte Jens überrascht. „Ich dachte, er wäre nicht verheiratet?"

„Ist er auch nicht", ergriff Tekin wieder das Wort. „Mit Familie ist seine Mutter gemeint. Aber die alte Dame ist im letzten Herbst gestorben."

„Aha. Und weiter?"

„Diese Mieter", Jens sah in seine Notizen, „Herr und Frau Mühe und Frau Schindler, haben ausgesagt, dass die Tochter Papadopoulu Klavierunterricht bei Engel hätte! Also hat die griechische Mama gelogen! Und auch sonst hat sie sich äußerst merkwürdig verhalten. Nicht wahr, Tekin?"

„Allerdings!", bestätigte der türkische Kollege. „Ihre Reaktion auf das Foto des Toten war ziemlich auffällig. Wir sind sicher, dass sie ihn erkannt hat, obwohl sie das Gegenteil behauptete. Und die Tochter hat ihn vermutlich auch erkannt. Sie ist plötzlich während unserer Vernehmung aufgetaucht. Leider konnten wir sie nicht befragen."

„Ja leider! Denn Mama Papadopoulu hat ihre Tochter ordentlich zusammengestaucht, und dann aus dem Flur verscheucht. Angeblich, weil ein Kind ihres Alters kein Bild eines toten Mannes sehen sollte... Wer das glaubt!" Jens verzog sarkastisch das Gesicht. „Wenn du mich fragst, sie sollte dieses Bild nicht sehen, weil sie den Mann darauf gekannt hat!"

Verena legte die Stirn in nachdenkliche Falten. „Möglich. Wie alt ist denn das Mädchen?"

„Sechzehn!" Jens schüttelte zynisch den Kopf. „Da ist man doch heutzutage kein Kind mehr!"

Tekin sah ihn abwägend an. „Na ja. Das kommt auf die Kultur an, Jens. Ich weiß nicht, wie das bei den Griechen ist...."

„Hast du ihr das etwa abgenommen, Tekin?" Jens schüttelte vorwurfsvoll den Kopf. „Nein, ich bin mir sicher, die Tochter weiß was... Aber weiter im Text."

Er sah in seine Notizen. „Die anderen Mieter wohnen alle seit höchstens fünf Jahren in diesem Haus, die beiden Studentenpärchen oben im Dach seit weniger als einem Jahr. Ein Ehepaar ist gerade für drei Wochen verreist, die konnten wir nicht befragen. Sonst haben wie alle erwischt."

Er schloss sein Notizbuch. „Und all diese Leute wussten nur, dass Engel schon sehr lange in diesem Haus wohnt. Manche haben gelegentlich Klaviermusik aus seiner Wohnung gehört und andere wussten sogar, dass er im Theater arbeitet. Aber keiner von denen hat je das Mordopfer gesehen. Weder in diesem Haus, noch draußen, weder allein, noch mit Engel oder mit irgendjemand anderem zusammen." Jens sah zu seinem Kollegen hinüber. „Habe ich noch was vergessen, Tekin?"

Der Türke nickte. „Ja, ist aber nur eine Ergänzung. Mutter und Tochter Papadopoulu wohnen schon in diesem Haus, seit Eleni – das ist die Tochter – acht oder neun Jahre alt war. Und laut Frau Schindler, die über Engel wohnt, hatte das Mädchen schon von Anfang an bei Engel Klavierunterricht."

„Tja, und nach diesem neuen Erkenntnisstand haben wir natürlich noch einmal bei Frau Sofia Papadopoulu geklingelt", fügte Jens hinzu. „Sie hat aber nicht mehr auf gemacht. Und Töchterchen Eleni natürlich auch nicht."

„Okay, Jungs. Ich danke euch. Und hier ist schon eine neue Aufgabe." Sie gab Jens das Fax, das Tom vorhin vom Theater bekommen hatte. „Das sind die Namen aller Personen, die einen Schlüssel zur Probebühne im Schimmelhof haben. Fragt sie, wo sie am Montagabend zwischen sieben und acht gewesen sind."

Verenas Telefon klingelte.

„Ja, was gibt es?" Sie klemmte den Hörer zwischen Schulter und Ohr und griff nach ihrem Notizblock. „Okay, schieß los..." Sie ließ einen verblüfften Ton hören und machte sich eine Notiz. „Alles klar, danke!"

„Was ist klar?" Tom lehnte im Türrahmen. Er hob triumphierend zwei Mappen hoch. „Das ist gerade mit einem Kurier gekommen. Gesammelte Ergebnisse aus dem Kriminaltechnischen Institut!"

„Wird auch langsam Zeit, es ist schon fast sieben!" Sie streckte ihre Hand nach den Mappen aus.

Er grinste. „Du zuerst!"

Verena warf ihm einen scheelen Blick zu. „Okay, bei mir geht es vermutlich sowieso schneller. Malte hat gerade angerufen. Er hat endlich den anonymen Anruf zurückverfolgen können." Sie verzog unheilvoll das Gesicht. „Er stammte von Engels Handy!"

Tom stöhnte. „Na ja. Soviel zur Identifizierung des Anrufers! Aber warte mal.... Über das Handy stand hier auch was drin." Er blätterte in einer der beiden Mappen.

„Das Handy", fuhr Verena fort, „wurde seit diesem Anruf nicht mehr benutzt. In Anbetracht dessen, dass es bei Engel gefunden wurde, ist das nicht verwunderlich."

„Aber das hier schon!" Tom fixierte eine Textpassage. „Hier steht, dass sowohl Akku als auch SIM-Karte aus Engels Handy entfernt wurden!" Er sah sie konsterniert an. „Warum sollte ein anonymer Anrufer so etwas tun? Was hat er davon, Engels Handy zu sabotieren? Es sei denn, er war das gar nicht, sondern jemand anders... Aber wer?" Er raufte sich die Haare. „Das macht doch alles keinen Sinn! Gibt es wenigstens Fingerabdrücke?"

Verena hatte sich bereits in den entsprechenden Bericht vertieft. „Hier steht, dass das Handy abgewischt wurde. Aber einen Teilabdruck haben sie trotzdem sichergestellt, der allerdings noch nicht

234

identifiziert werden konnte." Sie sah auf. „Jedenfalls ist er nicht von Engel."

Tom zog sich einen der Besucherstühle heran und setzte sich. „Dann stammt er vielleicht vom anonymen Anrufer. Oder?"

„Hm", Verena hatte weitergeblättert und las konzentriert. „Beide Kopfverletzungen passen zum Notenständer. Das hatten wir ja schon vermutet. Die Blutanalyse dauert noch an, klar.... Na so was!", stieß sie verdutzt aus.

„Was denn?"

„Der Notenständer! Es gibt Fingerabdrücke von Engel–"

„Ha! Habe ich doch gesagt!", freute sich Tom.

„Nicht so schnell!", wehrte sie ab. „So einfach ist es nicht! Die Fingerabdrücke sind offenbar an der falschen Stelle."

„Falsche Stelle? Was meinst du damit?" Tom reckte seinen Hals, um einen Blick auf die Skizze zu erhaschen, die dem Bereicht beigefügt war.

Verena schob die Mappe zu ihm hinüber. „Sieh selbst! So wie Engels Fingerabdrücke darauf sind, kann er den Notenständer unmöglich gehalten haben, um mit der blutigen Stelle jemanden zu treffen. Verstehst du?"

Tom pfiff durch die Zähne. „Man hat ihm den Notenständer hinterher in die Hand gedrückt?"

„Das wäre eine Erklärung dafür... Und nun sieh mal das Grüne in der Skizze: An der Stelle, an der man den Notenständer zum Schlag hätte anfassen müssen, haben sie auch etwas gefunden. Lies, was da steht!"

Tom kniff die Augen zusammen, um die winzige Schrift der Legende entziffern zu können. „Abdrücke der Finger eines Lederhandschuhs!" Er schnalzte mit der Zunge. „Das ist ja fast so gut wie ein Fingerabdruck! Leder hinterlässt individuelle Abdrücke, genau wie menschliche Haut! Wir müssen nur den passenden Handschuh finden. Dann haben wir unseren Täter!"

„Nur!" Verena blies ihre Backen auf. „So einfach wird das sicherer nicht, Tom. Wo sollen wir denn anfangen zu suchen? Bisher haben wir noch keinen einzigen Verdächtigen!"

Mittwoch, morgens

Verena sah beunruhigt auf die Uhr über der Küchentür. Dann stellte sie ihre Tasse ab und ging ins Schlafzimmer. Max lag noch immer im Bett. Als er sie hörte, drehte er sich matt zu ihr herum. „Wie spät ist es?"

„Beinahe halb sieben. Was ist denn los?" Sie setzte sich alarmiert auf den Rand seines Bettes und strich ihm über die Wange.

„Mir platzt der Kopf", stöhnte er. „Kannst du mir bitte ein Aspirin holen?"

Verena stutzte und befühlte seine Stirn. „Aspirin wird dir nicht helfen. Du hast Fieber!"

„Mist", murmelte Max. „Dann Paracetamol. Ich muss heute doch den Jungen operieren..." Er machte Anstalten, sich aufzusetzen.

„Oh nein!" Verena drückte ihn entschlossen nieder. „Du operierst heute niemanden, mein Lieber! Ich rufe in der Klinik an und melde dich krank!" Dann griff sie in seine Nachttischschublade und förderte ein Fieberthermometer zutage. „Hier. Messen." Sie half ihm. Als das Gerät piepste, sah sie auf das kleine Display. „39,5." Dann seufzte sie. „Was mache ich denn jetzt mit dir?"

Max sah sie pikiert aus verquollenen Augen an. „He, ich bin dein Mann und nicht dein Kind. Und außerdem bin ich Arzt."

Sie lächelte mit mildem Spott. „Genau deshalb mache ich mir ja Sorgen, mein Schatz!" Sie vergrub zärtlich ihre Hand in seinem dichten Haarschopf. „Ärzte sind bekanntlich die schlechtesten Patienten."

Er wehrte sie verdrießlich ab. „Ich komme schon klar. Geh du nur ermitteln."

Verena drückte ihm einen Kuss auf die heiße Stirn. „Ich mache dir eine Kanne Tee, bevor ich gehe. Und ich stelle dir eine Dose mit Hühnersuppe hin. Falls du Hunger bekommst."

Es war kurz nach sieben Uhr, als Verena vor dem Haus in der Fasanenstraße eintraf. Der scheckige ockerfarbene Putz musste früher einmal ein helles Gelb gewesen sein. Die unteren Fenster zur Rechten der Haustür gehörten offenbar zu Engels Wohnung. Schlichte Gardinen versperrten den Blick ins Innere. In einer der Fensterbänke stand ein Blätterkaktus, der üppig rot blühte. Wer goss jetzt wohl seine Blumen?

Die Fenster auf der linken Seite gehörten zur Wohnung von Sofia Papadopoulu und ihrer Tochter Eleni. Wie anders sahen sie aus! Zwei der drei Fenster hatten identische orange und gelb gemusterte Raffrollos, die nur zu einem Drittel heruntergelassen waren. Im dritten Fenster hing ein zugezogener dunkelblauer Vorhang. In allen drei Fenstern standen üppig bepflanzte, bunte Blumentöpfe und in den Scheiben klebten Fensterbilder mit diversen Ostermotiven.

Gerade als Verena klingeln wollte, öffnete sich die schwere Haustür und ein junger Mann bugsierte mit einiger Mühe sein Fahrrad hindurch. Verena hielt ihm zuvorkommend die Tür auf und schlüpfte anschließend selbst ins Haus.

„Guten Morgen. Mein Name ist Verena Bertram. Ich bin von der Polizei." Sie lächelte freundlich und zeigte ihre Dienstmarke.

Ein junges Mädchen in dunkelblauer Jacke hatte ihr geöffnet. Sie hielt einen langen, bunten Schal in den Händen, den sie offenbar gerade hatte umlegen wollen. Mechanisch vollendete sie jetzt ihr Werk und beäugte die Marke misstrauisch. „Woher weiß ich, ob die echt ist?"

Verena lächelte nachsichtig und zückte ihren Dienstausweis, den der Teenager ebenfalls sehr genau studierte. „Sie müssen Eleni sein, richtig? Meine Kollegen haben mir von Ihnen erzählt. Ist Ihre Mutter auch da?"

Eleni blinzelte unschlüssig. „Meine Mutter... hat sich schon hingelegt. Sie ist gerade von der Arbeit nach Hause gekommen. Und ich muss zur Schule." Sie bückte sich zögernd und nahm ihren Rucksack auf. Noch ehe Verena etwas erwidern konnte, trat Eleni nah an sie heran. „Leonidas Becker!", flüsterte das Mädchen ihr verstohlen zu und sah ängstlich hinter sich in den Flur.

„Wie?" Verena starrte sie verdattert an.

„Der Mann auf dem Foto!", wisperte Eleni wieder. „Er heißt Leonidas Becker!" Dann zog sie die Tür hinter sich zu und sprang hastig die Treppe hinunter. Kurz darauf hörte Verena das Klappen der schweren hölzernen Eingangstür.

„Wer sind Sie? Und was machen Sie vor meiner Tür?"

Verena ließ vor Schreck beinahe ihr Notizheft fallen. Die Tür stand einen Spalt breit offen und eine kleine dunkelhaarige Frau lugte argwöhnisch ins Treppenhaus.

Verena lächelte ihr entschuldigend zu, während sie ihr Notizbuch in die Umhängetasche rutschen ließ. „Ich bin Kriminalhauptkommissarin Verena Bertram." Sie zeigte wieder ihren Dienstausweis. „Es tut mir Leid, ich wollte Sie nicht stören. Aber da ich Sie offenbar doch geweckt habe, würde ich Ihnen gerne ein paar Fragen stellen, Frau Papadopoulu. Darf ich für einen Moment hereinkommen?"

Die zierliche Frau starrte Verena beinahe feindselig an. Dann trat sie etwas zurück und ließ die Beamtin eintreten. „Was gibt es denn noch? Ihre Kollegen waren doch gestern schon da." Sie wickelte den azurblauen Hausmantel enger um ihren schlanken Körper. Dann öffnete sie ungehalten die erste Tür zu ihrer Linken.

Verena fand sich auf der anderen Seite der bunten Raffrollos, Hasen- und Osterkükenbilder wieder. Sofia Papadopoulu ließ sich müde in einen der orangefarbenen Sessel sinken. „Hoffentlich dauert es nicht zu lange, ich muss mich hinlegen. Ich bin Krankenschwester und hatte gerade Nachtdienst."

„Ich mache es kurz." Verena kramte das Foto des Mordopfers aus ihrer Tasche und zeigte es ihr.

Frau Papadopoulu wandte sich ungehalten ab. „Ich weiß nicht, wer das ist. Und das habe ich Ihren Kollegen gestern schon gesagt!"

„Ja, das haben Sie. Aber das war gelogen, Frau Papadopoulu, nicht wahr?" Verena sah nachsichtig in das erschrockene Gesicht der Griechin. „Sie kannten ihn. Und wir kennen seinen Namen. Leonidas Becker."

Sofia blickte bleich auf ihre krampfhaft verschlungenen Hände. Schließlich atmete sie tief ein und nickte trostlos. „Ja. Ich kannte ihn. Allerdings erst seit knapp drei Wochen. Er war Taxifahrer."

„Was hatten Sie für eine Beziehung zu ihm?"

Sie senkte gedemütigt den Kopf. „Wir hatten ein... Verhältnis. So sagt man wohl... Aber erst seit gut einer Woche." Das klang bitter.

„Es tut mit Leid für Ihren Verlust, Frau Papadopoulu."

Die Griechin winkte unwirsch ab.

Verena sah abwartend auf die dunklen Haare der Frau hinab. Aber sie wartete vergeblich.

„Dann sind sich Leonidas Becker und Jörg Engel also hier im Haus begegnet", stellte Verena schließlich nüchtern fest.

Sofias Kopf schoss in die Höhe. Sie starrte die Beamtin gequält an. „Leider Gottes!", stieß sie düster hervor. Ihre Augen verengten sich plötzlich. „Stimmt es, dass beide Männer am selben Ort gefunden wurden? Im Schimmelhof?", fragte sie gehetzt, „Leonidas tot und Jörg verletzt?"

Verena nickte überrascht über die plötzliche Heftigkeit der Frau.

„Und dass sie miteinander gekämpft haben?" Sofias Lippen zitterten jetzt merklich.

Verena sah sie aufmerksam an, sagte aber nichts.

Sofia schlug ihre Hände vor das Gesicht. „Oh Gott! Es ist meine Schuld!"

„Was ist Ihre Schuld?" Verena rutschte auf die Sofakante vor.

Die Griechin antwortete nicht.

„Was ist Ihre Schuld, Frau Papadopoulu?", wiederholte Verena eindringlich.

„Sie haben um *mich* gekämpft!", presste die zierliche Frau hervor. „Meinetwegen ist er jetzt..." Sie fing an, hemmungslos zu schluchzen.

Gleichgültig, was Verena versuchte, es gelang ihr nicht, der Frau eine Erklärung zu entlocken. Auf all ihre Fragen bekam sie nur verzweifeltes Kopfschütteln als Antwort.

Schließlich gab sie auf. Sie holte eine ihrer Karten heraus und schob sie der Griechin hin. „Bitte rufen Sie mich an, wenn Sie mir mehr darüber sagen möchten." Dann stand sie auf und ging zur Tür.

„Kommt er jetzt ins Gefängnis?"

Verena blieb stehen. „Wir wissen noch nicht, was sich da abgespielt hat, Frau Papadopoulu. Und noch ist Herr Engel nicht ansprechbar."

„Wo ist er jetzt?", fragte Sofia bedrückt.

„Im Klinikum Salzdahlumer Straße."

„Danke", flüsterte sie und starrte elend auf das kleine Kärtchen.

Verena zog den Reißverschluss ihrer Jacke bis ganz nach oben. Kalter Wind fegte durch die Jasperallee, in der sie ihren Wagen geparkt hatte. Sie blickte in den bleigrauen Himmel, der nur darauf wartete, seine nächste Ladung Schnee oder Regen abzuwerfen. Rasch stieg sie in den Wagen. Dann nahm sie ihr Handy und gab eine Nummer ein. Sie stellte es auf Freisprechen und lauschte dem Tuten, während sie sich anschnallte.

„Hi Verena!", kam es aus dem Lautsprecher. „Wo bist du?"

„Morgen, Tom. Hast du was zum Schreiben?" Verena steckte den Schlüssel ins Zündschloss, drehte ihn aber nicht herum. „Ich habe einen Namen für dich. Leonidas Becker. Das ist der Tote. Soll Taxifahrer gewesen sein."

Sie hörte Toms typisches Zungenschnalzen. „Hast du das von Frau ‚Papa…' und so weiter?"

„Papadopoulu. Ja, da war ich gerade. Sie war seit kurzem mit Becker liiert. Aber mehr habe ich nicht aus ihr herausbekommen. Sie geht offenbar davon aus, dass die beiden Männer im Schimmelhof einen Kampf ausgefochten hätten – um sie!"

„Was?" Tom lachte ungläubig. „So etwas wie ein Duell? Ich bitte dich, wir sind doch nicht im siebzehnten Jahrhundert!"

Verena schmunzelte. „Eifersucht, mein lieber Kollege, treibt manchmal die seltsamsten Blüten... Selbst im einundzwanzigsten Jahrhundert. Aber an ein Duell glaube ich auch nicht... Ich muss unbedingt mit Engel sprechen. Gibt es was Neues aus dem Krankenhaus?"

„Nein. Aber Jens und Tekin haben ihre Befragung der restlichen Schlüsselinhaber abgeschlossen. Sie haben alle ein Alibi. Sofern das Zusammensitzen mit Ehefrauen, Freundinnen und Kindern als Alibi ausreicht."

Verena nickte. „Danke. Tom, ich bekomme gerade einen Anruf rein, ich mache Schluss!" Sie drückte auf einen Knopf. „Bertram, Kripo Braunschweig?"

Engel war vor zwei Stunden aufgewacht. Inzwischen war er ansprechbar und der Arzt hatte ihr jetzt grünes Licht gegeben. Verena parkte ihren Wagen auf dem Parkplatz der ausgedehnten Klinik in der Salzdahlumer Straße. Mittlerweile hatte ein heftiger Regen eingesetzt. Sie stülpte ihre Kapuze über und lief in Richtung Haupteingang.

Blass und mit geschlossenen Augen lag der Mann in seinem Bett. In der Wäsche des Krankenhauses sah er viel schmaler und hagerer aus, als im dicken Wintermantel auf dem Foto vom Tatort.

Um die Mitte des Kopfes war ein Verband gewickelt, der Engel mit seiner hohen Stirn und den dunklen Haaren beinahe wie einen altertümlichen Indianer aussehen ließ. Verena trat behutsam an das Bett heran. „Herr Engel?", fragte sie mit gedämpfter Stimme.

Er ächzte leise und öffnete mühsam die Augen. „Ja?" Er verzog für einen Augenblick schmerzhaft das Gesicht. „Wer sind Sie?"

Verena lächelte. „Ich bin von der Kriminalpolizei. Mein Name ist Verena Bertram. Ich würde Ihnen gerne ein paar Fragen stellen... Natürlich nur, wenn Sie sich dazu in der Lage fühlen."

„Kriminalpolizei." Engel atmete tief ein. „Bitte, fragen Sie."

Er hatte eine sanfte, angenehme Stimme, vermutlich ein weicher Bariton, wenn er sang. Verena zog einen Stuhl heran. Sie öffnete den Reißverschluss ihrer Jacke und setzte sich. „Wie geht es Ihnen?"

Engel deutete ein Schulterzucken an. „Nicht besonders gut. Ich glaube, ich kann mich glücklich schätzen, noch am Leben zu sein. Wenn dieser Mann nicht gewesen wäre..."

Verena horchte auf. „Welcher Mann?"

Er richtete seine dunklen Augen auf sie. „Ich habe ein Gesicht gesehen. Einen Mann, der sich über mich beugte."

„Er hat sich über Sie gebeugt..." Sie lehnte sich interessiert vor. „Was hat er sonst noch getan?"

„Geredet. Ich habe ihn nicht verstanden, ich hatte nur Rauschen in den Ohren. An mehr kann ich mich leider nicht erinnern. Nur an sein Gesicht."

„Wie sah er denn aus? Können Sie ihn beschreiben?" Ihre Spannung wuchs.

„Ja. Der Mann war so Mitte vierzig. Blond."

„Blond?" Verena starrte den Korrepetitor perplex an. Sie hatte ohne vernünftigen Grund angenommen, dass der Mann lange schwarze Haare haben müsste. Wie Leonidas Becker. „Blond. Hm. Lang oder kurz?"

„Kurz. Und er trug eine Brille. Mit rötlichem Rahmen." Engel stemmte sich jetzt mit einiger Mühe hoch und griff nach dem Becher, der auf seinem Nachttisch stand. Dann saugte er durstig am Trinkhalm.

Verena sah ihm nachdenklich zu. Diese Beschreibung passte haargenau auf den amerikanischen Tenor. „Aber Sie meinen doch nicht Harlan Quinn, oder?", fragte sie vorsichtig.

„Natürlich nicht, dann hätte ich das wohl gesagt." Er seufzte. „Quinns Brille ist rot. Die dieses Mannes war eher rotbraun und eckiger, schmaler. Und Quinn ist jünger."

Verena machte sich eine Notiz. „Herr Engel, ich würde gerne einen Polizeizeichner anfordern. Glauben Sie, Sie könnten mit ihm zusammen ein Bild des Mannes erstellen?"

„Ja, ich denke schon."

„Vielen Dank, ich organisiere das eben schnell." Sie verließ den Raum, um draußen zu telefonieren.

Als sie Engels Zimmer wieder betrat, hatte er die Augen geschlossen.

Sie blieb neben ihrem Stuhl stehen. „Herr Engel?"

Er schreckte auf. „Entschuldigen Sie. Diese Schmerzmittel sind furchtbar. Sie haben eine betäubende Wirkung auf mich. Ist der Zeichner schon da?"

Verena lächelte. „Nein, er kommt in einer halben Stunde. Ungefähr. Schaffen Sie es bis dahin? Ich würde Ihnen gerne noch ein Foto zeigen."

Engel nickte tapfer. „Es wird schon gehen. Und wenn ich einnicke, dann stoßen Sie mich bitte an." Ein winziges Lächeln huschte über sein angestrengtes Gesicht.

Verena berührte kurz seinen Arm. „Vielen Dank, Herr Engel", sagte sie sanft. Sie bedauerte fast, ihn jetzt quälen zu müssen. Aber sie musste dieser Sache auf den Grund gehen. Sie zeigte ihm das Foto des Mordopfers. „Kennen Sie diesen Mann?"

Engels Augen weiteten sich. Dann blickte er ratlos vor sich auf die Bettdecke.

Verena ließ das Bild sinken und beobachtete ihn genau.

„Was ist mit ihm?", fragte er tonlos.

„Sagen Sie es mir."

Er starrte sie entgeistert an. „Ich? Wieso ich? Was habe ich mit diesem Mann zu tun?"

Verena seufzte laut. „Genau das möchte ich von Ihnen wissen, Herr Engel. Und ich möchte Ihre Version hören, bevor ich Ihnen meine erzähle. Oder vielmehr die von Sofia Papadopoulu."

Seine Lippen formten lautlos den Namen ‚Sofia'. Dann begannen sie zu zittern und er presste sie aufeinander. Er bedeckte die Augen mit seiner Hand und stöhnte leise. „Dieser Mann auf dem Foto... Ich habe ihn am Montagnachmittag das erste und einzige Mal gesehen. Und zwar bei Sofia. Ich habe sie aufgesucht, um... das ist unwichtig. Er war bei ihr. Er hat sich mir gegenüber sehr unhöflich verhalten. Und ich..." Er stöhnte wieder. „Mein Verhalten war bedauerlicherweise auch nicht besser. Dann bin ich gegangen."

Verena sah abwartend auf Engels sehnigen Unterarm, der jetzt sein Gesicht bedeckte. Dann schüttelte sie mitfühlend den Kopf. „Herr Engel, ich muss Sie leider bitten, doch etwas mehr ins Detail zu gehen."

Er nahm den Arm herunter und sah sie verärgert an. „Nein! Das ist eine Privatangelegenheit! Ich werde nicht darüber sprechen!"

Sie seufzte. „Ich fürchte doch, Herr Engel. Sie waren leider nicht der einzige, den wir am Montagabend im Schimmelhof gefunden haben. Dieser Mann", sie hob das Foto hoch, „lag weiter hinten auf der Probebühne, gleich hinter dem Klavier. Tot." Sie legte das Bild auf die Bettdecke. „Und damit sind Sie, so Leid es mir tut, in einen Mordfall verwickelt."

„Mord?", er wurde kreidebleich. „Und jetzt denken Sie, dass ich...? Und Sofia? Was denkt sie?"

„Noch denken wir gar nichts." Verena beugte sich eindringlich vor. „Aber Sie müssen mir schon entgegenkommen, Herr Engel. Auf Ihre Privatsphäre können wir in diesem Fall leider keine Rücksicht nehmen. Es tut mir Leid."

„Und Sofia?" Er stemmte sich inbrünstig hoch. „Denkt sie auch, ich hätte ihn umgebracht, ja? Denkt sie das?"

Verena legte besorgt eine Hand auf seinen Arm. „Bitte Herr Engel, regen Sie sich nicht auf. Ich erzähle es Ihnen, aber erst möchte ich Ihre Version hören, einverstanden?"

Er blinzelte verstört, dann ließ er sich matt in die Kissen sinken und nickte ergeben. „Also gut. Ich habe Sofia besucht, weil ich ihr… endlich meine Gefühle gestehen wollte. Ich habe wenig Erfahrung mit solchen Dingen. Als ich zu ihr kam, tauchte dieser Mann auf. Aus ihrem Schlafzimmer. Ich hatte ihn noch nie zuvor gesehen, aber mir war sofort klar, welche Rolle er spielen musste. Er benahm sich dann auch wie der Hausherr, und meine Blumen machten mich zwangsläufig zu seinem Nebenbuhler. Er sagte, Sofia hätte keinen Bedarf an anderen Männern und ich sollte gehen und nicht wiederkommen. Sofia hat nur schweigend dagestanden. Sie hat es einfach geschehen lassen. Das hat mich sehr gekränkt. Und dann habe ich…"

Er zögerte und gab sich schließlich einen Ruck. „Ich habe ihr gesagt, bitte, wenn sie es so haben wolle, dann würde ich mich künftig aus ihrem Leben – und dem ihrer Tochter – heraushalten."

Er sah Verena unsicher an. „Ich habe Eleni – Sofias Tochter – Klavierunterricht gegeben. Sofia und Eleni haben früher häufig meine Mutter besucht… Um es kurz zu machen, Eleni war von Anfang an fasziniert von meinem Klavier. Dieses Kind hat mich damals sehr an mich selbst erinnert. Ich bin sehr früh zur Halbwaisen geworden und meine Mutter musste hart arbeiten, um uns durchzubringen. Wenn ihr sehr sozial eingestellter Arbeitgeber mir damals nicht den Klavierunterricht finanziert hätte… Ich weiß nicht, wo oder was ich heute wäre."

248

Er seufzte tief. „Ich sah in Eleni eine Möglichkeit, all das weiterzugeben. Ich hatte ihrer Mutter also angeboten, das Mädchen kostenlos zu unterrichten, weil sie sich einen teuren Klavierlehrer nicht leisten konnten – und es immer noch nicht können. Sie hatte damals zunächst abgelehnt."

Ein trauriges Lächeln glitt über sein Gesicht. „Sie ist eine stolze Frau.... Aber wir haben einen Kompromiss gefunden, der ihren Stolz nicht verletzte. Sie hat mir einen geringen Betrag gezahlt. Und es hat sich gelohnt. Eleni ist sehr begabt."

Sein Gesicht verzog sich kummervoll und er holte tief Luft. „Und ich habe am Montagnachmittag zu Sofia gesagt, sie solle sich einen anderen Klavierlehrer suchen. Falls sie einen fände, den sie bezahlen könne."

Er schloss beschämt die Augen. „Wie konnte ich nur so etwas sagen?", flüsterte er für Verena kaum hörbar. Dann sah er starr vor sich hin. „Sofias... Freund wurde sehr wütend und hat mich rüde beschimpft… Zu Recht. Ich bin einfach gegangen. Und habe ihn nie wieder gesehen. Ich weiß nicht, wie er in den Schimmelhof gekommen ist. Und ich habe ihn auch nicht getötet. Das ist die Wahrheit." Er sah sie inständig an und schloss dann die Augen.

Verena konsultierte ihre Armbanduhr. Noch war ein bisschen Zeit. „Herr Engel, können Sie sich erinnern, was genau passiert ist am Montagabend, als Sie im Schimmelhof angekommen sind?", fragte sie vorsichtig.

Er ächzte leise. „Wo soll ich anfangen?"

„Erzählen Sie mir doch zunächst, weshalb Sie dort gewesen sind."

„Ich musste Klavier spielen. Verstehen Sie, das ist meine Art, die Balance zu wahren, den Kopf frei zu bekommen. Aber zu Hause konnte ich das doch nicht! Nicht nachdem, was am Nachmittag passiert war! Eleni war plötzlich im Flur aufgetaucht, sie hatte alles mitbekommen. Und mein Klavierspiel... Das hätte sie in der Nachbarwohnung doch gehört! Das war unmöglich! Ich wusste, dass die Probebühne frei war. Deshalb ging ich dorthin."

Verena nickte. Das klang plausibel. „Wann war das ungefähr?"

„Ich weiß nicht genau. Es war auf jeden Fall nach sieben."

„Okay, Sie kamen dort an. Was dann?", fragte sie und zückte ihr Notizbuch.

„Irgendjemand muss auf eine ähnliche Idee gekommen sein, wie ich."

„Der blonde Mann, den Sie gesehen haben?"

„Ich weiß es nicht. Ich konnte denjenigen nicht erkennen. Vielleicht war er es... oder der da." Er zeigte auf das Foto, das noch immer auf seiner Bettdecke lag.

Verena legte nachdenklich die Stirn in Falten. „Beschreiben Sie doch bitte der Reihe nach, was passiert ist. Sie kamen dort an... Und dann?"

Engel nickte gefasst. „Ich zog den Schlüssel aus meiner Manteltasche und wollte aufschließen. Aber es war nicht abgeschlossen. Ich muss zugeben, ich war verärgert. Ich nahm natürlich an, jemand hätte die Probebühne unverschlossen zurückgelassen. Denn alles war dunkel. Also ging ich hinein..."

Er holte bebend Luft. „Aber es war nicht dunkel. Es war nur nicht hell genug, dass man das Licht von außen sehen konnte. Es kam von hinten. Ich blieb im Eingangsbereich stehen und rief ‚Hallo, ist da jemand', oder so etwas. Das Licht wurde sofort gelöscht. Und dann hörte ich rasche Schritte. Harte Sohlen. Ich rief wieder. Ich nahm an, es wäre ein Kollege, denn ich habe nichts am Schloss bemerkt, das auf einen Einbruch hindeutete." Er schluckte mühsam und Verena reichte ihm ungefragt seinen Trinkbecher.

Nachdem Engel sich gestärkt hatte, fuhr er fort: „Grelles Taschenlampenlich blendete mich. Ich sah rein gar nichts. Dann endlich setzte wohl mein Fluchtinstinkt ein. Ich drehte mich um und... Ab da erinnere ich mich an gar nichts mehr. Irgendwann kam ich zu mir, ich hatte furchtbare Kopfschmerzen. Und dieser blonde Mann beugte sich über mich. Aber ich muss kurz darauf wieder das Bewusstsein verloren haben." Er atmete erleichtert auf. „Mehr weiß ich nicht."

„Und Sie konnten ihn wirklich gut sehen? War es nicht dunkel?"

Engel leckte sich verblüfft über die Lippen. „Nein. Es war nicht dunkel. Da war ein Licht. Das ihn irgendwie anstrahlte. Ich konnte ihn gut erkennen."

Verena schloss ihr Notizbuch. „Ich danke Ihnen, Herr Engel. Sie haben uns sehr geholfen. Der Polizeizeichner müsste gleich hier sein. Ich hoffe, ich habe Sie nicht zu sehr ermüdet?"

„Es wird schon gehen." Engel lächelte matt. „Und wenn nicht..."

Verena zwinkerte schmunzelnd. „Dann stoße ich Sie an, ich weiß."

Ein schäbiges kleines Loch unter dem Dach. Mit einem Zimmer, das nicht nur als Wohn- und Schlafzimmer, sondern auch als Büro gedient haben mag.

Von wegen Taxifahrer. Leonidas Becker war Privatdetektiv.

Tom sah auf die abgewetzten Nadelfilzfliesen im winzigen Flur, in dem sich bereits mehrere Kisten der Kriminaltechnik stapelten. Offenbar war das kein sehr einträglicher Job gewesen.

„Wir sind dann fertig, Kollege." Ein Mann in weißem Schutzanzug trug den in Plastik gehüllten Computer in den Flur. „Der wird sofort untersucht. Die Akten dauern sicher etwas länger."

Tom nickte. „Vielleicht konzentrieren wir uns erst mal auf die jüngsten Fälle, anstatt alles alphabetisch durchzuarbeiten." So waren die Ordner nämlich angelegt. Alphabetisch. Und sie reichten einige Jahre zurück.

„Geht klar." Der Kriminaltechniker zeigte auf die Kisten. „Nimmst du bitte eine mit runter, wenn du gehst?"

Verena schloss die Wohnungstür auf. Aus der Küche hörte sie schabende Geräusche. Sie lächelte erleichtert. „Hallo, mein armer kranker Schatz!"

Max schaufelte gerade Suppe aus einem Kochtopf in seinen Teller. „Du hier?"

„Geht es dir besser?" Verena umarmte ihn liebevoll.

„Etwas. Pass lieber auf, dass du dich nicht ansteckst." Er trug seinen Teller zum Küchentisch und setzte sich. „Was machst du hier um diese Zeit?"

Sie ließ ihre Tasche achtlos auf den Boden fallen und hängte die Jacke über eine Stuhllehne. „Ich war eben im Klinikum, um den Korrepetitor zu verhören. Und da dachte ich, ich komme auf dem Rückweg zum Büro mal auf einen Sprung vorbei und sehe nach, wie es dir geht... Hm, das riecht gut!" Sie sah sehnsüchtig auf Max' dampfenden Teller.

„Gib es zu!" Er lächelte neckisch. „Du bist nur hier, weil die Hunger hast."

„Pah!" Verena streckte ihre Hand aus und betastete prüfend seine Stirn. „Es geht dir eindeutig besser", stellte sie zufrieden fest. „Aber es stimmt, ich habe Hunger."

Max zeigte mit seinem Löffel auf den Topf. „Nimm den Rest. Mir reicht das hier. Hat die Vernehmung was gebracht?"

„Oh ja! Und die davor auch! Wir haben jetzt den Namen des Toten. Leonidas Becker." Verena kam mit ihrer Suppe an den Tisch. „Und Engel – das ist der Korrepetitor – hat jemanden gesehen, nachdem er niedergeschlagen wurde. Welche Rolle dieser Mann in unserem Fall spielt, weiß ich allerdings noch nicht. Anonymer Anrufer, Mörder oder was weiß ich. Ich habe jedenfalls ein Phantombild anfertigen lassen. Ist richtig gut geworden!"

„Aha. Echte Polizeikunst." Er grinste schräg.

„Mach du dich nur lustig! Siggi ist wirklich gut. Sieh mal!" Sie zog das Phantombild, das in einer Folie steckte, vorsichtig aus ihrer Umhängetasche. „Und privat malt er Landschaften. Wir haben ein sehr schönes Bild vom Brocken bei uns hängen."

Max warf einen mäßig interessierten Blick auf die Zeichnung. „Malt er die Landschaften auch nur in Schwarz-Weiß?", witzelte er. Dann kniff er plötzlich die Augen zusammen. „Hm. Das ist der Mann, den euer Korrepetitor gesehen hat?"

Verenas Löffel blieb mitten in der Luft hängen. „Sag bloß, du kennst ihn?"

Max hatte die Zeichnung zu sich hinüber gezogen und studierte sie jetzt genauer. Dann zuckte er unschlüssig mit den Schultern. „Es ist schon eine Weile her, sechs… oder sieben Jahre… Er sah damals natürlich jünger aus. Schmaler, mehr Haar. Und er trug keine Brille. Trotzdem, er könnte es sein."

„He, hast du einen sechsten Sinn?" Malte lächelte erfreut von einem sommersprossigen Ohr zum anderen. „Ich wollte gerade zu euch kommen. Ich habe hier einen aktuellen Bericht vom KTI." Er drückte Verena eine Mappe in die Hand. „Die Blutergebnisse. Und zwar alle. Vom Notenständer, vom Tatort, von den Händen und sämtlichen Klamotten beider Opfer."

„Oh, das ist prima. Danke, Malte. Aber ich bin eigentlich hier, weil ich eine Suchanfrage habe, der du nachgehen sollst. Alexander Marx, Doktor der Anästhesie. Er war früher im Städtischen Klinikum Braunschweig beschäftigt und hat sich vor sechs oder sieben Jahren selbstständig gemacht. Möglicherweise mit einer Tagesklinik." Sie beobachtete den rothaarigen Mitarbeiter, der emsig mitschrieb. Dann legte sie ihm das Phantombild auf den Tisch. „Bitte gleiche alle Ergebnisse, die du findest mit dieser Zeichnung ab. Kannst du mir rasch noch ein paar Kopien davon machen?"

Als Verena wenig später in Toms Büro schaute, war es leer. Sie zuckte mit den Schultern und ging in ihr eigenes. Gerade, als sie Maltes Mappe aufschlagen wollte, kam Tom herein.

„Ah, da bist du ja endlich!" Sein Blick fiel auf die Phantomzeichnung. „Wer ist das?"

„Ein Mann, der sich über Engel gebeugt hat, während er verletzt am Boden lag. Engel ist wieder ansprechbar und ich hatte ein sehr aufschlussreiches Gespräch mit ihm. Und das ist dabei herausgekommen. Hier, ich habe auch eine Kopie für dich."

Tom nahm sie und betrachtete die Zeichnung. „Wissen wir schon wer er ist?"

„Vielleicht", entgegnete Verena und erzählte ihm von Max' Vermutung. „Ich habe Malte eben gebeten, nachzuforschen. Er meldet sich bei uns, sobald er einen aussichtsreichen Treffer hat. Und wo kommst du gerade her? Vom Mittagessen?"

Tom grunzte. „Nee, aber das wäre jetzt eine prima Idee…" Er ging in sein Büro hinüber und kramte in einer seiner Schreibtischschubladen herum. „Ich war in der Ludwigstraße", rief er über den Gang.

„Ludwigstraße?" Verena stand auf und schlenderte zu Tom hinüber. „Die ist doch parallel zum Schimmelhof… Und was ist da?"

„Nicht was, sondern wer. Da wohnt dieser Becker. Na ja, wohnte. Er war übrigens Privatdetektiv. Kein Taxifahrer. Die Kriminaltechnik hat vorhin seine Bude auf den Kopf gestellt, und ich war dabei. Wir haben Akten, Fotos und einen Computer sichergestellt. Aber weder Brieftasche, noch Schlüssel oder Handy gefunden. Ha!" Tom tauchte triumphierend mit einem Schokoriegel wieder auf. „Ich wusste doch, dass noch einer übrig war!"

„Das soll dein Mittagessen sein, Tom? Sehr nahrhaft…"

„Ich weiß. Aber heute hatte ich nicht mal Zeit für eine Schimanski-Platte." Er stöhnte, als Verena das Gesicht verzog. „Und was bitte schön, hast du gegen Currywurst mit Pommes einzuwenden?"

Verena winkte nur grinsend ab. „Jeden das Seine. Und meins ist es nicht."

Tom zuckte mit den Schultern und biss genüsslich in seinen Schokoriegel. „Was war das denn für eine Mappe, in der du gerade gelesen hast?", fragte er mit vollem Mund und machte eine Kopfbewegung in die Richtung von Verenas Schreibtisch.

„Ein neuer Bericht von der Kriminaltechnik. Die Ergebnisse der Blutuntersuchungen." Sie ging hinüber und holte die Mappe.

Tom schob den letzten Rest des Riegels in den Mund und leckte geschmolzene Schokolade von seinen Fingern. „Und? Was steht drin?"

„So schnell bin ich auch wieder nicht!" Sie setzte sich vor den Schreibtisch ihres Kollegen und begann zu lesen. „Es war Blut von beiden Opfern am Notenständer. Das von Becker war unter dem von Engel und hatte schon angefangen zu trocknen. Das heißt, Becker wurde zuerst damit geschlagen. Und nach einer Weile Engel."

„Hm. Das bringt uns jetzt keine neuen Erkenntnisse, oder? Es hat ja auch keine Fingerabdrücke des Toten auf dem Notenständer gegeben. Und Lederhandschuhe, die auf die Abdrücke passten, hatte er auch nicht dabei. Also wissen wir, dass Becker Engel nicht geschlagen haben kann." Tom stemmte sich hoch. „Ich hole mir Kaffee. Für dich auch einen?"

„Ja, gerne", antwortete Verena abwesend, während sie weiter las.

Tom kam zurück und stellte zwei nur halbvolle Tassen auf den Tisch. „Und was haben sie noch gefunden?", nahm er den Faden wieder auf.

Seine Chefin sah missbilligend in ihre Tasse. „Na, das sieht mir verdächtig so aus, als hättest du dich darum gedrückt, neuen Kaffee zu kochen!"

Tom grinste schief. „Ich habe für heute schon meine Schuldigkeit getan. Jetzt ist jemand anders dran. Also, was steht noch in diesem Bericht?"

„Die Blutspritzer rund um den Tatort waren ausschließlich vom Mordopfer. Auch nicht überraschend", fuhr Verena fort. „Das Blut an Engels Händen war sein eigenes. Nichts Bemerkenswertes unter den Fingernägeln, auch bei dem Toten nicht. Und auch auf der Kleidung beider Opfer ist jeweils nur das eigene Blut gefunden worden." Sie ließ den Bericht sinken. „Das bedeutet, dass die beiden nicht miteinander gekämpft haben."

„Also kein Duell", stellte Tom lakonisch fest.

„Nein. Es muss definitiv noch eine dritte Person gegeben haben."

„Den da?", fragte Tom bedeutungsvoll und zeigte auf das Phantombild.

„Hallo Kollegen!" Malte stand im Flur und sah abwechselnd durch die offenen Türen in die Büros von Verena und Tom. „Ich habe euren Anästhesisten ausfindig gemacht." Er wedelte mit einem Plastikschnellhefter. „Dr. Alexander Marx, verheiratet, keine Kinder. Er ist tatsächlich Betreiber einer Tagesklinik in Braunschweig. Zusammen mit einem Kollegen." Er reichte Tom, der jetzt neben ihm stand, den Schnellhefter. „Klinik- und Privatadresse findet ihr in den Unterlagen. Viel Erfolg!"

„Danke, Malte!" Tom schlug den Hefter auf und überflog den Inhalt. „Er wohnt in der Gorch-Fock-Straße. Ist das nicht eine gut situierte Gegend in der Nähe vom Prinzenpark? In der es vorwiegend Eigenheime gibt?" Er lehnte sich an Verenas Türrahmen.

„Ja." Seine Chefin streckte sich auf ihrem Stuhl bevor sie aufstand. „In Richtung Riddagshausen. Scheint ihm wohl ganz gut zu gehen." Sie streifte ihre Jacke über. „Dann wollen wir dem Doktor mal auf den Zahn fühlen. Wo ist die Tagesklinik?"

Der Empfangsbereich der Tagesklinik wirkte hell, geräumig und freundlich. Am Tresen saß eine weiß gekleidete junge Frau, die ihnen mit einem verbindlichen Lächeln entgegensah. Verena zückte ohne Umschweife ihre Dienstmarke. „Wir sind von der Kriminalpolizei. Wo bitte finden wir Dr. Alexander Marx?"

Die Schwester erstarrte. „Was wollen Sie denn von ihm?"

„Das möchten wir lieber mit ihm persönlich besprechen", antwortete Verena. „Können Sie ihn bitte holen?"

Die junge Frau sah ratlos von Verena zu ihrem Computerbildschirm. „Dr. Marx ist gerade mitten in einer OP... Da kann ich ihn nicht einfach rausholen."

„Dann warten wir, bis er fertig ist." Verena steckte ihre Dienstmarke wieder ein. „Da dies hier eine Tagesklinik ist, dürfte das nicht allzu lange dauern. Informieren Sie ihn doch bitte, dass er zu uns kommen soll, sobald die Operation beendet ist."

Die Schwester nickte verunsichert und verschwand durch eine Milchglastür in den hinteren Bereich der Tagesklinik.

Nach ein paar Minuten kam sie zurück. „Er hat die OP gerade beendet und wird gleich hier sein." Sie setzte sich wieder an ihren Platz und wandte sich unbehaglich dem Computer zu.

Die Minuten verstrichen, aber niemand kam durch die Glastür.

Tom hatte genug. „Sehen Sie doch bitte nach, wo er bleibt", forderte er die Schwester ungeduldig auf. Sie nickte und eilte hastig in den hinteren Bereich.

Mit hochrotem Kopf kam sie zurück. „Er ist weg!"

„Gibt es einen Hinterausgang?", fragte Verena rasch.

Die junge Frau nickte und deutete auf die Milchglastür. „Am Ende des Ganges gibt es ein zweites Treppenhaus."

Tom setzte sich sofort in Bewegung.

Als er verschwunden war, wandte sich Verena wieder der Schwester zu. „Hat Dr. Marx ein Auto?"

Sie nickte. „Einen silbernen BMW... Er steht auf dem Parkplatz."

„Geben Sie mir bitte das Kennzeichen."

Die junge Frau kam ihrer Bitte nach. Dann sah sie verwirrt auf die geschlossene Tür zum Wartezimmer. „Was soll ich denn jetzt mit den Patienten machen?"

„Sie benachrichtigen am besten Ihren anderen Chef. Der wird sich dann um alles kümmern. Sagen Sie, hat Dr. Marx hier ein eigenes Büro?"

Die Schwester nickte und ging voran durch die Glastür. Sie öffnete gleich die erste Tür auf der rechten Seite. „Das hier ist sein Sprechzimmer... Brauchen Sie mich noch? Ich würde dann gerne Dr. Müller anrufen."

„Tun Sie das. Danke." Im Foyer hörte sie Toms Stimme, er fragte die Schwester nach ihr.

„Er ist mir entwischt!" Tom lehnte sich außer Atem in den Türrahmen. „Also, wenn das kein Schuldeingeständnis ist... Haben wir sein Autokennzeichen?" Er sah sich mit Interesse um. „Marx' Büro?"

„Sein Sprechzimmer." Verena drückte ihm ihr geöffnetes Notizbuch in die Hand. „Das Kennzeichen von Marx' BMW, er ist silber. Bitte kümmere dich um die Fahndung. Und dann", sie beugte sich wieder tief über die Tastatur von Marx' Telefon, „besorg uns bitte einen Durchsuchungsbeschluss für diesen Raum."

Mittwoch, nachmittags

„Passt!", rief Tom zu Verena hinüber, nachdem er den Hörer seines Telefons aufgelegt hatte. „Es gibt eine hundertprozentige Übereinstimmung zwischen dem Teilfingerabdruck auf Engels Handy, der vermutlich vom anonymen Anrufer stammt, und einem der Abdrücke vom Telefon in Marx' Sprechzimmer!"

Er verschränkte die Arme hinter seinem Kopf und sah siegessicher zu seiner Kollegin hinauf, die jetzt vor ihm stand. „Marx ist unser Mann!"

Damit schnellte er energiegeladen von seinem Schreibtischstuhl hoch. „Vielleicht war er Kunde bei Leonidas Becker, diesem drittklassigen Detektiv. Oder er war ein ‚Ermittlungsopfer' und wollte Becker mundtot machen, weil der Detektiv etwas Unangenehmes über ihn herausgefunden hat. Vielleicht hat Becker ihn sogar damit erpresst."

Verena sah ihn skeptisch an. „Aber wie passt das zum Tatort? Und woher sollte Marx einen Schlüssel zur Probebühne haben? Oder Becker? Also, ich denke, diese Übereinstimmung sagt nichts anderes, als dass Marx unser anonymer Anrufer war."

Tom raufte sich die Haare. „Aber wenn er unschuldig ist, wieso ist er dann abgehauen, nachdem er erste Hilfe geleistet hatte? Und jetzt schon wieder?"

„Keine Ahnung." Verena rieb sich ratlos das Kinn. „Die Fahndung nach ihm läuft. Zu Hause ist er jedenfalls nicht. Da ist niemand. Oder besser gesagt, es macht niemand auf. Laut Melderegister ist er verheiratet. Jens und Tekin sind schon vor Ort. Und ich beantrage jetzt einen Durchsuchungsbeschluss für Marx' Wohnräume und das Grundstück."

„Leute, es geht los! Der Beschluss ist da!" Jens Schröter steckte eilig sein Telefon ein und folgte den Kollegen. Mehrere weiß gekleidete Mitarbeiter der Kriminaltechnik schwärmten aus. Jens stand ungeduldig neben dem Mann, der das Schloss der Eingangstür öffnen sollte. Tekin Gül und zwei weitere Männer verteilten sich rund um das Haus.

Noch bevor das Schloss geknackt war, hörte Jens einen lauten Ruf. Der Mann an den Mülltonnen hielt triumphierend einen blauen Plastiksack hoch.

„Warte mal, Tekin, ich stelle meinen Apparat auf laut." Verena drückte eine Taste. „Ihr habt also was gefunden bei Marx?"

„Ja. Im Müll. Einen dunkelgrünen, langen Mantel aus einem festen Wollstoff. Voller Blutspritzer. Und schwarze Lederhandschuhe, ebenfalls blutig. Das geht jetzt ins KTI. Aber es ist wohl klar, was wir hier gefunden haben, oder?" Triumph schwang in Tekins Stimme.

„Na klar!" Tom verschränkte zufrieden die Arme. „Das ist die Kleidung, die der Mörder zum Zeitpunkt der Tat getragen hat. Habt ihr noch mehr?"

„Ja", kam es aus Verenas Telefon. „Im großen Müllbeutel, in dem Mantel und Handschuhe steckten, befand sich noch ein kleiner. Und der enthielt persönliche Gegenstände von Becker. Brieftasche, Schlüssel, Handy, Feuerzeug mit Initialen... Geht auch alles ins KTI."

Tom schnalzte mit der Zunge. „Alles das, was wir bei ihm vermisst hatten... Na, dann ist der Fall ja wohl gelöst!"

In diesem Moment klingelte Toms Telefon. Er eilte in sein Büro und nahm das Gespräch an.

Verena stellte ihren Apparat wieder auf leise und legte den Hörer ans Ohr. „Tekin? Sag der Kriminaltechnik, sie sollen so schnell wie möglich überprüfen, ob diese Lederhandschuhe zu den Abdrücken auf dem Notenständer passen. Und noch was: Ist Frau Marx schon aufgetaucht? Nein? Dann bleibt bitte vor Ort. Bis später."

Sie legte ihren Hörer auf. Dann stand sie auf und ging neugierig zu Tom hinüber. „War das etwas Wichtiges?"

„Und ob!" Ihr Kollege grinste breit und rieb sich tatkräftig die Hände. „Sie haben Marx gefasst! Er hat einen Autounfall verursacht. Nein, keine Sorge, ihm ist kaum etwas passiert. Dank Airbag. Und er ist schon auf dem Weg hierher." Er schmunzelte verschmitzt. „Gehen wir zu dir oder zu mir?"

„Weißt du was? Wir benutzen ausnahmsweise mal den Verhörraum. Das macht viel mehr Eindruck!"

Dr. Alexander Marx sah seinem Phantombild wirklich sehr ähnlich. Bis auf die Tatsache, dass seine Brille fehlte. Sie hatte den Aufprall auf den Airbag nicht überstanden. Auch sonst sah er etwas ramponiert aus. Und wesentlich kleiner, als Verena ihn sich vorgestellt hatte.

„Ich sage nichts ohne meinen Anwalt!", sagte er jetzt zum wiederholten Mal und warf einen misstrauischen Blick auf das Aufnahmegerät. „Das können Sie genauso gut wieder ausschalten!"

Verena drückte auf den Knopf und seufzte. So kamen sie nicht weiter. Sie hatte ihm gestattet, seinen Anruf zu machen. Aber der Anwalt war nicht erreichbar gewesen.

Also, Plan B. Sie gab ihrem Kollegen einen Wink. Tom sprang auf und hielt dem Arzt die Phantomzeichnung vor das Gesicht.

„Herr Marx", sagte er barsch, „wir haben Sie aufgrund dieser Zeichnung identifiziert. Sie sind am Tatort eindeutig erkannt worden." Er knallte das Blatt auf den Tisch und Marx zuckte zusammen. „Und noch etwas steht fest!" Er beugte sich vor, bis er wenige Zentimeter vom Gesicht des Verdächtigen entfernt war. „Ihr Fingerabdruck befindet sich auf dem Handy, mit dem der Notruf abgesetzt wurde! Auf dem Handy des Opfers!" Er zeigte ihm eine Nahaufnahme von Engels Handy. „Das kann auch ein Anwalt nicht wegdiskutieren! Und dann werden wir Ihre Stimme mit der Aufzeichnung des Notrufes abgleichen. Und wie das ausgeht, können wir beide uns wohl gut vorstellen, was, Herr Marx? Ich rate Ihnen also, zu kooperieren." Dann setzte er sich wieder hin und zog eine finstere Miene.

Marx wischte sich fahrig über das schwitzende Gesicht. Er rutschte unruhig auf dem Stuhl hin und her. „Ich habe ihn nicht geschlagen! Als ich kam, lag er schon am Boden!" Er sah ängstlich zwischen den beiden Kommissaren hin und her. „Ich wollte nur nicht mein eigenes Handy nehmen, man sollte nicht..." Er senkte den Kopf und schluckte nervös.

„Man sollte nicht was, Herr Marx?", fragte Verena sachlich.

„Man sollte den Anruf nicht zu mir zurückverfolgen können! Aber ich habe ihn nicht niedergeschlagen! Ich bin Arzt! Ich habe den Hippokratischen Eid geleistet, ich würde so etwas niemals tun!" Er sah Verena wie um Verständnis flehend an. „Aber wer hätte mir denn geglaubt? Ich komme zur verabredeten Zeit und er liegt da, blutüberströmt! Deshalb musste ich sein Handy unbrauchbar machen. Ohne SIM-Karte würde man nicht feststellen können, dass wir vorher miteinander telefoniert hatten."

Sie sah ihn mit Erstaunen an. „Sie hatten miteinander telefoniert? Wann?"

„Er hat mich etwa um Viertel nach sieben angerufen. Dass ich jetzt kommen könnte."

Davon hatte ihr Jörg Engel nichts gesagt. Verena runzelte irritiert die Stirn. „Warum wollten Sie sich denn mit Engel treffen?"

Marx starrte sie unbehaglich an. „Engel? So heißt er?"

Die Kommissarin zog verblüfft die Augenbrauen hoch. „Sie kennen den Namen des Mannes nicht, den Sie treffen wollten?"

Marx schüttelte missmutig den Kopf. „Nein. Dieser Saukerl von Privatdetektiv hat ihn mir nicht verraten... Er wollte mehr Geld als vereinbart. Ich habe mich geweigert und er gab mir nur eine Telefonnummer. Und ein äußert dürftiges Foto. Aber keinen Namen!"

Bei dem Wort ‚Privatdetektiv' hatte Tom begonnen, fieberhaft im Stapel der verdeckt auf dem Tisch liegenden Fotos zu wühlen. Verena stupste ihn mit dem Fuß an und schüttelte kaum merklich den Kopf. Tom nickte gehorsam und ließ das Foto, das er gerade herausgezogen hatte, liegen, ohne es umzudrehen.

„Und weshalb wollten Sie sich nun mit Engel treffen?", fragte Verena wieder.

Der Verdächtige nestelte nervös an seinem Ehering herum. Es war ein schlichter goldener Ring, wie ihn Tausende Ehepaare trugen. „Meine Frau ist schwanger", sagte er düster. „Aber von mir kann es nicht sein, ich bin nämlich zeugungsunfähig. Ich hätte es ihr vor unserer Eheschließung sagen müssen, ich weiß. Aber... ich konnte nicht. Ich dachte, wenn es irgendwann mal soweit ist, würde man eben feststellen, dass ich bedauerlicherweise keine Kinder zeugen kann. Und außerdem wollte sie sich ja ihrer Karriere widmen... Und plötzlich ist sie schwanger!"

Er sah vorwurfsvoll von einem Beamten zum anderen. „Stellen Sie sich meine Fassungslosigkeit und meine... Verzweiflung vor! Am liebsten hätte ich sie sofort zur Rede gestellt. Aber da ich ihr meine Situation absichtlich verschwiegen hatte, konnte ich ihr ja schlecht einen Betrug ihrerseits vorwerfen!"

Sein inständiger Blick blieb an Verena hängen. „Das verstehen Sie doch, nicht wahr? Aber ich musste wissen, wer der Vater ist! Ich wollte ihm nichts antun, das schwöre ich."

Er holte tief Luft. „Deshalb habe ich einen Privatdetektiv engagiert. Der hat mir am Montagnachmittag seine Ermittlungsergebnisse mitgeteilt." Er schnaubte erbost. „Zumindest einen Teil davon. Ich habe dann am frühen Abend bei dem... mutmaßlichen Erzeuger angerufen und ihn gebeten, sich mit mir zu treffen. Ich wollte ihn lediglich bitten, meine Frau in Ruhe zu lassen, da wir bald eine Familie sein würden. Er war sehr ungehalten und hat mich abgewimmelt. Ich war verzweifelt. Dann hat er etwas später zurückgerufen und mich in den Schimmelhof bestellt. Und ich bin sofort losgefahren."

„Und als sie dort ankamen...", sagte Verena vorsichtig.

„Da lag er da. Wie ich schon sagte."

Verena fiel plötzlich etwas ein. „Wieso konnten Sie ihn sehen? Als die Polizei aufgrund Ihres Notrufes kam, war es stockdunkel."

„Mein Smartphone hat eine Taschenlampen-App. Die habe ich aktiviert."

„Ah. Das Licht ist ziemlich hell und wird über das Display ausgestrahlt, nicht wahr?" Verena kniff die

Augen zusammen. „Haben Sie das Smartphone auf den Boden gelegt? So dass es nach oben strahlen konnte?"

Er nickte. „Ja. Ich brauchte ja beide Hände, um ihn in die stabile Seitenlage zu bringen."

Das erklärte also, wieso Engel seinen Helfer hatte erkennen können. „Okay." Verena drehte jetzt das Foto des Mordopfers um, das Tom vorhin aus dem Stapel gezogen hatte. „Ist das der Detektiv, den Sie engagiert hatten, Herr Marx?"

Marx blinzelte entgeistert. „Ja. Das ist er. Leon Becker. Was... was ist denn mit ihm?" Er beugte sich vor und sah mit wachsender Unruhe auf das Foto.

„Leonidas Becker wurde weiter hinten auf der Probebühne aufgefunden. Tot."

„Tot? Oh mein Gott!" Er wurde wachsbleich und begann zu zittern. „Ich habe den Detektiv nicht umgebracht! Ich wusste gar nicht, dass er auch dort war! Das müssen Sie mir glauben!"

In diesem Moment klingelte Toms Handy. „Entschuldigung", sagte er und zog sich in eine Ecke des Raumes zurück. Dann sagte er knapp, „Danke", und setzte sich wieder an den Tisch.

„Die Abdrücke der Lederhandschuhe passen zum Notenständer", informierte er Verena und wandte sich sogleich an den Arzt. „Es sieht nicht gut aus für Sie, Herr Marx. In Ihrem Hausmüll sind blutbesudelte Kleidungsstücke gefunden worden. Unter anderem die Handschuhe, die der Mörder getragen hat. Und ein dunkelgrüner Lodenmantel."

Marx sah aus, als würde er gleich vom Stuhl kippen. Verena schob ihm den noch unangetasteten Becher mit Wasser hin. „Trinken Sie, Herr Marx."

Der Arzt führte den Plastikbecher gehorsam an seine bebenden Lippen. Dann sagte er panisch, „Ich habe keinen dunkelgrünen Mantel! Nur einen dunkelblauen, und der hängt zu Hause in der Garderobe. Und aus Loden ist der auch nicht!"

„Tom? Wissen wir, welche Größe der gefundene Mantel hat?", fragte Verena einer plötzlichen Eingebung folgend.

Ihr Kollege runzelte die Stirn. „Ich frage mal nach." Damit verließ er den Raum.

Verena wandte sich wieder dem Verdächtigen zu. „Was ist Ihre Konfektionsgröße?"

„Fünfzig. Manchmal auch etwas kleiner. Egal, was Ihr Mantel für eine Größe hat, er gehört mir nicht! Da will mir jemand was anhängen!", entrüstete er sich.

Verena nickte nachdenklich. „Sagen Sie, Herr Marx, hat Sie der Treffpunkt Schimmelhof nicht verwundert?"

Er schüttelte perplex den Kopf. „Nein. Ich bin automatisch davon ausgegangen, dass der Kerl ein Kollege meiner Frau ist... Ist er nicht?"

Verenas Augenbrauen rutschten in die Höhe. „Ihre Frau ist am Theater?"

Er nickte. „Sopranistin. Sie heißt Jana Kiep."

„Ah. Hat sie bei der Eheschließung ihren Geburtsnamen behalten?"

Marx schüttelte den Kopf. „Nein. Aber sie verwendet ihren Mädchennamen als Künstlernamen.

Das machen viele Theaterleute so... Was ist mit meiner Frau?"

Verena wollte gerade zu einer Antwort ansetzen, als ihr Handy klingelte. Sie nickte entschuldigend und stand auf. „Bertram? Oh, schon? Das ging ja schnell." Sie lauschte eine Weile, während Marx sie mit einem verängstigten Gesichtsausdruck beobachtete. „Warte, ich notiere das kurz." Sie kam zum Tisch zurück und kritzelte im Stehen etwas in ihr Notizbuch. „Ach Malte? Kannst du mir diese Datei bitte sofort mailen? Danke!"

Tom kam zurück. „Größe 58. Nanu?" Er sah verblüfft auf seine Chefin, die offenbar aufbruchbereit neben ihrem Stuhl stand.

„Wir unterbrechen hier. Es gibt neue Ermittlungsergebnisse." Sie öffnete die Tür und rief den Beamten in Uniform herein, der Marx begleitet hatte. „Bringen Sie den Herrn vorerst zurück ins Gewahrsam."

Dann griff sie Tom beim Arm und zog ihn mit sich aus dem Raum. „Die Kriminaltechnik hat die Daten von Beckers Computer wiederhergestellt. Der Täter hatte glücklicherweise wenig Ahnung, wie man so etwas richtig macht."

„Und?", fragte Tom gespannt, während er hinter Verena her eilte.

„Marx war Kunde, genau wie er gesagt hat. Es gab natürlich ein Verzeichnis mit seinem Namen. Und da waren alle Ermittlungsergebnisse gespeichert. Und der hier", sie zeigte ihm im Gehen ihr Notizbuch, „der ist der mutmaßliche Kindsvater. Inklusive Telefonnummer und Adresse."

Tom pfiff durch die Zähne. „Sieh mal einer an... Also doch! Aber... deshalb macht der sich die Hände schmutzig?"

„Nicht deshalb. Komm mit." In Verenas Büro angekommen, setzte sie sich gleich an ihren Computer. „Er hatte einen viel besseren Grund, nachdem, was ich gerade gehört habe. Becker war ihm nämlich im Zuge seiner Recherchen für Dr. Marx auf die Schliche gekommen und wollte wohl mit diesem Wissen seine mageren Einkünfte aufbessern. Du kannst es gleich selbst lesen." Sie rief ihre E-Mails ab und lächelte zufrieden, als sie zuoberst die Mail von Malte entdeckte. Sie öffnete die Datei im Anhang und druckte sie aus.

„Wo ist denn der Donnerburgweg?" Tom sah ungeduldig zu Verena hinüber. „Im Siegfriedviertel kenne ich mich nicht gut aus. Hier heißen alle Straßen nach Wagner-Opern, oder? Tannhäuser, Lohengrin, Siegfried..."

„Nach der Nibelungensage", entgegnete Verena. „Aber ‚Donnerburg' stammt von einem alten Magazingebäude aus dem achtzehnten Jahrhundert... Hier rechts, Tom. Und dann wieder rechts."

Tom folgte ihren Anweisungen. „Glaubst du, der ist zu Hause? Ich an seiner Stelle hätte mich längst aus dem Staub gemacht!"

„Vielleicht ist er der Ansicht, sein genialer Plan hätte funktioniert." Bei dem Wort ‚genial' verzog sie sarkastisch das Gesicht. „Nur leider hat er ganz außer Acht gelassen – oder es schlicht und einfach nicht gewusst, dass der Ehemann seiner Geliebten, dem er sein Verbrechen unterschieben wollte, etliche Nummern kleiner ist als er selbst!"

Tom schüttelte den Kopf. „Und von moderner Kriminaltechnik scheint er auch noch nichts gehört zu haben. Ist doch klar, dass über kurz oder lang eine DNA-Analyse der Hautzellen aus dem Inneren der Lederhandschuhe bewiesen hätte, dass es nicht Marx war, der sie getragen hat!"

Wenig später gingen sie leise die ausgetretenen Treppenstufen hinauf. Nicht nur die Treppe war abgewetzt, sondern das ganze Haus hatte schon bessere Tage gesehen.

„Dieser Schuppen passt ganz und gar nicht zu dem Bild, das er abgibt", flüsterte Tom, als sie sich vorsichtig emporarbeiteten.

„Schein und Sein, Tom", flüsterte Verena. „Und das ‚Sein' nimmt sich im Vergleich meistens deutlich bescheidener aus." Sie blieben vor einer der beiden Türen im zweiten Stock stehen. „Na, dann wollen wir mal." Verena drückte auf die Klingel. Nichts rührte sich. Sie drückte erneut, diesmal lange. Dann wurde der Spion von innen dunkel.

„Polizei! Herr Jankowski, wir wissen, dass Sie da sind, bitte öffnen Sie die Tür!"

Mittwoch, abends

„Und was genau ist am Montagabend passiert?" Tekin nahm ein Stück des Streuselkuchens, den Verena ihrem Team spendiert hatte, und ließ sich auf einen der Besucherstühle nieder.

Jens nahm sich ebenfalls einen Stuhl. „Bisher wissen wir nur, dass Jankowski sich mit dem Detektiv getroffen und ihn umgebracht hat. Aber wieso? Was hatte er für ein Motiv?" Beide Kommissare sahen gespannt zwischen Tom und Verena hin und her.

Tom, der neben seiner Chefin Platz genommen hatte, richtete sich bedeutungsvoll auf. „Becker, der Detektiv, war von Dr. Marx beauftragt worden, den Lover und Schwängerer seiner Frau ausfindig zu machen. Seine Frau ist Jana Kiep, eine Opernsängerin. Und der Charmeur Jankowski, einer der Korrepetitoren, ist ebendieser Lover. Bei seinen Ermittlungen ist der Detektiv auf pikante Informationen gestoßen, die er zu Geld machen wollte. Im Klartext heißt das, Becker hat Jankowski erpresst."

„Und was waren das für pikante Informationen?" Jens lehnte sich neugierig vor.

„Dazu komme ich gleich." Tom genoss sichtlich die ungeteilte Aufmerksamkeit seiner Zuhörerschaft.

„Zunächst zurück zum Montagabend. Jankowski verabredete sich also mit Becker auf der Probebühne im Schimmelhof. Er wusste ja, dass dort niemand sein würde. Tja. Aber er wollte sich nicht erpressen lassen und schlug auf Becker mit dem zusammengeklappten Notenständer ein. Soweit stellt sich der Sachverhalt jedenfalls für uns dar. Jankwoski behauptet jedoch, er hätte in Notwehr gehandelt, aber man hat bei ihm keinerlei Abwehrspuren gefunden. Nicht einmal einen blauen Fleck, nicht die kleinste Abschürfung!

Becker dagegen ist übel zugerichtet gewesen! Von wegen Notwehr!"

Tom zuckte mit den Schultern. „Aber das wird das Gericht entscheiden müssen... Jedenfalls hat dieser Dr. Marx am Montagabend bei Jankowski angerufen und ihn um ein klärendes Gespräch gebeten, nachdem er von Becker die Telefonnummer des Lovers bekommen hatte, wohlgemerkt, nur die Telefonnummer, keinen Namen, oder so. Das war etwa zu der Zeit, als Jankowski mit Becker beschäftigt gewesen sein dürfte. Folglich hat er Marx sehr kurz angebunden abgewimmelt. Und als Jankowski mit Becker fertig war, hat er Marx zurück gerufen – wieder, ohne seinen Namen zu nennen – und ihn ebenfalls zum Schimmelhof bestellt. Was er tatsächlich mit Marx vorhatte, haben wir nicht aus ihm herausbekommen..." Tom zuckte wieder mit den Schultern.

„Während er also auf den Ehemann seiner Geliebten wartete, kam der andere Korrepetitor, dieser Jörg Engel, zur Probebühne, um dort ungestört Klavier zu spielen, er ging ja davon aus, dass die Räumlichkeit nicht belegt war. Jankowski hat ihn niedergeschlagen und ist getürmt. Er hat behauptet, er hätte Engel für einen Einbrecher gehalten, denn Marx hatte er so früh noch nicht erwartet."

Tom schnaubte. „Ich möchte wissen, wer das glauben soll! Er sitzt da kaltblütig neben dem Mann, den er gerade ermordet hat und wartet seelenruhig auf sein vermutlich nächstes Opfer, und dann soll ihn ein vermeintlicher Einbrecher erschreckt haben? Dummes Zeug! Er wusste genau, wen er da vor sich hatte. Er hatte Engel doch mit seiner Taschenlampe angestrahlt und geblendet! Und nun musste er diesen unliebsamen Zeugen loswerden! Glücklicherweise ist es ihm nur temporär gelungen."

Tom nahm ein Stück Kuchen und biss herzhaft hinein. „Nach der Tat – oder vielmehr den Taten – hat Jankowski Beckers Wohnung aufgesucht und versucht, seine Spur in den Unterlagen des Privatdetektivs zu verwischen – was ihm nur sehr unzureichend gelungen ist, das KTI hatte ein leichtes Spiel mit Beckers Computer. Und dann hat Jankowski die Dinge, die er Becker abgeknöpft hatte, zusammen mit seinen eigenen blutbesudelten Kleidungsstücken in Müllsäcke gestopft, die aus Beckers Wohnung stammten, und bei Dr. Marx im Müll entsorgt, wo wir es dann gefunden haben. Ausgerechnet bei dem Mann, ohne dessen Einmischung Jankowskis Machenschaften gar nicht aufgeflogen wären! Das sollte wohl ein Racheakt sein."

Tom fegte zufrieden ein paar Krümel von seinem Sweatshirt und nahm ein zweites Stück Kuchen. „Glücklicherweise ist ihm auch das nicht gelungen!"

„Und was für Machenschaften waren das nun?" Tekin stand auf und schenkte sich Kaffee aus Verenas Thermoskanne nach.

Tom nickte eifrig und schluckte rasch den Bissen hinunter. „Als wir heute in seine Wohnung kamen, hat sich der schicke Solorepetitor zunächst etwas sperrig angestellt. Na ja, vielleicht lag das ja auch an seiner Gesellschaft, der reizenden Ehefrau von Dr. Marx... Er wollte jedenfalls nichts sagen. Obwohl es klar war, dass alles Leugnen und Verstecken keinen Zweck mehr hatte – die Kriminaltechnik hatte ja den

Computer des Privatdetektivs restauriert und damit auch eine sehr aufschlussreiche Akte namens ‚Jankowski' gefunden. Das haben wir ihm auch gesagt. Trotzdem hat der Mann sich hartnäckig geweigert, sich dazu zu äußern." Tom nahm einen Schluck Kaffee.

„Erst als seine Besucherin weg und der Beschluss da war, hat er zähneknirschend ausgepackt. Im wahrsten Sinne des Wortes: er hat seinen Safe geöffnet. Und darin haben wir unter anderem Schuldscheine gefunden. Pferdewetten!" Tom machte eine kurze Pause und holte tief Luft.

„Er war Spieler – und offenbar kein sehr erfolgreicher. Das erklärt, warum er sich auf eine Erpressung auf keinen Fall einlassen konnte. Also, neben den Schuldscheinen haben wir eine hübsche Summe Bargeld gefunden, die aber nicht aus den Wetten stammte, sondern im Gegenteil zur Tilgung der Schuldscheine vorgesehen war. Woher dieses Geld stammte, damit wollte er zunächst nicht herausrücken."

Tom grinste. „Aber im Safe haben wir auch noch einen ganzen Stapel von Visitenkarten aus edlem Papier gefunden!" Tom fläzte sich behaglich auf seinen Stuhl. „Mit verschiedenen falschen Namen. Alle mit adeligem Touch. Hört mal!"

Er zog einen Zettel aus der Hosentasche und faltete ihn auseinander. „Baron Bertram von der Aisch", er kicherte und warf einen Blick auf seine Kollegin. „Hat er es doch tatsächlich gewagt, deinen Namen zu klauen, Verena! Oder diese hier: Jerome von Gräfenberg, Dietrich von Sengenthal oder Jankó Freiherr von Burgthann."

Tom ließ das Blatt auf den Tisch fallen. „Mann, wie kommt man nur auf solche Namen? Oder sind das wirklich alles Adelsfamilien?"

„Das dachte ich erst, sind sie aber nicht", bemerkte Verena. „Ich habe vorhin im Internet nachgesehen. Sämtliche Nachnamen stammen von Ortschaften aus Franken. Genauer gesagt, aus der weiteren Umgebung von Nürnberg. Und das hat Methode, denn da ist Jankowski nämlich geboren. In Feucht bei Nürnberg."

„Feucht?", Tom bekam einen Lachanfall. „Warum hat er sich denn nicht gleich ‚Baron von Feucht' genannt?", prustete er, halb auf Verenas Tisch liegend. „Dieser Name hätte doch am besten gepasst!"

„Wozu denn gepasst?", fragte Jens ungeduldig. Nun red schon, wir wollen auch mitlachen!"

Tom bekam jedoch vor Lachen kein Wort heraus. „Also", übernahm Verena, „das Geld, das wir im Safe gefunden haben, stammt aus einer Reihe von Betrugsdelikten. Jankowski gab nämlich vor, ein von bösen Verwandten verleumdeter, unschuldig verarmter Adeliger zu sein. Und so hat er sich diverse Gelder von gut betuchten, älteren Damen erschlichen, die ihm zu seinem angeblichen Recht in der Erbfolge verhelfen sollten."

Tom nahm seine Brille ab und wischte sich die Augen. „Ja, und die Damen hat er im Gegenzug mit gewissen… *feuchten* Dienstleitungen *bei der Stange* gehalten." Die drei Männer prusteten aufgrund Toms unmissverständlicher Wortwahl laut los.

Verena schüttelte nachsichtig den Kopf und schloss sich ihnen an. Sie blickte froh in die erheiterten Gesichter ihrer Kollegen. Dann packte sie das letzte Stück Kuchen für Max ein.

Donnerstag, nachmittags

Sofia betrat beklommen das Krankenzimmer. Eine kleine Lampe über seinem Bett war die einzige Lichtquelle.

Er hatte die Augen geschlossen und sein Brustkorb hob und senkte sich mit beruhigender Regelmäßigkeit.

Behutsam trat sie auf den friedlich Schlafenden zu. Seine rechte Hand lag entspannt auf der Bettdecke. Sie lächelte unwillkürlich. Vor ihrem geistigen Auge sah sie diese eleganten, schlanken Finger behände über weiße und schwarze Tasten tanzen. Ein warmes Gefühl stieg in ihr auf und sie umfasste zärtlich seine Hand.

Der Schlafende zuckte zusammen und zog im Aufwachen reflexartig die Hand fort. Dann starrte er verwirrt auf seine Besucherin. „Sofia!"

Sie setzte sich entschlossen auf die Bettkante. „Jörg", sagte sie leise. „Ich war dumm."

Er schüttelte entgeistert den Kopf. „Nein, Sofia! Du nicht. Aber ich! Kannst du mir jemals verzeihen? Wie konnte ich dich nur derart—"

„Sch!", schnitt sie ihm resolut das Wort ab und nahm seine Hand fest in beide Hände. „Ich mag zwar stolz sein, aber ich habe dir längst verziehen! Und wenn das mit uns beiden was werden soll, dann sprich nie wieder über diese Sache, einverstanden?"